LA CHANSON DE HA'VEN

LES GUERRIERS CURIZANS TOME 1

S.E. SMITH

MONTANA PUBLISHING

REMERCIEMENTS

Je voudrais remercier mon mari Steve de croire en moi et d'être assez fier de moi pour me donner le courage de suivre mes rêves. J'aimerais également remercier tout particulièrement ma sœur et meilleure amie, Linda, qui non seulement m'a encouragée à écrire mais a également lu le manuscrit. Et également mes autres amis qui croient en moi : Jennifer, Jasmin, Maria, Rebecca, Gaelle, Angelique, Charlotte, Rocío, Aileen, Julie, Jackie, Lisa, Sally, Elizabeth (Beth), Laurelle, et Narelle. Les filles qui m'aident à continuer !

Et un merci tout particulier à Paul Heitsch, David Brenin, Samantha Cook, Suzanne Elise Freeman, Laura Sophie, Vincent Fallow, Amandine Vincent, et PJ Ochlan, les voix fantastiques derrière mes livres audios !

—S.E. Smith

La Chanson de Ha'ven : Les Guerriers Curizans Tome 1
Copyright © 2019 par Susan E. Smith
Publication E-Book en anglais novembre 2013
Publication E-Book en français octobre 2019
Couverture par : Melody Simmons et Montana Publishing

Résumé : Emma Watson est une femelle humaine recluse et meurtrie ; et une fois que Ha'ven, le prince héritier des Curizans, la voit, il ne parvient pas à imaginer aimer qui que ce soit d'autre.

ISBN: 9781944125851 (livre de poche)
ISBN: 9781944125837 (eBook)

Publié par Montana Publishing.
{1. Science Fiction Romance. – Fiction. 2. Fantasy Romance. 3. Paranormal Romance}
www.montanapublishinghouse.com

SOMMAIRE

RÉSUMÉ

Vainqueur du RomCon Readers' Crown 2014 !

Ha'ven Ha'darra est le prince des Curizans, une espèce connue pour sa technologie. Pas même ses meilleurs amis ne savent qu'il a des pouvoirs magiques, mais ses pouvoirs deviennent incontrôlables, et il se pourrait qu'ils découvrent par eux-mêmes ce dont il est capable.

Emma est devenue recluse et il n'y a rien qu'elle désire plus que s'éteindre dans une mort paisible. Après qu'elle ait été secourue par des extraterrestres, ses blessures physiques furent guéries mais ils ne parvinrent pas à atteindre celles cachées au plus profond d'elle. Ha'ven, cependant enflamme son tempérament de façon exaspérante, lui faisant vivre pleinement l'instant présent avec ses affirmations impossibles que sa magie est venue se mêler à la sienne, qu'ils sont faits l'un pour l'autre...

Auteur de renommée internationale, S.E. Smith nous présente une nouvelle histoire pleine d'action, de romance et d'aventure. Débordant de l'humour qui la caractérise, de paysages éclatants, et de personnages attachants, il est certain que ce livre deviendra un nouveau favori des fans !

PROLOGUE

*I*l y a plus d'un siècle, une Grande Guerre faisait rage entre trois des plus féroces espèces d'une galaxie connue sous le nom de Heron Prime. Ces espèces étaient les métamorphes dragons valdiers, les métamorphes chats sarafins, et les puissants Curizans, une espèce dont les talents en matière de technologie n'étaient surpassés que par leur capacité à utiliser et à manipuler l'énergie qui les entourent.

La guerre fut longue et violente, déchirant la galaxie pendant près d'un siècle sans qu'aucune des espèces ne parvienne à surpasser les capacités des autres. Ce ne fut que lorsque deux jeunes princes et un très jeune roi joignirent leurs forces dans une alliance inattendue qu'il fut découvert que des forces de leurs propres mondes étaient responsables de la guerre. Ces forces étaient déterminées à éliminer les Maisons dirigeantes afin de pouvoir prendre le contrôle et mener un règne de perfidie et de terreur.

L'amitié qui se développa entre Ha'ven Ha'darra, prince de Curizan, Vox d'Rojah, roi de Sarafin, et Creon Reykill, prince de Valdier, devint indestructible alors qu'ils travaillèrent ensemble pour amener la paix à leurs peuples et capturer les responsables des carnages et de la destruction sur leurs mondes.

Les traîtres, toujours déterminés à éliminer les familles royales, kidnappèrent Zoran Reykill, le dirigeant des Valdiers, dans l'espoir de relancer la guerre. Grièvement blessé, Zoran s'échappa dans son vaisseau de guerre symbiotique vers une planète inconnue dans un système stellaire lointain. Après avoir atterri sur Terre, il fut secouru par une jeune femelle. Il la revendiqua comme sa compagne et rentra sur son monde avec elle et plusieurs autres femelles. Lors d'une nouvelle visite, d'autres femmes de la Terre furent ramenées à Valdier.

eran-Pax, Planète Natale des Curizans

Ha'ven prit une profonde inspiration alors qu'il traversait en courant les chemins tortueux. Son objectif était d'atteindre ses quartiers et la chambre renforcée qui se trouvait dessous. Il jura quand il sentit une autre explosion d'énergie brûlante déferler à l'intérieur de son corps.

J'aurais dû retourner à mes quartiers il y a des heures, pensa-t-il sombrement.

Il trébucha et ralentit quand il approcha la bifurcation sur le chemin. Il scanna attentivement l'immense jardin qui séparait sa demeure de celles de ses parents et de ses frères. L'effroi l'envahit quand il réalisa qu'il ne parviendrait pas à rentrer à temps. Le déferlement en lui avait tant crû que l'effort qu'il devait fournir pour retenir la sombre puissance en lui le faisait haleter. Ses yeux se levèrent tandis qu'il s'arrêtait à l'embranchement, et il se retrouva à fixer le ciel dégagé de la nuit et à prier qu'un miracle se produise. Ses yeux le brûlaient alors qu'il se sentait perdre le contrôle.

Pourquoi ? demanda-t-il, en proie à une souffrance atroce et silencieuse. *Pourquoi ne puis-je pas trouver un moyen d'exploiter la puissance létale qui s'est déchaînée lors de ma captivité ? Combien de temps vais-je devoir souffrir avant de perdre la raison ou de tuer ceux que j'aime ?*

Les étoiles scintillaient, comme si elles se moquaient de lui et de son manque de sang-froid. Son corps vibrait de la puissance réprimée en lui. Il aurait voulu plus s'éloigner du palais, mais il avait été en réunion toute la journée et avait attendu trop longtemps. Il craignait à présent de ne pas être capable de contrôler l'excédent d'énergie qui s'était accumulé en lui comme dans un volcan resté endormi bien trop longtemps. Des couleurs tourbillonnaient autour de ses poings serrés et remontaient le long de ses bras. Il serra les dents, luttant contre l'énergie qui menaçait de le brûler de l'intérieur.

Il prit une inspiration irrégulière et balaya à nouveau les jardins du regard afin de s'assurer que personne ne se trouvait près de lui. Avec un grognement sonore, il se laissa tomber à genoux, desserra les poings et plaqua ses paumes contre le sol. Un frisson secoua sa haute et imposante carrure alors qu'il fermait les yeux. Il libéra les longs tentacules d'énergie qui tourbillonnèrent autour de lui avant de s'enfoncer brusquement dans le sol meuble. Le sol se tordit et gémit face à cette attaque. Un cri s'arracha de ses lèvres tandis que le puissant déferlement explosait hors de lui. Il savait que tout dans un rayon d'un demi-kilomètre autour de lui serait détruit s'il ne bridait pas le déferlement d'énergie qui s'échappait de son corps. Il haletait alors qu'il essayait de reprendre le contrôle et de réguler le flot, en vain. Il avait perdu le contrôle... une fois de plus. Il ne pouvait qu'espérer qu'il se trouvait assez loin de tout le monde tandis que la puissance en lui se libérait.

— Non ! rugit Ha'ven, ouvrant ses yeux brillants et les levant vers les étoiles. Non ! grogna-t-il à nouveau, serrant les dents tandis que la douleur envahissait son corps alors que l'énergie brute explosait hors de lui en des vagues ressemblants à celles causées par une énorme pierre jetée dans un bassin calme.

— Ha'ven ! cria son père d'une voix sévère. Concentre-toi, mon fils. Libère-la lentement. Tu peux le faire, dit Melek d'une voix plus calme. Je t'aiderai si tu n'y arrives pas.

Ha'ven émit un sifflement alors qu'il se battait pour contrôler les filins d'énergie tourbillonnante. Il sentit les bandes s'enrouler autour de ses avant-bras épais. Il prit des inspirations profondes et apaisantes, luttant pour vider son esprit et ne se concentrer que sur les bandes.

Fermant les yeux, il se concentra comme son grand-père le lui avait appris. Il imagina l'énergie s'enfonçant profondément dans le sol et nourrissant le jardin. Des bandes rouges et dorées s'entremêlèrent et s'enfoncèrent plus profondément dans le sol qui s'assombrissait. Il ne vit pas la nouvelle vie jaillir du sol, les arbres grandir, ou encore les vignes serpenter le long du sol luxuriant. Au moment où il crut avoir peut-être repris le contrôle, une autre vague le frappa plus fort et plus longtemps.

Ha'ven jeta la tête en arrière et rugit alors que des bandes d'énergie sombre explosèrent comme une supernova, rasant les nouvelles pousses et brisant les arbres comme des cure-dents. Les couleurs tourbillonnantes d'énergie s'estompèrent tout aussi rapidement, le laissant faible et malade. Il tomba en avant sur les mains et baissa la tête jusqu'à ce qu'elle touche presque le sol. Inspirant profondément, il lutta contre la faiblesse paralysante qui le menaçait. Se forçant à relever la tête, il regarda dans la direction d'où la voix de son père l'avait appelé.

Il refoula la nausée et regarda en arrière vers le chemin qu'il avait emprunté. Il poussa un soupir de soulagement quand il vit son père debout quelques mètres derrière lui. Il détourna le visage afin que l'homme qui n'était que récemment revenu dans sa vie ne puisse pas voir la honte qui s'y trouvait.

Se forçant à se redresser, il prit lentement appui sur ses talons jusqu'à ce qu'il se tienne droit, les mains sur les cuisses. Il continua à respirer profondément jusqu'à ce qu'il cesse de trembler.

— Tu n'aurais pas dû me suivre, cracha Ha'ven d'une voix sombre et rauque.

Il tourna à nouveau la tête pour jeter un regard noir au grand mâle qui baissait lentement les bras. L'éclatant bouclier que Melek avait levé commença à se dissoudre tandis que ses mains retombaient silencieusement le long de ses flancs.

— J'aurais pu te tuer, grogna Ha'ven en se relevant sur des jambes tremblantes.

— Tu aurais dû me le dire, dit Melek d'une voix bourrue en s'approchant de Ha'ven qui était à présent debout et raide.

Ha'ven regarda son père et grimaça de dégoût.

— Te dire quoi ? Que j'ai perdu le contrôle de mes pouvoirs ? Que je serai bientôt trop dangereux pour être gardé en vie ? demanda-t-il, dégoûté.

Melek mit une main sur l'épaule de Ha'ven.

— Je ne peux pas t'aider si tu ne me laisses pas le faire, répondit-il calmement.

Ha'ven resta figé un moment avant de hausser les épaules, résigné. Il regarda la destruction autour de lui. Il prit une profonde inspiration et se concentra, appelant l'énergie tout au fond de lui. Il la contrôlait, cette fois, lorsqu'il leva les mains. Il concentra l'énergie qui se trouvait autour et à l'intérieur de lui et envoya des flots sinueux en direction de la végétation détruite et broyée.

Melek regarda en silence les bandes tourbillonnantes atteindre les dégâts et ressouder les morceaux brisés. Le fait que son fils aîné ne puisse pas réparer son âme de la même façon le faisait souffrir en son for intérieur. Un regret amer le déchira à l'idée de ne pas avoir été là quand Ha'ven avait besoin de lui.

Une fois que Ha'ven eut fini de réparer les dégâts, il se tourna silencieusement et repartit en direction de ses quartiers. Il savait que son père marchait à ses côtés, analysant calmement ce qu'il avait vu. Une part de lui voulait fulminer et hurler à l'homme à côté de lui de le laisser seul tandis qu'une autre réalisait que cela n'arriverait jamais.

S'il y avait une chose qu'il savait à propos de sa famille, c'était qu'ils ne tournaient jamais le dos quand l'un d'entre eux avait des ennuis. Il n'était guère différent. Il avait envoyé ses deux demi-frères cadets, les jumeaux Adalard et Jazar, que tout le monde appelait Flèche à cause de sa passion pour l'archerie, accomplir des missions qui étaient censées assurer leur sécurité. Au lieu de cela, ils avaient tous les deux failli être tués par les assassins lancés à leur poursuite.

— Ha'ven, commença doucement Melek.

— Tu ne peux pas m'aider, l'interrompit abruptement Ha'ven avant de s'arrêter et de se tourner pour le regarder. Il n'y a rien qui puisse être fait pour me sauver, continua-t-il d'une voix plus basse. Ce qu'Aria a déchaîné me consume.

Melek étudia l'expression sombre sur le visage de son fils. La sienne s'assombrit aussi quand il repensa aux dommages qu'avait causé la perfide fille de son cousin. Aria était née dans la lignée de la Maison royale de Ceran-Pax, mais elle avait été tout sauf satisfaite de passer sa vie à être dorlotée. Elle était avide de pouvoir.

Aria s'était alliée à Ben'qumain, le demi-frère de Ha'ven, dans l'espoir d'évincer la famille Ha'darra du pouvoir. Ben'qumain était jaloux du pouvoir qu'avait son demi-frère aîné en tant qu'héritier au trône de Curizan. Simplement renverser la famille dirigeante de Curizan ne suffisait à satisfaire les deux traîtres. Ils avaient forgé une alliance avec Raffvin Reykill de Valdier et des rebelles dans le but de renverser également les d'Rojah, la famille dirigeante de Sarafin. Leur plan était simple : ils voulaient diviser les trois espèces les plus puissantes. Ils avaient réussi dans une certaine mesure.

Ils avaient minutieusement orchestré la Grande Guerre entre les trois espèces. Des milliers de membres de chacune des trois étaient morts inutilement. Melek se sentait coupable de ne pas avoir découvert ce plan plus tôt.

Melek mit une main sur l'épaule de Ha'ven pour empêcher son fils de se détourner de lui. Il savait qu'il ferait tout ce qui serait nécessaire pour sauver la famille qu'il n'avait été que récemment capable de revendiquer. Il ne perdrait pas à nouveau le moindre d'entre eux ; pas sa compagne adorée, Narissa, ni ses trois fils. Il avait rapidement revendiqué Adalard et Flèche à son retour.

— Il y a peut-être un moyen, insista Melek avec détermination.

— Comment ? demanda Ha'ven avant de tendre le bras et de désigner le chemin derrière eux. Tu as vu ce qui s'est passé ! Je perds lentement le contrôle. C'est plus puissant à chaque fois. Si je perds le contrôle au mauvais moment, même ton bouclier ne suffira pas à te protéger. Tu crois que je veux prendre le risque de te tuer ou de tuer Mère ou mes frères ?

— Tout ce que je demande, c'est que tu n'abandonnes pas, dit Melek. Je ne te perdrai pas. J'ai passé trop d'années à te regarder de loin. Je ne perdrai pas à nouveau ma famille maintenant que je l'ai récupérée.

Ha'ven ouvrit la bouche pour asséner une réplique pleine d'amertume, mais il la ravala. Il savait quel sacrifice son père biologique avait dû faire pour son peuple. Même dans l'obscurité, Ha'ven pouvait voir les lignes d'anxiété aux coins de la bouche de son père.

En tant que second fils de la famille régnante, Melek avait dû s'écarter quand la femme qu'il aimait avait été donnée à son frère aîné, Hermon, dans le but de renforcer la famille régnante.

Hermon ne s'était pas mis en couple avec la mère de son fils, une femme d'une classe sociale plus basse. Ben'qumain était né seulement quelques jours après que Narissa ait donné naissance à Ha'ven qui avait été conçu durant l'unique brève nuit que sa mère et Melek avait passé ensemble avant d'être séparés.

La mère de Ben'qumain avait envoyé son nouveau-né à Hermon dans une tentative d'ébranler la nouvelle alliance entre les maisons royales. À la place, Narissa avait pris la responsabilité d'élever les deux nouveau-nés comme s'ils étaient tous les deux siens. Six ans plus tard, elle avait donné naissance à des jumeaux, Adalard et Jazar. Le ressentiment qu'éprouvait Ben'qumain grandit avec le temps alors qu'il devenait évident qu'il n'avait pas hérité des pouvoirs que Ha'ven et ses deux frères cadets possédaient.

Hermon était alors tombé amoureux de sa nouvelle compagne, ignorant que son cœur appartenait à son frère cadet et que Ha'ven n'était pas son fils. Au fil du temps, Narissa finit par réellement s'attacher à Hermon bien que cet amour ne fût pas animé de la même passion profonde qu'elle éprouvait pour Melek. Ce dernier, par respect pour le règne de son frère, avait choisi des tâches qui le tenaient loin du palais aussi longtemps que possible. Il avait commandé l'armée curizan puis avait ensuite fini par guider Ha'ven et travailler à ses côtés durant la Grande Guerre quand ce dernier fut assez âgé pour rejoindre l'armée. Il avait chéri le temps passé avec son fils même s'il ne pouvait pas le revendiquer comme tel.

Ce ne fut que récemment que Ha'ven découvrit que non seulement Ben'qumain était responsable de la mort de Hermon, mais aussi que Melek était son vrai père. Il avait toujours respecté Melek pour son intégrité, son honneur et sa présence d'esprit. Et pourtant, il lui avait été difficile d'accepter que le mâle qu'il avait toujours vu comme étant son mentor était en réalité aussi son père.

Par chance, Melek était rentré à temps pour empêcher ceux qui travaillaient aux côtés de son neveu de tuer sa mère et ses frères cadets. Zoran Reykill, le roi des Valdiers, avait fini par tuer Ben'qumain quand il avait commis l'erreur d'attaquer la compagne humaine de Zoran. Les lèvres de Ha'ven se courbèrent alors qu'il pensa à l'espèce de dragons métamorphes qu'ils avaient combattue durant la guerre et qui était au final devenue un de leurs plus puissants alliés.

Creon Reykill, le plus jeune membre de la famille royale, et lui étaient devenus bons amis après s'être retrouvés piégés dans le même tunnel minier durant la guerre. Peu après, Creon avait rencontré et était tombé amoureux de sa cousine, Aria, ignorant l'existence de ses plans perfides pour prendre le pouvoir.

Aria avait utilisé contre eux le fait qu'elle était liée à eux deux. Elle s'était servie de ce qu'elle savait de lui pour le kidnapper et l'emprisonner. Elle s'était servie de Creon pour trouver des informations afin d'aider ceux qui essayaient de renverser leurs gouvernements. Creon avait fini par découvrir sa trahison et avait sauvé la vie de Ha'ven.

Leur alliance avait été scellée et Ha'ven savait qu'il ferait tout ce qui était en son pouvoir pour aider Creon et ses frères à vaincre leur oncle. Malheureusement, il devait encore s'occuper des traîtres curizans qui avaient travaillé aux côtés de Ben'qumain. Ils voulaient à présent renverser la famille régnante à tout prix car ils savaient que dès qu'ils seraient découverts, ils seraient condamnés à mort pour trahison envers leur peuple.

— Je… j'apprécierais toute aide que tu pourrais me donner, admit Ha'ven à contrecœur.

Melek hocha solennellement la tête avant de lever les yeux vers les étoiles qui brillaient haut dans le ciel.

— Il y a peut-être des informations dans les anciennes archives. Je travaillerai avec ceux en charge de les garder, dit-il en dirigeant à nouveau son regard vers Ha'ven.

Ha'ven hocha brièvement la tête.

— Parles-en avec Salvin. Je lui fais confiance pour ne pas éventer le problème, répondit Ha'ven. J'ai besoin de passer quelques choses en revue avant qu'Adalard et moi ne partions pour Valdier dans la matinée. Un piège a été mis en place pour Raffvin. Je crois comprendre que les choses ont changé à tel point qu'il est probable que nous éliminions bientôt un autre leader majeur de la rébellion.

Melek prit une profonde inspiration puis la relâcha.

— Je serai heureux quand le reste d'entre eux auront été traduits en justice. Je travaillerai avec Flèche pour continuer à démasquer ceux qui travaillent toujours contre la famille royale ici.

— Merci, dit Ha'ven, se tournant pour continuer son chemin.

— Ha'ven, l'appela doucement Melek.

Celui-ci se tourna et regarda l'ombre noire de son père.

— Fais attention. Ta mère m'a fait promettre de te le dire.

Ha'ven ne prit même pas la peine d'essayer de retenir le petit sourire qui se dessina sur ses lèvres alors qu'il regardait l'homme qui luttait pour trouver sa place dans la vie de son fils adulte. Il voyait la préoccupation, la fierté et l'inquiétude. C'était la raison pour laquelle il voulait éviter toute relation sérieuse. Il avait bien assez de sujets d'inquiétude sans ajouter de femelle pour couronner le tout.

— Mais alors comment suis-je censé m'amuser ? répondit Ha'ven avec un petit rire tout en se retournant avant de disparaître dans l'obscurité.

Melek laissa échapper un soupir et secoua la tête.

— C'est exactement ce que ta mère a dit que tu dirais, marmonna-t-il avant de se tourner pour retourner à ses propres quartiers.

2

*H*a'ven manœuvra le vaisseau de transport à travers les épais nuages à près de dix kilomètres du palais royale de Valdier. Il avait quitté Ceran-Pax voilà plusieurs jours avec Adalard comme seul compagnon. Seuls quelques habitants de la planète triés sur le volet savaient qu'ils arrivaient. Il avait pris cette décision après avoir longuement parlé avec Creon Reykill. Les deux hommes avaient décidé qu'il serait prudent qu'aussi peu de personnes que possible soient au courant de leur présence, à Adalard et lui.

En temps normal, il préférait voyager seul quand il le pouvait, mais Adalard avait insisté pour l'accompagner. Ha'ven savait que son frère voulait s'assurer par lui-même que Mandra s'était remis des blessures dont il avait souffert quand il avait combattu Raffvin et son armée peu auparavant. Son frère cadet s'était entiché de la femme humaine que Mandra Reykill avait prise pour compagne.

Ha'ven commençait personnellement à penser qu'il valait mieux éviter cette espèce. Quand il en avait entendu parler pour la première fois et avait rencontré Carmen, la compagne de Creon, cela avait éveillé sa curiosité. Après tout, ce n'était pas souvent qu'il se retrouvait pendu la tête en bas à la queue d'une femelle dragon, ou piégé sous une pile de corps avec elle assise sur lui ou qu'une mèche de ses cheveux était prise comme trophée.

Simplement, plus il passait de temps en compagnie de cette espèce, plus il voyait l'influence que ses membres avaient sur les autres espèces et cela l'inquiétait. Il aimait sa liberté, et bien qu'il ne serait pas contre le fait de s'amuser une nuit ou deux, il n'avait aucune envie de se retrouver sous l'emprise de leur envoûtement, quel qu'il soit.

Il ne savait vraiment pas ce qu'il y avait chez elles, mais chacun des frères Reykill était tombé sous le charme de l'une d'entre elles. Si ce que Creon lui avait dit l'autre nuit était vrai, cela ne se limitait pas non plus aux femelles de l'espèce.

Ha'ven avait été sous le choc quand Creon lui avait appris que sa mère avait été revendiquée par le père de la femelle humaine appelée Trisha. Ha'ven espérait simplement qu'il n'y avait pas d'autres membres de cette espèce dans les parages. Si c'était le cas, il prévoyait de les éviter à tout prix.

— Je veux voir comment vont Ariel et Mandra, commenta Adalard, interrompant sa rêverie alors qu'il démarrait le mécanisme d'atterrissage. Tu aurais dû voir Bahadur essayer de charmer Ariel pour qu'elle quitte Mandra pour lui.

— Bahadur ? répéta Ha'ven, surpris, en regardant son frère d'un air choqué. Ce bâtard insensible voulait la compagne humaine de Mandra pour lui tout seul ?

Adalard ricana et hocha la tête.

— Ouais, je crois qu'il prévoit de prendre des vacances quand tout ceci sera terminé. Elle l'a fasciné et il m'a demandé de découvrir la localisation de sa planète.

Ce qu'Adalard ne disait pas à son frère aîné, c'était qu'Ariel avait aussi mentionné une femelle de sa planète qu'elle pensait être parfaite pour lui. Il n'était pas intéressé par quoi que ce soit de permanent, comme une partenaire de vie, mais il n'était pas contre l'idée de s'amuser un peu. Si cette Samara dont avait parlé Ariel était ne serait-ce qu'à moitié aussi intéressante que cette dernière, il aimerait bien la rencontrer et explorer les différences entre leurs deux espèces pendant un petit moment.

— Eh bien, dis à Bahadur que non. Je sais que j'ai mentionné qu'il pourrait être intéressant de s'amuser avec une ou deux, mais j'ai changé d'avis à propos du fait de vouloir rencontrer cette espèce, dit Ha'ven en frissonnant. La dernière chose dont nous avons besoin est avoir une flopée de ces Humains sur notre planète. Tu as vu à quelle vitesse ils ont mis la famille royale de Valdier à genoux... littéralement. Creon m'a dit que sa compagne l'a tabassé et que celle de Mandra l'a assommé !

Le rire rauque d'Adalard emplit le cockpit du véhicule à l'idée de minuscules femelles dérouillant des mâles deux fois plus grands qu'elles. Il plaisanta avec Ha'ven à propos de quelques autres histoires qu'il avait entendues des membres de l'équipage voyageant avec Mandra. Il raconta des histoires allant de la collection d'animaux de compagnie d'Ariel à ses propres observations après l'avoir vue tabasser les marchands dans le bar sur le spatioport où ils étaient venus le chercher.

Ha'ven ne l'écouta que d'une oreille, se demandant ce qui avait pu arriver aux énormes métamorphes dragons pour qu'ils changent ainsi. D'après ce que lui avait dit Adalard et du peu qu'il avait vu, il y avait définitivement quelque chose chez cette espèce qui chamboulait ses amis et leurs symbiotes.

Diable, même Vox était tombé fou amoureux d'une femelle humaine que les Antrox avaient dans leur mine ! Le maudit métamorphe chat était tout aussi létal qu'eux et était connu pour prendre ses femmes vite et fort. La femelle humaine avait tant chamboulé son ami velu que le roi sarafin courrait pratiquement après sa propre queue la dernière fois qu'il lui avait parlé !

— Et si cela ne suffisait pas, ils ont à présent des jeunes dont ils doivent s'inquiéter, disait Adalard alors qu'il terminait la procédure d'atterrissage tandis que Ha'ven les guidait vers une clairière juste assez grande pour le véhicule. Je sais qu'ils s'inquiètent à l'idée que Raffvin ou ceux qui travaillent pour lui puissent essayer de les attaquer.

Ha'ven regarda brièvement Adalard avant de rediriger son attention sur l'approche finale. Il se mit en vol stationnaire au-dessus de l'herbe épaisse, puis fit atterrir le véhicule au centre de la petite prairie. Il éteignit les moteurs d'un mouvement des mains, aspirant les bandes d'énergie tourbillonnantes dans son corps. Un autre avantage de voyager dans ce véhicule était qu'il pouvait utiliser sa propre énergie pour l'alimenter, réduisant ainsi le risque que le scénario de l'autre nuit se produise à nouveau.

— Creon m'a parlé de ses filles, admit Ha'ven. Je ferai tout ce qui est en mon pouvoir pour les protéger, sa compagne et elles.

Adalard se contenta de hocher la tête. Il savait que ses pouvoirs étaient considérables, mais ils faisaient pâle figure comparés à ceux de son frère aîné. Adalard et son jumeau avaient toujours admiré Ha'ven qui les avait protégés de Ben'qumain quand ils étaient encore jeunes et vulnérables. Il les avait encouragés à travailler ensemble et à développer les pouvoirs en eux. Depuis sa captivité sur un astéroïde prison connu sous le nom de l'Enfer, les pouvoirs de Ha'ven avaient grandi au point que Flèche et lui s'inquiétaient de l'effet qu'ils pourraient avoir sur lui.

— Ha'ven, dit Adalard en se tournant pour regarder son frère aîné alors qu'il commençait à se lever. Est-ce que tu vas bien ? La nuit dernière, j'ai senti...

La voix d'Adalard mourut tandis qu'il étudiait l'immense mâle en face de lui.

Ha'ven vit l'inquiétude sur le visage de son frère cadet. Ses yeux balayèrent la longue cicatrice qui ornait la joue d'Adalard. Son frère refusait de la faire retirer, déclarant qu'elle lui rappelait l'existence des dangers autour de lui.

— Je vais bien, dit Ha'ven avec un petit hochement de tête. Voyons voir quels plans ont été mis en place. Raffvin n'est pas le seul danger. Nous devons encore nous charger des traîtres dans nos rangs.

Adalard hocha la tête et se leva. Il suivit son frère dans le couloir et sortit par la petite écoutille située sous le vaisseau spatial. Une fois qu'Adalard fut assez éloigné du véhicule, Ha'ven appuya sur un bouton situé sur la ceinture attachée bas sur ses hanches. Le véhicule scintilla un instant avant de disparaître.

Les Curizans utilisaient une combinaison de technologie et de

« magie » comme l'appelaient certains des mondes. Ils étaient en réalité capables de recueillir l'énergie qui se trouvait autour d'eux et de la conserver à l'intérieur de leurs corps. Une fois qu'elle s'y trouvait, ils pouvaient la manipuler pour faire tout ce qu'ils désiraient.

Chaque Curizan naissait avec des capacités et un niveau de contrôle différents. Certains s'en servaient pour être guérisseurs, certains devenaient de meilleurs pilotes, certains de meilleurs guerriers. Ceux qui régnaient dans la Maison royale de Curizan étaient capables de la maîtriser et de la manipuler de façons qui dépassaient les capacités limitées de la plupart des citoyens de Ceran-Pax.

La famille Ha'darra régnait depuis des siècles. Ha'ven était en train de découvrir que leur puissance ne connaissait pas de limite. L'étendue complète de leurs capacités n'avait jamais été explorée par crainte que, si libérée, leur puissance pourrait détruire non seulement celui qui la manipulait mais aussi le monde entier.

Ha'ven avait toujours cru qu'il s'agissait d'un mythe transmis à travers les siècles pour mettre en garde les générations à venir des dangers du pouvoir absolu. Après tout, un homme mort ne pouvait pas régner sur une planète morte. Il savait à présent que les mises en garde étaient bel et bien réelles. S'il ne parvenait pas à trouver rapidement un moyen de contrôler la puissance qui croissait en lui, la seule solution serait d'éliminer la menace faite à son monde.

— Ha'ven, est-ce que tu es prêt ? demanda Adalard en lui touchant le bras. La salle de téléportation est prête, c'est quand tu veux.

— Dis-leur que c'est bon, dit Ha'ven, s'écartant brusquement et marmonnant un juron quand il réalisa qu'Adalard le regardait toujours d'un air inquiet.

Quelques secondes plus tard, Adalard et lui se trouvaient dans la salle de téléportation centrale à l'intérieur du palais. S'il avait été à bord de l'un des plus grands vaisseaux de guerre curizans, il se serait simplement téléporté dans la pièce, mais il était inenvisageable qu'ils laissent leur véhicule dans l'espace sans personne à bord. Il contenait une nouvelle technologie qu'Adalard et lui avaient récemment développée.

Le véhicule, petit mais pourtant racé, était parfait pour ce genre de mission. Il avait été conçu afin qu'un équipage de deux ou trois personnes puissent voyager très confortablement à bord pendant des mois si nécessaire ou pour des missions furtives comme celle-ci. Ils l'avaient conçu de façon à ce qu'il fonctionne spécifiquement avec l'énergie qu'ils pouvaient manipuler. Les armes, la navigation, et les boucliers montaient en puissance au fur et à mesure qu'ils y injectaient directement leurs pouvoirs.

Il se servait principalement du véhicule pour des petits trajets comme celui-ci, préférant voyager seul quand cela était possible. Il avait au départ prévu de faire le trajet à bord d'un vaisseau de guerre avec Bahadur et Adalard, mais après une longue discussion avec Melek et ses frères, ils avaient décidé d'envoyer plusieurs de leurs généraux de confiance, y compris Bahadur, se charger de quelques-unes des bases rebelles que Flèche avait récemment découvertes.

Flèche mènerait la lutte pendant qu'Adalard et lui travaillaient avec les Valdiers. Raffvin était un des instigateurs clés derrière la rébellion et un des plus létaux. Il devait être arrêté une bonne fois pour toutes.

Il prit une profonde inspiration alors qu'il sentit l'énergie l'entourer tandis que l'appareil verrouillait sa position. Ses yeux se plissèrent quand il sentit l'énergie du faisceau de téléportation fusionner avec celle à l'intérieur de lui. Il ne ressentit pas la désorientation dont beaucoup se plaignaient au début. Il vit et sentit son corps se briser en de minuscules particules et se délecta de la sensation de liberté que cela lui fit ressentir. Il gémit presque quand il sentit son corps se rematérialiser sur la plateforme.

Il va vraiment falloir que je découvre comment faire cela moi-même, pensa-t-il avant que ses yeux ne rencontrent les yeux or foncé de Creon Reykill.

3

— *Z*oran a organisé une réunion, expliqua Creon alors qu'ils traversaient les couloirs du palais valdier. Le compagnon de *Dola* sera là lui aussi. Il a un plan et il pense qu'il fonctionnera. As-tu trouvé quoi que ce soit de nouveau sur ceux qui travaillaient avec Ben'qumain sur ton monde ?

— Oui, il semblerait que même mort, mon ancien demi-frère cause toujours des problèmes, dit Ha'ven d'une voix pesante.

— Je suis simplement heureux qu'il soit mort, dit Adalard en faisant glisser ses doigts le long de la cicatrice sur sa joue. J'aurais aimé être là quand Zoran l'a brûlé.

Ha'ven ne répondit pas. Il avait été présent. En effet, il avait été celui qui avait dévié les pouvoirs de Ben'qumain afin qu'il ne puisse pas s'en servir pour attaquer Zoran. Bien que son demi-frère ait été de sang royal, il n'était pas très puissant. C'était une des choses dont il avait été jaloux chez Ha'ven. Malheureusement, Aria, elle, était puissante et elle avait su comment emprisonner Ha'ven. Ce à quoi aucun d'entre eux ne s'était attendu était la puissance qu'elle libérerait involontairement durant le temps que Ha'ven avait passé sur l'Enfer.

Les hommes traversèrent à grandes enjambées les longs couloirs étincelants. Du marbre blanc brillant et noir chatoyait sur les sols et les murs. Ha'ven jeta un regard amusé à son ami. Il ne voulait rien dire mais son ami semblait avoir lui aussi été emprisonné sur un astéroïde et torturé. Des rides d'épuisement étaient visibles autour de ses yeux et de sa bouche, sans parler du fait que ses cheveux étaient attachés de travers derrière lui comme s'il l'avait fait à la hâte.

Ha'ven ne put s'empêcher de lui demander :

— Comment va la vie de mâle en couple ? Tu as l'air...

Il finit son commentaire avec un signe de la main en direction des cheveux de Creon.

— Quoi ? répondit distraitement Creon avant d'afficher un petit sourire. C'est génial la vie de mâle en couple, dit-il, ignorant la toux étouffée d'incrédulité d'Adalard. C'est être père qui est... un défi. Avoir deux minuscules femelles est éprouvant. Elles sont si petites. J'ai peur de leur faire mal rien qu'en les soulevant. Carmen ne cesse de me répéter qu'elles sont plus résistantes qu'elles en ont l'air mais je ne comprends pas comment c'est possible. Tu devrais voir Trelon, ajouta-t-il avec un grand sourire. Si tu trouves que j'ai mauvaise mine, il est un million de fois pire. Je ne crois pas qu'il ait dormi plus de quelques heures d'affilée depuis la naissance de ses deux petites.

Ha'ven secoua la tête.

— Je suis juste content que ce soit toi et pas moi, mon ami, dit-il d'un air dégoûté. Je n'arrive pas à croire que Vox et toi vous soyez entichés de cette espèce. Qu'y a-t-il chez elles qui vous a fait perdre le contrôle à tous les deux ?

Creon s'arrêta dans le couloir et étudia son ami. Il n'était pas le seul à avoir l'air fatigué. Quelque chose n'allait pas chez Ha'ven. Mais il connaissait assez bien l'immense guerrier curizan pour savoir qu'il valait mieux ne pas demander. S'il était patient, il découvrirait ce qui dérangeait son ami. Malgré la fatigue, il voyait aussi de la curiosité briller dans son regard intense.

— Elle remplit le vide qui se trouve en moi, dit doucement Creon. J'étais inquiet quand je suis retourné sur son monde avec elle.

— Pourquoi ? demanda Adalard avant de se déplacer pour être à côté de son frère. Que s'est-il passé ?

Creon regarda dans le couloir pendant plusieurs longues secondes avant de se retourner pour faire face aux deux hommes. Son visage était sombre. Il jeta un nouveau coup d'œil aux alentours avant de faire un signe de tête en direction d'une petite alcôve située près de plusieurs fenêtres. Il s'y rendit et s'appuya contre le mur près des longues fenêtres qui donnaient sur le jardin central.

— Carmen avait besoin de tourner la page, commença Creon en regardant intensément les deux hommes. Son premier compagnon a été assassiné et elle a été grièvement blessée par un mâle très dangereux sur sa planète pendant qu'elle protégeait le petit d'un autre. Elle était enceinte quand elle a été attaquée et elle a aussi perdu son petit. Elle voulait…, Creon fit une pause et prit une profonde inspiration tout en se tournant pour regarder en direction des jardins. Elle avait besoin de tourner la page avant de pouvoir accepter sa nouvelle vie. Elle voulait trouver et éliminer le mâle qui lui a tant pris. Je savais qu'elle ne serait pas capable de passer autre chose si elle ne le faisait pas.

Adalard jura entre ses dents.

— Je ne peux pas lui en vouloir, mais comment as-tu pu prendre le risque de la remettre en danger de cette façon ? demanda-t-il, incrédule. Elle portait vos petites alors, n'est-ce pas ?

Creon se tourna et fusilla Adalard du regard.

— Oui, mais tu as rencontré Ariel. Carmen est encore plus obstinée que sa sœur ! Que penses-tu qu'il se serait produit si j'avais refusé ? Ariel et elle ont déjà essayé de s'échapper une fois. Crois-tu vraiment que je mettrais sa vie en danger ? C'était la seule façon que j'avais trouvée pour la garder avec moi. Elle… elle a failli mettre fin à ses jours plus d'une fois. Je n'allais pas prendre le risque que cela se produise à nouveau, rétorqua laconiquement Creon.

Ha'ven mit une main sur le bras de Creon.

— Nous ne jugeons pas ta décision, Creon. Je sais plus que quiconque que tu ne mettrais jamais intentionnellement en danger ceux à qui tu tiens, dit-il doucement.

Les yeux de Creon se dirigèrent brusquement vers ceux de Ha'ven. Il n'y vit aucune récrimination même si cela aurait été justifié. C'était de sa faute si Ha'ven avait été capturé et torturé. C'était son refus borné de croire qu'Aria, la femme qu'il croyait aimer, le trahirait.

Son déni avait presque coûté la vie à Ha'ven. Il avait tué Aria et avait tiré d'elle toutes les perfidies qu'elle avait commises avant de lui apporter le soulagement de la mort. Après que Vox et lui aient secouru Ha'ven de la prison dans laquelle il était retenu, il avait regretté ne pas avoir tué la salope encore plus lentement.

Les yeux de Creon se dirigèrent vers Adalard qui hochait la tête pour montrer qu'il était d'accord.

— Je ne voulais pas manquer de respect, Creon. Il est seulement difficile de croire que des femelles puissent réagir si différemment. Même nos femelles ne sont pas vraiment des combattantes. Elles peuvent être des salopes menteuses et trompeuses, mais elles ne savent pas se battre comme un guerrier. J'ai vu la compagne de Mandra en action. Je ne peux qu'imaginer comment doit être ta compagne, dit-il avec un sourire en coin.

— Je me suis assuré qu'elle soit tout le temps sous protection, non pas que ça ait fait de grosse différence. Elle a quand même réglé les choses elle-même. Peu après que nous soyons arrivés sur son monde, un homme qu'elle connaissait l'a contactée et lui a dit où elle pourrait trouver l'homme qu'elle pourchassait. Carmen, Jaguin, Gunner et moi sommes allés lui faire face.

Creon fit une pause et ses yeux prirent une couleur d'un or plus foncé, révélant sa colère.

— Le mâle avait deux femelles dans la pièce avec lui. Elles avaient toutes les deux été brutalement tabassées et torturées. Il avait fait ça en guise de vengeance pour une blessure dont il tenait Carmen pour responsable. L'Humain cherchait toute femelle qui ressemblait un tant soit peu à ma compagne. Une fois qu'il en avait trouvé une, il la torturait et la tuait. D'après l'une des femelles que nous avons secourues, il en avait déjà tué deux autres peu de temps avant que nous arrivions.

Ha'ven émit un sifflement tout en se reculant. Il ne savait que trop bien ce que cela faisait d'être torturé. Le sentiment d'impuissance. Les sentiments de désespoir et finalement la rage d'être à la merci et sous le contrôle de quelqu'un d'autre. Venait ensuite une autre vague de sentiments.

Le désir d'échapper à la douleur, que ce soit par la mort ou par tout autre moyen. Il n'arrivait pas à imaginer quelqu'un infligeant une telle douleur à des femmes innocentes simplement pour le plaisir. Cela allait à l'encontre de tous ses principes.

— Et les femelles ? demanda curieusement Adalard. Les avez-vous ramenées avec vous ?

Creon hocha la tête.

— Oui, l'une d'entre elle est la partenaire de vie de Jaguin, dit-il.

Ha'ven se tourna quand la porte en face d'eux s'ouvrit, Zoran leur jetant un regard noir depuis l'embrasure de la porte. La vie de mâle en couple devait être plaisante pour l'immense chef des Valdiers car ce n'était pas de l'épuisement qui était à l'origine de son air renfrogné. Il semblait plus être dû à de l'impatience d'après la façon dont ses yeux balayaient le couloir.

— Que faites-vous là ? Je veux en terminer avec ça, grogna Zoran. Abby et Zohar vont devoir attendre pour dîner si on n'en finit pas rapidement avec ça.

Ha'ven leva les yeux au ciel.

— Je vois que tu es toujours aussi plaisant qu'à ton habitude, dit-il d'une voix traînante en sortant en premier de l'alcôve.

— Ferme-la, Ha'ven, rétorqua Zoran. Creon aurait dû me laisser te cramer le cul. Je ne sais pas pourquoi il aime tant traîner avec toi et cette boule de poils.

Ha'ven ne put s'empêcher de railler Zoran sur à quel point il était collet monté sur à peu près tout.

— Peut-être parce que contrairement à toi, on n'a pas de balais dans le cul ?

— Un de ces jours, mon mignon, tu n'auras pas ta technologie extravagante avec toi et tu ne pourras plus te cacher, rétorqua Zoran, bien que l'étincelle d'amusement dans ses yeux retirât le côté mordant de ses paroles.

Ha'ven émit un petit rire.

— Jamais. Elle fait autant partie de moi que ton dragon et ton symbiote font partie de toi.

Il n'ajouta pas que ce n'était pas seulement sa technologie qui le protégeait.

— Salutations, Dame Ariel, Dame Reykill, dit Adalard en entrant dans la pièce à la suite de son frère. Puis-je me permettre de dire que vous êtes toutes les deux aussi ravissantes qu'à votre habitude. Je vois que Bahadur n'a pas réussi à vous persuader de quitter le gros dragon qui vous a revendiquée, Dame Ariel.

Le sombre grognement de Mandra fit vibrer l'air alors qu'il attirait Ariel contre son corps dur. Ses yeux volèrent derrière Ha'ven et Adalard pour se poser sur Creon. Il regarda son petit frère hocher la tête pour signifier que Bahadur n'était pas là. Il expira l'air qu'il avait inspiré.

— Vous allez avoir besoin d'un nouveau général si ce bâtard n'arrête pas de lui envoyer des cadeaux. Je vais le découper en petits morceaux et le renvoyer sur son monde dans une toute petite boîte, grogna Mandra d'une voix grave.

Les rires de Morian et d'Ariel emplirent l'air tandis que les hommes commencèrent à rivaliser pour trouver le meilleur moyen de tuer Bahadur. Même Ha'ven ne put résister à l'envie d'ajouter quelques suggestions. Les choses ne se calmèrent qu'une fois qu'un étrange mâle entra silencieusement dans la pièce.

Les yeux de Ha'ven parcoururent Paul Grove lorsqu'il entra. Une vague de malaise traversa Ha'ven quand il réalisa que ce mâle avait pris note de tout ce qui se trouvait dans la pièce en seulement quelques secondes. Il n'avait aucun doute quant au fait que ce mâle serait un opposant létal lors d'un combat. Le regard du mâle se posa sur Morian Reykill dont les joues prirent une délicate couleur rose avant qu'Ariel et elle ne prennent congé.

— Paul, appela Zoran depuis son siège à la tête de la grande table en palissandre. Je voudrais te présenter quelques-uns des guerriers les plus expérimentés et les plus létaux des galaxies connues.

Ha'ven leva les yeux au ciel en entendant la présentation de Zoran.

— N'oublie pas aussi le plus beau, dit Ha'ven d'une voix traînante.

Ce commentaire fit repartir le groupe d'hommes. Ha'ven s'installa confortablement, un petit sourire lui courbant les lèvres alors qu'il écoutait les blagues, les commentaires grossiers, et regardait les gestes encore plus grossiers que les hommes s'échangeaient. C'était une bonne chose. Cela créait de la camaraderie entre les guerriers et cela les rendrait plus forts.

Tu t'es plus battu pour ceux en qui tu avais confiance et que tu respectais, pensa-t-il en regardant Calo, un des féroces guerriers de Creon, jeter un petit couteau à son frère cadet qui l'attrapa sans difficulté. Les choses ne se calmèrent qu'une fois que Creon explosa d'impatience.

Assez ! grogna impatiemment Creon. Adalard, tu vas te retrouver avec une autre cicatrice pour accompagner celle sur son visage si tu ne fais pas attention. Passons aux choses sérieuses, dit-il d'un ton exaspéré en fusillant du regard les hommes assis autour de la grande table. Les bébés n'ont pas bien dormi la nuit dernière, ajouta-t-il d'un air penaud en se rasseyant.

— Les miennes ne font jamais une nuit complète, grogna Trelon Reykill en se passant les mains dans ses cheveux ébouriffés. Elles se sont encore échappées la nuit dernière. Elles manigancent quelque chose de nouveau. Je le sais, c'est tout.

— C'est pour ça que je ne veux jamais trouver de compagne. Ça transforme un homme… marmonna Ha'ven entre ses dents.

— En homme, dit Paul en se levant.

Ha'ven sourcilla face à l'interruption de Paul mais écouta en silence alors que le mâle continuait de brosser un tableau de ce qui s'était passé et d'exposer les grandes lignes du plan pour finalement piéger et tuer Raffvin Reykill. Il se pencha en avant, écoutant attentivement. Il y avait quelque chose à propos de ce mâle qu'il trouvait… étrange. Il regarda Adalard qui lui rendit son regard avec un petit hochement de tête. Ha'ven se concentra en son for intérieur, appelant l'énergie en lui, et marmonna un petit chant de méditation à voix basse pour s'aider à focaliser l'énergie.

Tout ce qui se trouvait dans la pièce s'estompa tandis que l'énergie pulsa hors de son corps et vers l'autre mâle. Une lueur dorée apparut autour du mâle, l'enveloppant dans une brume dorée scintillante.

Quelques secondes plus tard, Ha'ven était à nouveau concentré sur la pièce et fixait l'autre mâle avec un mélange de léger choc et de curiosité. C'était un mâle très puissant qui avait été touché par la Déesse elle-même.

Ha'ven secoua la tête pour éclaircir sa vision quand un autre grand mâle entra soudainement dans la pièce. Un sourire se dessina sur son visage alors qu'il reconnut les cheveux courts et sombres, l'expression renfrognée tout aussi sombre, et les vives tâches sous le gilet noir que portait le mâle. Des yeux intenses se posèrent sur Paul Groves avant que le roi sarafin n'ouvre la bouche et ne mette les pieds dans le plat, comme d'habitude.

— Qui es-tu ? demanda Vox en reniflant bruyamment. Tu as l'air humain, tu sens comme un Humain, mais il y a une autre odeur sur toi.

Ha'ven émit un petit rire tandis qu'une ritournelle de gloussements étouffés répondit à sa déclaration. L'immense métamorphe chat avait pour habitude de dire ce qu'il pensait et cela se terminait toujours en une émeute ou en des problèmes quelconques. L'Humain mit dix minutes à finalement réussir à calmer tout le monde une fois de plus.

Oui, si je dois partir en guerre, il n'y a personne d'autre que je voudrais plus avoir à mes côtés que les hommes dans cette pièce, pensa Ha'ven en contractant son poing afin d'empêcher la puissance qu'il avait attirée de croître encore plus.

4

— *E*st-ce que tu veux manger quelque chose ? demanda une douce voix inquiète.

Emma ne répondit pas. Elle n'était pas sûre qu'elle pourrait manger si elle en avait envie. Cela faisait tellement longtemps qu'elle ne s'était pas servie de sa voix. Cela ne changeait rien au fait qu'elle ne voulait pas répondre. Cela demandait trop d'efforts et cela lui ferait accepter où elle était et ce qui lui était arrivé.

Au lieu de cela, elle s'assit plutôt, recroquevillée sur la chaise près de la fenêtre et regarda le ciel clair, attendant que l'obscurité descende à nouveau. Elle aimait l'obscurité. Elle n'amenait pas de cauchemars effrayants ou d'horribles monstres. Non, c'était la lumière qui faisait cela. Dans l'obscurité, elle était invisible, cachée des yeux de tous et de tout. Dans l'obscurité, elle était... en sécurité. Ou du moins, autant qu'elle pourrait jamais l'être.

Emma entendit Sara soupirer quand elle ne répondit pas. Elle ne savait vraiment pas pourquoi Sara continuait à essayer de la faire revivre. Elle ne voulait pas vivre, elle ne voulait *plus* vivre. Elle n'avait aucune raison de vivre. Elle avait perdu tout ce qui avait jamais compté pour elle.

— Il faut que tu manges, ma chérie, dit Sara en s'agenouillant devant Emma et en prenant une de ses mains fines dans les siennes. Tu perds beaucoup trop de poids. La nourriture est délicieuse. Nous pourrons aller nous promener dans le jardin après. Il y a tant de plantes intéressantes et insolites que je te jure que cela va me prendre le reste de ma vie pour toutes les découvrir. Si nous étions à la maison...

La voix de Sara mourut quand elle sentit le faible tremblement dans la main qu'elle tenait. Un coup à la porte lui fit lâcher la main d'Emma et se lever pour aller répondre. Emma glissa immédiatement ses mains sous la couverture légère qui avait été soigneusement enroulée autour d'elle. Elle entendit une conversation à voix basses avant qu'une autre silhouette n'entre dans les quartiers qui leurs avaient été donnés.

Valdier... pensa Emma. *Quel nom étrange. Il s'accorde bien avec les étranges créatures qui vivent ici. C'est si différent de la Terre. Je me demande comment va ma mère,* se demanda-t-elle distraitement. *Je me demande si je lui manque.*

— Emma, Abby est venue te voir, dit doucement Sara. Elle a aussi amené Zohar. N'est-il pas adorable ?

Emma ne se tourna pas pour regarder ceux qui étaient entrés dans la pièce. Cela aussi demandait trop d'efforts. Elle savait que l'autre femme venait de la Terre. Elle venait tous les jours pour voir comment elle allait. Récemment, elle s'était mise à amener aussi d'autres femmes de la Terre. Celle qui s'appelait Cara était amusante. Emma aimait quand elle venait. Bien qu'elle ne laissât les autres le savoir, elle trouvait que la joie de vivre de la jeune femme était fascinante à regarder.

— Salut Emma, comment tu vas aujourd'hui ? demanda doucement Abby en venant s'asseoir sur le sol à côté de la fenêtre.

L'enfant en bas-âge sur ses genoux se pencha immédiatement en avant et essaya de s'éloigner d'elle en se tortillant. Emma le regarda finalement y parvenir et foncer immédiatement vers elle. Abby fit un geste pour l'arrêter mais sembla décider de le laisser explorer. Emma baissa les yeux à contrecœur jusqu'à ce qu'elle finisse par fixer une paire d'yeux dorés très curieux.

Des yeux dorés, pensa Emma en se renfermant encore plus sur elle-même. *Des extraterrestres, un autre monde. Si loin de la maison. Si incroyablement loin de la maison,* pensa-t-elle tristement en fermant les yeux pour ignorer tout ce qui l'entourait.

~

Plusieurs mois plus tôt :

— Maman, je vais en Amérique du Sud, dit Emma d'une voix excitée en entrant dans la pièce à la décoration joyeuse où sa mère passait ses journées. J'ai été acceptée par la troupe Aider les Enfants avec de la Musique. Toutes ces années que papa et toi avez passées à travailler avec moi ont finalement payé.

La femme assise à la fenêtre se tourna et sourit lorsqu'Emma entra. Elle portait la nouvelle jolie robe pastelle qu'Emma lui avait achetée la semaine précédente. Elle se leva et tendit la main pour prendre les fleurs qu'Emma tenait.

— Est-ce que c'est pour moi ? demanda Alice Watson avec un sourire. Merci beaucoup, ma chérie. Est-ce que je vous connais ?

Emma soupira en donnant les fleurs à sa mère qui les amena immédiatement vers le vase sur la petite table d'appoint et commença à remplacer les fleurs fanées par les fraîches. Ce jour allait être un autre crève-cœur. Le stade avancé de la maladie d'Alzheimer rendait ses visites quotidiennes de plus en plus difficiles à supporter. Sa mère ne se rappelait que très rarement qui elle était d'une minute à l'autre, et encore moins d'un jour à l'autre.

Ses parents étaient plus âgés que la normale quand elle était née. Son père avait été chanteur tandis que sa mère avait été une professeure de danse qui avait commencé sa carrière en tant que ballerine avant de devenir chorégraphe. Le monde d'Emma avait tourné autour de ses parents autant que le leur avait tourné autour d'elle.

Ils avaient été ses meilleurs amis ainsi que ses mentors. Il y avait toujours eu de la musique et des rires dans leur maison. Elle avait aidé sa mère au studio de danse et joué du piano et d'autres instruments tout en chantant avec son père.

Son monde s'était écroulé quand son joyeux père plein d'imagination était mort d'une soudaine crise cardiaque quand elle avait dix-huit ans. Deux ans plus tard, sa mère avait été diagnostiquée comme étant atteinte de la maladie d'Alzheimer. La maladie avait progressé jusqu'à ce qu'Emma ne soit plus capable de prendre soin de sa mère seule. Heureusement, ses parents étaient plutôt aisés et Emma avait pu trouver une maison de retraite privée spécialisée dans les patients comme sa mère.

— C'est moi, maman, Emma... ta fille. Je vais en Colombie, au Brésil, en Argentine et au Costa Rica. Je vais apprendre à des enfants à chanter et à danser, tout comme papa et toi m'avez appris, répondit Emma avant de prendre la brosse à cheveux de sa mère et de s'approcher d'elle.

Elle la guida doucement vers la chaise à côté de la fenêtre.

— Je... je ne serai pas partie longtemps, dit-elle en commençant à brosser les longs cheveux argentés de sa mère. Je n'ai rien fait depuis que tu es arrivée ici il y a quelques mois et je me suis dit que cela me ferait du bien de, tu sais... sortir et peut-être voir le monde un peu.

— C'est bien, ma chérie, dit Alice en faisant glisser ses doigts parcheminés sur les pétales d'une rose rose. J'aime le rose. C'est ma couleur préférée. Quel est ton nom déjà, ma chérie ?

Emma se mordit la lèvre inférieure pour chasser la douleur qui lui serrait le cœur.

— Emma, maman, répondit-elle, posant la brosse puis séparant les cheveux de sa mère en trois parties afin de pouvoir les tresser.

— C'est un joli nom, dit Alice en se penchant en arrière sur sa chaise. Je connaissais une fille qui s'appelait Emma. Elle était danseuse pour les Rockettes.

Des larmes brûlèrent les yeux d'Emma.

— Je sais. Tu m'as donné son prénom, dit doucement Emma. Tu as dit qu'elle aurait pu danser sur un nuage tant ses pieds étaient légers.

Le petit rire d'Alice résonna dans la pièce silencieuse.

— Elle était incroyable.

Emma écouta sa mère parler de choses qu'elle avait entendues un million de fois enfant. Elle se promenèrent ensuite dans les jardins puis Emma l'emmena dans la salle de récréation où elle joua du piano pour sa mère et chanta les chansons qu'elle avait passé son enfance à chanter, espérant silencieusement que la musique réveillerait sa mère et l'aiderait à se souvenir qui elle était.

Elle resta pendant plus de quatre heures. Elle aida sa mère à prendre son bain puis à enfiler sa chemise de nuit. Elle lui donna son dîner et l'aida à se coucher pour la nuit. Elle se pencha en avant, repoussant une douce mèche de cheveux argentés du visage ridé avant de déposer un baiser léger sur sa joue. Se redressant, elle sourit face à l'expression innocente dans les yeux vitreux de sa mère avant de se diriger vers la porte.

— Chérie, appela la voix fatiguée d'Alice alors qu'Emma ouvrait la porte de sa chambre.

— Oui, maman ? demanda Emma en se tenant fermement à la porte.

— Je… j'aimerais avoir une fille comme toi, dit doucement Alice. Tu es une bonne fille. Un jour, tu chanteras une chanson et un homme merveilleux t'entendra et viendra te mettre la main dessus. Tu vas voir. Mon très cher mari a fait ça. Il m'a entendu chanter et a dit que je lui ai ouvert le cœur. J'étais son rossignol, murmura-t-elle avant que sa voix ne s'estompe lorsqu'elle tomba dans un sommeil empli de merveilleux danseurs et d'un grand homme dégingandé qui lui faisait tourner la tête.

Emma resta à la porte de la chambre à regarder le visage détendu de sa mère pendant plusieurs longues minutes. Une unique larme roula sur sa joue pâle au souvenir de l'amour que partageaient ses parents. Elle ne pouvait qu'espérer qu'elle serait capable de surmonter sa timidité assez longtemps pour rencontrer l'homme qui la comblerait de la façon dont son père avait comblé sa mère.

— Je sais, maman, dit Emma en essuyant la larme. Il t'aimait tant qu'il pouvait danser sur les nuages sans jamais toucher le sol. Je t'aime, maman. Fais de beaux rêves.

~

Elle était partie pour la Colombie trois jours plus tard, pour une tournée de deux mois. La troupe d'artistes avaient signé un contrat pour une tournée de douze villes pour promouvoir les arts. Quand ils eurent atteint Florencia, Colombie, après un mois de tournée, Emma avait cru qu'elle avait une chance de vaincre la timidité maladive dont elle avait souffert toute sa vie. C'était l'une des raisons pour lesquelles elle avait tant aimé ses parents... avec eux, elle n'avait pas eu besoin d'essayer de se trouver des amis hors de chez elle.

Travailler avec les enfants dans les différentes villes l'aida à réaliser qu'ils n'étaient pas les seuls à bénéficier des ateliers sponsorisés par la Société des Arts du Spectacle en charge du programme Aider les Enfants avec de la Musique. La veille du jour où ils allaient partir pour le Brésil, Betsy, une autre fille de la troupe, et elle furent kidnappées devant l'hôtel dans lequel ils séjournaient alors qu'elles revenaient d'un dîner dans un restaurant de l'autre côté de la rue. Deux autres membres de la troupe avaient essayé de les aider en vain. Emma pouvait encore entendre les coups de feu et voir le sang des hommes qui s'étaient faits abattre.

L'esprit d'Emma s'était refermé sur lui-même tandis qu'elle luttait pour enterrer le reste des souvenirs de ce qui s'était passé. Elle avait essayé de protéger Betsy mais tout était devenu flou après que sa tête ait violemment heurté le mur de pierre de la cellule dans laquelle elles avaient été jetées. Il n'y avait rien qu'elle puisse faire mis à part regarder désespérément alors que Betsy se faisait brutalement assassiner sous ses yeux. Elle pouvait toujours entendre les cris d'angoisse que la magnifique fille avait poussés en mourant.

~

Emma sursauta et ses yeux s'écarquillèrent de terreur lorsqu'elle sentit une main contre sa joue. Elle ouvrit la bouche pour hurler mais rien n'en sortit. C'était comme si ses cordes vocales étaient figées et ne pouvaient plus bouger. Ses yeux confus s'éclaircirent finalement et elle se retrouva à fixer les yeux bruns et chaleureux de Sara.

— Nous allons aller à un dîner ce soir, dit-elle doucement. Je pense que cela te ferait du bien d'y aller. Tu es à peine sortie de nos appartements.

Emma voulut protester qu'elle ne voulait pas voir qui que ce soit. Elle était heureuse de rester dans leurs quartiers. De plus, elle sortait… fréquemment. Elle attendait que Sara soit endormie avant de se glisser dehors et d'aller dans les jardins.

Elle avait appris à éviter les hommes dragons qui gardaient la zone. Elle était devenue comme une ombre. Elle se déplaçait prudemment dans l'ombre avec les étoiles pour seul guide. Elle adorait se faufiler jusqu'à la lisière du jardin où un muret longeait les falaises plongeant dans l'océan loin en contrebas. Quand la nuit était claire, les étoiles faisaient briller l'eau comme des diamants et elle pouvait presque s'imaginer en train de danser parmi eux.

Les fleurs que Sara aimait tant s'épanouissaient la nuit et brillaient de centaines de couleurs différentes. Elles se fermaient si elle les touchait. Elles étaient comme elle, s'ouvrant quand elles pensaient être seules et en sécurité et se fermant quand d'autres s'approchaient. Une part d'elle-même espérait qu'elle parviendrait un jour à avoir le courage de s'ouvrir à nouveau.

Elle aimait par-dessus tout la solitude et le silence de l'obscurité. Elle la portait comme une cape qu'elle enroulait fermement autour d'elle. Elle pouvait voir le monde et personne ne pouvait lui rendre son regard.

— Sara, commença à dire Abby alors qu'elle se leva et prit Zohar, qui avait rampé sous la table basse, dans ses bras. Est-ce que tu crois que… ?

Sara leva les yeux vers Abby.

— Ça lui fera du bien. Elle a besoin de sortir plus, répondit-elle doucement.

Abby regarda les traits calmes et impassibles d'Emma. Elle hocha la tête pour montrer silencieusement qu'elle comprenait.

— J'enverrai la couturière passer vous voir. Elle vous fera à toutes les deux une tenue spéciale. Nous avons plusieurs invités d'autres mondes. Il... il serait peut-être plus sûr pour vous si vous restiez à l'intérieur durant les jours qui viennent. Zoran m'a demandé de vous dire que vous ne serez pas autorisées à sortir jusqu'à ce qu'un certain problème soit réglé.

Sara jeta un regard inquiet à Abby.

— Sommes-nous en danger ? demanda-t-elle laconiquement.

Abby soupira et regarda Emma, qui restait sans réagir.

— Non, pas directement, mais les hommes sont très protecteurs.

La voix d'Abby s'affaiblit alors qu'elle débattait en elle-même si elle devait dire ou non ce qui se passait aux deux femmes. Avec un soupir, elle réalisa qu'elles méritaient de savoir. Abby expliqua rapidement la situation avec Raffvin et ce qui s'était passé jusqu'alors. Elle continua ensuite en leur expliquant qu'un plan avait été mis en marche pour éliminer une fois pour toutes la menace qui pesait sur eux tous.

— Jaguin et Gunner resteront avec vous pour vous protéger toutes les deux, continua Abby. Je dois emmener Zohar faire la sieste, dit-elle avant de grimacer lorsqu'il commença à s'agiter et à tirer sur son haut. Et le nourrir.

Sara hocha la tête et se dirigea avec elle vers la porte. Elle effleura la joue de Zohar des doigts lorsqu'il geignit. Ses yeux s'adoucirent un instant avant qu'elle ne se tourne et ouvre la porte.

— Je sais où se trouve la salle à manger, dit Sara. Je ne pense pas que cela soit une bonne idée que des hommes viennent ici. Emma se renferme encore plus quand quelqu'un d'autre l'approche.

Abby jeta un coup d'œil à Emma qui était assise et regardait par la fenêtre.

— Je ne pense pas que cela soit possible, murmura-t-elle doucement. Je m'inquiète pour elle. Elle semble dépérir un peu plus chaque jour. Devrais-je à nouveau envoyer le guérisseur la voir ?

— Non, dit Sara d'une voix épaisse. La dernière fois qu'il est venu, elle s'est enfermée dans la salle de bain. Il m'a fallu deux jours et demi pour lui faire ouvrir la porte. Tout ceci n'a pas été facile... pour aucune d'entre nous, mais en particulier pour elle. Elle a été retenue plus longtemps et cet homme...

Sa voix se brisa lorsqu'elle se remémora ce qu'elle avait subi.

— Et Audrey ? dit Abby en regardant Sara. Elle est humaine. Elle est gynécologue obstétricienne.

Sara regarda Emma par-dessus son épaule et hocha la tête.

— Ça pourrait être une bonne idée. Elle peut peut-être venir la voir demain. Le seul moment où je vois vraiment Emma réagir, c'est quand Cara vient nous voir avec les jumelles. Elle a réellement souri la dernière fois qu'elle est venue.

— Comment quelqu'un pourrait ne pas sourire quand ces deux-là sont dans la pièce ? demanda Abby en levant les yeux au ciel. Elles ressemblent tant à Cara que c'en est effrayant. Elles se mêlent de tout. Je te jure, Trelon va enfermer Amber et Jade dans une tour quand elles seront plus âgées afin de garder tous les « dragons » à distance, ajouta-t-elle au moment même où Zohar interrompit toute possibilité de continuer la conversation en criant bruyamment.

Abby marmonna une excuse avant de se précipiter par la porte. Sara se tourna, regarda Emma et laissa échapper un profond soupir. Elle était incapable de trouver un moyen d'aider la jeune femme. Elle espérait qu'Audrey parviendrait à faire quelque chose avant que la fille à la douce voix qui lui avait permis de ne pas devenir folle durant leur captivité ne disparaisse pour toujours.

— $\mathcal{E}$st-ce que tu as préparé l'équipement ? demanda Adalard quand il retrouva Ha'ven plus tard ce soir-là.

— Bien sûr, fit remarquer Ha'ven avec un sourcil arqué. J'ai fini de préparer le bouclier en fin d'après-midi. La seule chose à faire maintenant, c'est d'attacher la compagne de Trelon avant qu'elle ne le démonte. Elle m'a rendu fou avec ses questions et je te jure que si l'attrape à nouveau en train de « l'ajuster », ce sera moi qui l'attacherai et qui la livrerai à Trelon avec un nœud sur la tête. Je ne sais absolument pas comment il arrive à tenir le coup avec elle. J'étais épuisé et j'avais besoin d'un bon verre après seulement trente minutes en sa compagnie, finit-il sèchement.

Adalard émit un petit rire.

— Je discutais avec Jarak, le chef de la sécurité du vaisseau de guerre de Kelan. Tu savais qu'elle a diffusé le CVP de Trelon en se servant du système de communication du *V'ager* ? demanda Adalard en se mordant la lèvre inférieure pour se retenir de rire.

— Elle a fait quoi ? demanda Ha'ven, incrédule. Pourquoi ferait-elle ça ? Qu'a dit Trelon ? Que s'est-il passé ? Je veux dire, je n'arrive pas à croire qu'elle soit toujours en vie.

Adalard essaya de rester sérieux, mais cela fut impossible. Il luttait tant pour se retenir de rire que des larmes coulaient sur ses joues. Il prit une profonde inspiration et ouvrit la bouche pour dire à Ha'ven ce qui s'était passé, mais à chaque fois qu'il le fit, il éclata à nouveau de rire.

— Qu'y a-t-il de si foutrement drôle ? demanda Trelon quand Cara et lui arrivèrent au niveau de Ha'ven et Adalard dans le couloir à l'extérieur de la salle à manger.

— Je… je… j'essayais… de dire… à Ha'ven pour… ton…, s'efforça à dire Adalard avant de brusquement prendre une profonde inspiration et de crier. CVP !

Le visage de Trelon se renfrogna au rappel de ce que Cara avait fait à son Compagnon Virtuel Personnel. Non pas qu'il en ait encore besoin, mais cela l'énervait toujours que tous les habitants des galaxies connues connaissent ses moindres fantasmes. Et si cela ne suffisait pas, il recevait toujours des demandes de copies.

Cara leva les yeux au ciel et mit les mains sur ses hanches.

— Ce n'était pas *si* drôle ! En plus, je ne savais pas ce que c'était. Je croyais que c'était des vidéos de plomberie. C'est comme ça que ça s'appelle sur Terre.

— De la plomberie ? demanda Ha'ven, perplexe. Comment as-tu prendre ça pour de la plomberie ? N'as-tu pas vu ce qui se passait dans les vidéos ?

Cara leva les yeux au ciel et regarda Ha'ven comme s'il était un idiot de première.

— Sans déc' ! Je n'ai pas regardé les vidéos avant de les envoyer car je croyais que c'était des instructions de plomberie. De plus, voir si les modifications au système de communications augmenteraient la distance de distribution du signal m'intéressait plus. Si vous voulez mon avis, il n'y a pas beaucoup de différences entre la plomberie sur Terre et ce qu'il y avait sur les vidéos.

— Est-ce que tu sais au moins ce qu'est un CVP ? demanda Ha'ven, incrédule, en regardant Cara comme si elle avait perdu l'esprit.

Trelon regarda son ami comme s'il aurait adoré le tuer juste là tandis qu'Adalard fondait contre le mur et se tenaient les côtes. Ha'ven regarda Trelon qui le fusillait du regard et agitait sa main devant sa gorge derrière Cara. Ha'ven secoua la tête et se tourna pour regarder Cara, dont les lèvres étaient courbées en un sourire espiègle.

— Bien sûr, répondit-elle joyeusement. La seule différence entre vos CVP et ceux qu'on a sur Terre est que vous ne pouvez que regarder le vôtre. Personnellement, j'aime le vrai truc. Bien sûr, Trelon est bâti comme c'est pas possible. Sa verge est de la taille...

Un juron bas interrompit la description de Cara.

La bouche de Ha'ven, s'ouvrit béante, Adalard croassa de délice et Trelon grogna tout en enroulant ses bras autour de sa minuscule compagne avant de la porter dans la salle à manger. Les yeux de Ha'ven suivirent son ami dont le visage avait pris une teinte nettement plus foncée de rouge à la suite des paroles de sa compagne. Il décida que Trelon avait non seulement besoin d'attacher sa compagne, mais il avait aussi besoin de la bâillonner.

— Est-ce qu'elle vient de décrire la... de Trelon ? demanda Ha'ven en regardant Adalard qui essuyait le coin de son œil avec sa chemise.

— Oui, exactement, dit Adalard en souriant. Je te dis, cette espèce est très divertissante.

Ha'ven secoua la tête tandis qu'Adalard entra dans la salle à manger. Il prit une profonde inspiration et remercia la Déesse pour avoir fait qu'il n'ait aucun désir d'être diverti par l'une d'entre elles. Il avait plusieurs femelles dont il appréciait la compagnie sur Ceran-Pax et cela lui suffisait parfaitement. En outre, jusqu'à ce qu'il trouve un moyen de maîtriser les soudaines vagues d'énergie qui fluctuaient en lui, il ne pouvait même pas penser à avoir une compagne permanente. Un léger frisson le parcourut à cette idée.

Je préférerais repartir en guerre avec les Sarafins et les Valdiers avant de m'installer avec une seule femelle, en particulier une d'une espèce frustrante comme ces Humaines, pensa-t-il avec une grimace.

Malheureusement, il semblerait que la Déesse n'avait pas écouté son offre de remerciement. Il sut qu'il était dans les ennuis dès l'instant où il entra dans la salle à manger. Une vague d'énergie différente de tout ce qu'il avait pu ressentir auparavant gonfla en lui, tourbillonnant et bouillonnant jusqu'à ce que des bandes invisibles jaillissent de ses mains et s'élancent à travers la pièce.

Sa première pensée fut qu'il devait trouver un endroit sûr où libérer cette énergie avant qu'elle ne tue tout le monde dans le palais. Sa deuxième pensée fut qu'il lui serait impossible de s'éloigner assez pour pouvoir les protéger. Mais ce fut sa troisième pensée qui faillit le faire tomber à genoux devant tout ceux présents dans la pièce... il avait trouvé sa compagne.

Emma s'assit silencieusement à côté de Sara et baissa les yeux vers l'assiette vide devant elle. Elle n'avait pas voulu venir. Elle voulait rester dans la sûreté de leurs quartiers jusqu'à ce que l'obscurité descende. Alors, elle se glisserait dehors et se frayerait un chemin jusqu'à la lisière du jardin.

Sara avait refusé de la laisser seule. Emma aimerait pouvoir être aussi forte que Sara. Sara avait été jetée dans la cellule à côté de la sienne la nuit après que Betsy ait été assassinée. Emma l'avait écouté maudire les hommes qui l'avaient amenée. Elle n'avait aucune idée de ce qui était sur le point de lui arriver mais Emma, elle, le savait.

Ils avaient ignoré Emma cette nuit-là et durant les jours qui avaient suivi. Elle les avait entendu plaisanter et dire que ce n'était pas amusant de tuer une victime qui n'avait pas conscience de ce qui lui arrivait. Emma avait rampé jusqu'à la porte de métal et avait essayé d'avertir Sara. Il lui avait été difficile de penser car sa tête lui faisait énormément mal. Sara s'était finalement assez calmée pour entendre les paroles murmurées d'Emma.

Par une chance merveilleuse, elles avaient été laissées seules les quatre jours qui avaient suivi. Cependant, elles furent ensuite traînées hors de leurs cellules et jusqu'au bureau magnifiquement décoré de Javier Cuello. Le méchant homme était de retour et cette fois, Emma savait qu'elle ne se verrait pas accorder le sursis d'un simple passage à tabac. Sara avait juré et s'était débattue jusqu'à ce qu'ils l'attachent sur les perches. Même alors, elle avait refusé de céder. Après le cinquième coup de fouet, ses cris misérables résonnaient aux côtés des rires et des railleries des hommes. Après le quinzième, elle était à peine consciente. Ils continuèrent quand même.

Quand Emma lutta pour se jeter devant l'homme qui tenait le fouet, un autre la frappa à la tête, la faisant tomber à terre. Cuello avait ordonné à l'homme qui l'avait violemment frappée de la faire s'asseoir pour qu'elle regarde. Peu après, les choses devinrent très étranges quand la porte s'ouvrit brusquement et que de longs tentacules dorés jaillirent dans la pièce et emprisonnèrent les hommes. Elle ne se rappelait pas de grand-chose après cela ; ses souvenirs commençaient au moment où elle s'était réveillée dans une étrange pièce et avait appris qu'elle n'était plus sur Terre.

Elle refusait de regarder les étranges créatures qui l'avaient enlevée. Ils avaient été gentils avec elle jusqu'à présent, mais elle ne leur faisait pas plus confiance qu'aux hommes qui l'avaient kidnappée. Elle avait vu en quoi ils se transformaient. Elle les avait vus se battre entre eux quand elle était à bord du vaisseau de guerre. Ils avaient été féroces sous leurs deux formes.

Les créatures dorées étaient gentilles mais elles s'étaient aussi transformées en des créatures horrifiantes avec de longues dents et griffes qui ressemblaient à des dagues. Aucune d'entre elles ne l'avait approchée. C'était comme si elles savaient qu'elles la terrifiaient.

Elle s'était finalement contentée de rester dans la petite cabine qui lui avait été attribuée. Elle y restait assise durant des heures à regarder le vide obscur et à se demander ce qui lui arriverait. Elle avait fini par ne plus s'en soucier.

Sara venait lui rendre visite tous les jours, mais même cela ne parvint pas à égailler l'humeur d'Emma. Elle s'inquiétait de ce qui arriverait à sa mère si personne ne venait lui rendre visite. Était-ce son châtiment pour avoir laissé sa mère seule pour se trouver une vie à elle ? Elle avait eu tort de penser qu'il valait mieux vivre la vie au maximum. Sa vie était très bien avant, seulement elle avait été trop aveugle pour l'apprécier.

Emma eut le souffle coupé quand un choc soudain heurta son corps mince, la sortant de ses tourments personnels. Elle leva brusquement la tête et regarda autour d'elle, confuse. Son corps la picotait avec une étrange conscience qu'elle n'avait jamais ressentie auparavant. Elle avait l'impression que quelqu'un venait de lui mettre un coup de Taser.

Ses yeux bleus balayèrent la zone, s'arrêtant à l'embrasure de la porte où un grand mâle musclé se tenait et la regardait d'un air tout aussi stupéfait. Ses yeux violets la fixèrent avec une intensité qui la fit rougir et elle dût se forcer à détourner le regard. Son visage s'enflamma alors qu'elle baissa les yeux vers ses poings serrés.

Pourquoi est-ce qu'il me fixe ? se demanda-t-elle, confuse. *Je ne veux pas qu'il me fixe. Et s'il s'approche de moi ?*

La panique crût en elle à l'idée de l'immense mâle s'approchant d'elle. Elle savait qu'il lui serait impossible de lui échapper. Il semblait capable de la casser en deux avec une main attachée dans le dos. Elle doutait lui arriver ne serait-ce qu'à la poitrine !

— Est-ce que tu vas bien ? demanda Sara en se penchant vers elle. Tu es rouge.

Emma regarda Sara avec de grands yeux méfiants avant de se détourner quand le grand mâle assis à côté de Sara se pencha lui aussi pour la regarder. Le mâle était arrivé lorsqu'elles avaient quitté leurs quartiers. Sara avait agrippé la main d'Emma si fort quand elle l'avait vu qu'Emma aurait été incapable de s'échapper et de retourner dans leurs quartiers.

— A-t-elle besoin d'un guérisseur ? demanda Jaguin en regardant la silhouette délicate qui sembla se replier sur son siège en entendant sa question.

Sara secoua la tête.

— Non, je ne crois pas. Ne peux-tu pas aller t'asseoir ailleurs ? demanda-t-elle avec irritation.

Jaguin sourit à Sara.

— Non, répondit-il.

Emma écouta Sara renâcler et dire quelque chose de grossier à l'homme. Ses yeux se levèrent juste assez pour voir si l'homme à la porte la fixait toujours. Elle poussa un soupir de soulagement quand elle ne le vit pas. Son cœur commençait tout juste à ralentir lorsque la chaise à côté d'elle fut tirée de la table et que quelqu'un s'assit. Elle était trop occupée à gérer les sensations étranges qui la traversaient pour faire attention à la personne.

Au fond d'elle, elle espérait qu'il s'agissait de Cara. Elle avait regardé la femme éternellement joyeuse aux cheveux rouges et violets se faire transporter dans la pièce par un autre énorme mâle. La petite femme riait. Emma adorait écouter le rire contagieux de Cara.

— Quel est ton nom, femelle ? murmura une voix sombre dans son oreille droite. Je suis Ha'ven.

Emma se figea alors que la voix la traversa, s'écrasant contre le mur de glace en elle. Elle voulait s'exclamer de colère face aux sensations qui menaçaient de s'éveiller en une vague torrentielle. Elle voulait repousser le déferlement qui menaçait de détruire les barricades qu'elle avait érigées pour se protéger.

— Tu es trop mince, continua sévèrement Ha'ven. Il faut que tu manges.

Emma tourna la tête quand de longs doigts graciles tendirent un morceau de viande devant sa bouche pour l'encourager à prendre une bouchée. Ses lèvres se pincèrent et de l'agacement brûla en elle. Elle mordrait quelque chose s'il ne la laissait pas tranquille.

Je mordrai un de ces doigts et l'arracherai ! pensa-t-elle sauvagement, se choquant elle-même.

— Tu mangeras, *misha petite*, continua la voix mielleuse.

— Laisse-la tranquille, siffla Sara d'une voix protectrice.

Les yeux de Ha'ven rendirent un éclat de défi à la colère sombre qui se reflétait dans la femelle pâle assise de l'autre côté de la femme qui lui avait coupé le souffle. Personne ne l'empêcherait d'être avec sa compagne. L'attraction que son énergie exerçait sur la sienne l'empêcherait de se détourner même s'il en avait envie. La force avec laquelle son énergie se mélangeait à la sienne était comme deux aimants en néodyme surpuissants s'attirant l'un l'autre.

— Elle est trop fine, répondit Ha'ven avec un haussement d'épaules tandis qu'il prit un morceau du délicieux fruit dans son assiette et le tendit vers les lèvres d'Emma. Si elle ne souhaite pas que je la nourrisse, elle peut me le dire elle-même, ajouta-t-il d'une voix moqueuse.

— Ha'ven, dit doucement Jaguin en regardant le visage impassible d'Emma qui regardait droit devant elle. Elle n'est pas pour toi, mon ami. Elle est malade.

Les yeux de Ha'ven se plissèrent alors qu'il assimilait le teint translucide du visage d'Emma. Il appela l'énergie qui palpitait fébrilement en lui et la dirigea vers la femelle assise à côté de lui. Il pouvait voir les couleurs de son essence tourbillonner furieusement autour d'elle comme si elle cherchait un moyen d'entrer.

Chose incroyable, elle la repoussait. Il n'avait jamais connu d'autre espèce avec une capacité similaire à celle des Curizans. Une capable de maîtriser et de manipuler l'énergie comme ils le faisaient. Il ne connaissait pas non plus qui que ce soit capable de repousser son énergie mis à part peut-être un autre membre de la famille royale.

Un juron silencieux lui échappa lorsqu'il regarda d'abord la femme assise de l'autre côté de sa compagne avant de se tourner pour regarder les autres femelles humaines dans la pièce. Il ne voyait aucune indication d'une énergie similaire à celle des Curizans pulser autour d'elles. Le seul autre avait été le mâle humain. Ses yeux se posèrent rapidement sur Paul, qui le regardait avec des yeux plissés et pensifs.

Son regard rencontra celui d'Adalard. Son frère s'était tourné et le regardait avec un air de mise en garde. Adalard secoua la tête et toucha le coin de son œil. Ha'ven réalisa que ses yeux devaient briller de l'énergie à peine maîtrisée qui pulsait en lui. Il prit une profonde inspiration, la força à s'apaiser et marmonna un petit chant de méditation afin de renforcer les boucliers qu'il avait érigés pour la maîtriser.

— Qu'est-ce qu'elle a ? demanda Ha'ven, tendant une main pour toucher une de celles d'Emma qui étaient serrées sur ses genoux.

— Elle a été…, commença à dire Jaguin avant de regarder la femme à côté de lui.

— Nous avons été kidnappées, torturées, et presque tuées, dit Sara à travers des dents serrées. Nous voulons simplement être laissées tranquille. Est-ce trop demander ? Emma a été retenue plus longtemps et…, la voix de Sara mourut avant qu'elle ne marmonne un juron bas entre ses dents. Elle n'a pas dit un mot depuis qu'elle s'est réveillée à bord du vaisseau spatial. J'arrive à peine à la faire manger. S'il vous plaît...

Elle regarda Ha'ven avec un mélange de supplication et d'exigence.

— Contentez-vous de la laisser tranquille.

Ha'ven regarda la main pâle serrée dans la sienne. Un sourire se dessina sur ses lèvres. Il pouvait voir ce que personne d'autre ne voyait : les couleurs de son énergie s'enroulant avec la sienne. Les bandes étaient magnifiques tandis qu'elles dansaient ensemble avant de s'enrouler en un lien indestructible.

Il sentit l'énergie incontrôlable de son propre corps être absorbée par le sien. Il n'en était pas sûr, mais il avait peut-être découvert le miracle qu'il cherchait. Pour la première fois depuis avant sa capture, il se sentait... à l'équilibre.

Se penchant plus près d'Emma, il laissa son doux parfum emplir ses narines alors qu'il prenait une profonde inspiration.

— Tu es mienne, *misha petite*. Je ne te laisserai pas tranquille. L'énergie en toi a déjà reconnu la mienne. Je ne sais pas quelle sorte de magie exerce ton espèce, mais tu es mienne et je ne te laisserai pas partir, lâcha-t-il d'une voix rauque.

La fureur envahit Emma. Elle tira sa main hors de la prise du mâle appelé Ha'ven d'un coup sec et se leva de son siège avec une grâce due à des années de dance. Elle força ses traits à rester impassibles alors qu'elle se tourna pour partir. Sara commença à se lever, mais Emma voulait être seule. Elle mit brièvement une main sur l'épaule de l'autre femme et secoua la tête avant de quitter la pièce à la hâte.

$\mathcal{L}$es yeux de Ha'ven suivirent la femelle élancée alors qu'elle quittait la pièce à la hâte. Il se tourna et regarda Adalard qui l'observait en sourcillant, un air confus sur le visage. Il n'avait pas le temps d'expliquer ce qui se passait à son frère. Diable, il n'était pas certain de savoir ce qui se passait. Il savait seulement qu'il avait besoin de trouver la femme avant qu'elle ne disparaisse.

Il haussa les épaules, se leva de la table et se tourna pour suivre la femme. Qu'ils l'apprécient ou non, elle était sa compagne et une sorte d'instinct enfoui au plus profond de lui savait qu'il avait besoin d'elle. Il s'arrêta quand il trouva Creon debout entre lui et l'embrasure de la porte.

— Tu n'as pas mangé, fit remarquer Creon, se déplaçant légèrement vers la gauche quand Ha'ven essaya de le contourner. Si tu désires de la compagnie, mon ami, je suis sûr que je peux trouver plus d'une femelle dans ce palais qui serait heureuse de passer la nuit avec toi.

Ha'ven jeta un regard noir à celui qui ne serait bientôt plus son ami s'il ne s'ôtait pas de son chemin. Il n'avait aucune envie de voir d'autres femelles. La seule qui l'intéressait continuait à s'éloigner alors qu'il restait là à perdre son temps.

— Il n'y a qu'une seule femelle que je désire, dit Ha'ven d'une voix d'un calme mortel. Et tu m'empêches d'aller la voir.

Creon secoua la tête.

— On ne touche pas aux femelles humaines, Ha'ven. En particulier celle qui vient de partir. Elles sont sous notre protection.

— Elle n'a plus besoin de votre protection, dit gravement Ha'ven. Je m'en chargerai.

Creon fronça les sourcils en regardant l'immense mâle qui lui rendait un regard intense. Était-ce le même mâle que celui qui avait dit seulement un peu plus tôt n'avoir aucun désir de se poser ? À présent, il voulait prendre la responsabilité d'une femelle humaine qui était manifestement malade. Creon secoua à nouveau la tête.

— Pas avec celle-là, dit doucement Creon. Elle est malade. Je ne suis même pas sûr qu'elle survive, mon ami. Tu l'as vue. Elle s'affaiblit de jour en jour. Abby et Cara lui rendent visite tous les jours et elle ne réagit toujours pas à leur présence.

— Elle a réagi à moi, grogna Ha'ven en faisant un signe de la main en direction de la porte derrière Creon. Tu l'as vu de tes propres yeux.

Creon arqua un sourcil face au ton sombre dans la voix de son ami.

— Elle te fuit tout comme elle fuit le reste d'entre nous.

— Elle est ma compagne, cracha sombrement Ha'ven.

— Elle est…

Le choc brisa la voix de Creon alors qu'il fixa Ha'ven d'un air incrédule.

— Tu en es sûr ?

Ha'ven prit une profonde inspiration avant de répondre.

— Oui.

Il n'entra pas dans les détails. Comment le pourrait-il alors que Creon n'était pas conscient de la puissance qu'il renfermait dans son corps ? Son ami croyait que toute leur puissance venait des gadgets qu'ils aimaient tant. Il ne savait pas que les gadgets qu'ils créaient n'étaient que de simples outils permettant de focaliser l'énergie contenue dans leurs propres corps. Il ne pouvait pas plus expliquer comment son énergie s'était mêlée à celle de la femelle que Creon pouvait expliquer comment son symbiote, son dragon et lui avaient tous su quand ils avaient trouvé leur compagne. C'était une force de la nature qu'ils ne remettaient pas en question, ils se contentaient de l'accepter car cela faisait partie de qui ils étaient dans l'univers.

Ha'ven se déplaça sur la droite et soupira de soulagement quand Creon se mit sur le côté pour le laisser passer. Il savait qu'il avait choqué son ami. Diable, il était lui-même toujours sous le choc. Il ne se serait jamais attendu à trouver sa compagne dans une espèce qui lui était inconnue.

Je ne m'attendais pas non plus à ce que ma compagne ne soit pas consentante quand je la trouverais, pensa-t-il en sortant soudainement de la salle à manger.

Non, c'était assurément une nouvelle expérience. Il fronça les sourcils alors qu'il se hâtait à travers les couloirs, suivant les vestiges du tourbillon de couleurs laissé par l'énergie de la femelle. Sa propre énergie déferla en lui, comme si elle essayait de l'absorber.

La femelle s'était éloignée de lui. À vrai dire, elle s'était non seulement éloignée de lui, mais elle avait aussi refusé de ne serait-ce que le regarder.

Quand était la dernière fois qu'une femelle m'a fait ça ? se demanda-t-il silencieusement tandis qu'il atteignit une section où le couloir se divisait.

Les traces de couleurs avaient disparu. Il se tourna, jetant un regard noir à l'intersection où les couloirs se divisaient. Il y avait trois directions différentes qu'elle avait pu emprunter.

— De quel côté es-tu allée ? marmonna-t-il doucement. Montre-moi, murmura-t-il avant de tendre les mains vers l'avant.

Des bandes d'énergie colorées jaillirent de ses doigts, s'avançant un peu dans un couloir avant de faire demi-tour et d'essayer le suivant. Au niveau du troisième couloir, des étincelles d'énergie scintillantes flamboyèrent lorsque son énergie toucha les vestiges de celle restée derrière quand la femelle était passée dans le couloir. Les lèvres de Ha'ven se courbèrent de triomphe alors qu'il s'avançait dans le couloir sur la gauche.

Il envoya de petites bandes chercher de façon régulière dans le but d'essayer de trouver dans quelle pièce elle avait pu entrer. Il s'arrêta quand une grande double porte sur la droite fut soudainement illuminée de couleurs.

— Tu es mienne, *misha petite*, grogna Ha'ven. Tu ne peux pas m'échapper.

~

Emma traversa à toute allure les couloirs vides. Elle voulait retourner à la sécurité de leurs appartements, à Sara et elle. Elle trouverait la cape sombre qu'elle utilisait pour cacher sa peau pâle et s'échapperait dans les jardins. Elle se cacherait si loin que personne ne la trouverait jamais.

Elle poussa la porte menant à leurs quartiers et se dépêcha de traverser le salon à la décoration élaborée puis le couloir menant à sa chambre. La longue cape noire se trouvait sur le pied de son lit, là où elle l'avait laissée tôt ce matin-là. La ramassant rapidement d'une main qui tremblait violemment, elle la mit autour d'elle comme s'il s'agissait d'une armure et se dirigea vers les portes du balcon.

Elle ouvrit la double porte menant au balcon et inspira profondément l'air parfumé de la nuit. Une sensation de calme la traversa. C'était ce qu'elle voulait.

Je ne veux plus jamais rien ressentir, pensa-t-elle avec force. *Ressentir des choses fait trop souffrir. Je ne veux pas me souvenir. Je veux simplement disparaître comme les étoiles avant l'aube.*

Mais elles ne disparaissent pas, murmura une voix rauque dans son esprit. *Elles sont toujours là, on ne les voit pas, mais elles sont là.*

Emma eut le souffle coupé et balaya le balcon du regard. Elle tourna en un cercle, reculant jusqu'à ce que sa hanche heurte la balustrade qui longeait le balcon. Ses yeux s'écarquillèrent de peur et elle leva ses mains à ses tempes.

Suis-je finalement en train de perdre la raison ? se demanda-t-elle, frappée de terreur. *Vais-je devenir folle avant de mourir dans ce monde étrange ?*

Tu ne perds pas la raison, misha petite, répondit doucement la voix avant de se durcir. *Tu ne mourras pas non plus.*

Qui êtes-vous ? murmura silencieusement Emma alors qu'elle laissait tomber ses mains le long de ses flancs.

Aucune réponse ne vint. Emma se mordit la lèvre pour empêcher le cri de frustration de s'échapper. Elle pivota puis courut vers les escaliers menants au jardin. Elle parcourut en courant les longs chemins tortueux en direction de l'endroit où la lisière du jardin surplombait l'océan loin en contrebas.

Elle avait le souffle court quand elle atteint le muret. Elle s'appuya et tomba à moitié contre la pierre lisse. Son corps entier tremblait, épuisé, tandis qu'une peur accablante l'étouffait.

Que lui arrivait-il ? Était-elle en train de se transformer en quelque chose d'autre comme les autres femmes ? Elle savait que des choses étranges étaient arrivées aux autres femmes humaines. Elle était dans le jardin tard un soir quelques semaines plus tôt quand deux dragons étaient passés au-dessus d'elle en volant. Elle s'était cachée sous les épaisses branches d'un arbre et les avaient regarder atterrir sur le balcon loin au-dessus de ses quartiers. Trelon Reykill s'était transformé et retourné juste à temps pour attraper Cara alors qu'elle s'était retransformée en humaine au moment où elle avait touché le sommet du balcon. Les gloussements de Cara avaient résonné dans l'air froid de la nuit mais ce n'était pas cela qui avait donné la chair de poule à Emma. C'était le fait qu'un Humain puisse se transformer en quelque chose d'autre.

Jamais ! pensa Emma avec acharnement en regardant l'eau scintillante. *Je ne pourrai jamais m'intégrer et il m'est impossible de rentrer à la maison. Il n'y a rien pour moi ici.*

Des larmes lui troublèrent la vision tandis qu'elle se laissait tomber sur le muret en tremblant. Son regard se perdit dans l'océan, les vagues l'hypnotisant presque alors qu'elle laissait son esprit dériver. Son corps se mit à bouger sans qu'elle ne s'en rende compte et se tourna jusqu'à ce que ses jambes soient de l'autre côté du muret. Dans son esprit, elle pouvait presque se voir en train de danser et de tournoyer au milieu des doux flots comme elle le faisait avec sa mère et son père dans le studio de danse. Comme elle brûlait d'envie d'être à nouveau avec ses parents, entourée par leur amour et en sécurité chez elle.

Elle ferma les yeux puis leva et écarta les bras, s'imaginant être à nouveau dans le studio de danse avec sa mère et son père. La cape tomba de ses épaules. Elle frissonna quand l'air froid de la nuit effleura ses bras nus. Se laissant glisser vers l'avant afin de se lever, elle tendit la main vers la main imaginaire de son père qui la regardait en souriant. Elle voulait danser à nouveau. Elle voulait chanter. Elle voulait...

— Qu'est-ce que tu crois être en train de faire ? demanda durement une voix sombre et en colère.

Des bras épais s'enroulèrent autour de sa taille, la tirant en arrière et la sortant de ses souvenirs. Les yeux d'Emma s'ouvrirent d'inquiétude et elle eut le souffle coupé lorsqu'elle réalisa qu'elle était suspendue au-dessus du vide. Elle aurait fait une chute mortelle si le mâle ne l'avait attrapée.

Un cri bas et bestial crût au plus profond d'elle alors qu'elle réalisait que l'image dans son esprit n'était rien de plus... qu'un souvenir de sa vie d'avant.

~

Le cœur de Ha'ven tambourinait dans sa poitrine et il tremblait vraiment. Il ne savait pas si c'était à cause de l'adrénaline, de la colère, ou de la peur. Cela n'avait pas d'importance, il n'aimait pas cela et c'était la faute de la femelle dans ses bras.

— À quoi est-ce que tu pensais ? demanda-t-il.

Il la tira en arrière par-dessus le muret et la posa. Une fois que ses pieds furent sur le sol, il la tourna sans ménagement et la secoua. Quand elle leva vers lui des yeux écarquillés et confus, il laissa échapper un petit grognement torturé avant de capturer ses lèvres ouvertes avec les siennes et de l'attirer contre son corps dur, la peur et le soulagement s'affrontant en lui.

Ha'ven gémit quand son goût le submergea. Dès l'instant où ses lèvres touchèrent les siennes, il sut qu'il était dans les ennuis. La puissance qu'avait libérée Aria déferla en lui et se déversa autour d'eux. Du coin de l'œil, il vit les bandes d'énergie tournoyer autour d'eux deux, les entourant de rubans d'énergie colorés et tourbillonnants.

Il gémit plus fort lorsqu'il sentit le changement en lui. C'était comme si un énorme poids était retiré de ses épaules. La sensation de soulagement était indescriptible. Il n'avait jamais rien senti de si...

Son corps se contracta et il eut le souffle coupé quand la douleur submergea soudainement le plaisir qu'il ressentait. Il se jeta en arrière et se saisit l'entrejambe tandis que la première vague de douleur atroce se dissipa en une deuxième vague plus longue. Il inspira profondément par le nez alors qu'il luttait pour rester sur ses pieds pendant que la minuscule silhouette qui avait été dans ses bras quelques secondes auparavant s'enfuyait dans l'obscurité.

— Je regrette de le dire, mais ça a l'air douloureux, commenta Adalard en sortant de l'ombre.

Ha'ven prit une inspiration sifflante tout en fusillant du regard la silhouette fuyante de la femme qui avait été dans ses bras tout juste quelques instants auparavant. Il tourna finalement son regard animé de colère vers son frère cadet alors qu'il se redressait lentement. Il ferma les yeux lorsqu'une autre vague de douleur, heureusement moins forte que les deux premières, le submergea.

— Qu'est-ce que tu fais ici ? cracha sèchement Ha'ven en rouvrant lentement les yeux.

— Je m'inquiétais pour toi, admit Adalard avant de sourire. On dirait bien que j'avais raison. Elle t'a mis un bon coup de genou.

Ha'ven grimaça tandis qu'il se tournait pour s'asseoir sur le muret. Il prit une profonde inspiration alors qu'il envoya une petite dose d'énergie guérisseuse vers son entrejambe contusionnée. Il ne s'était certainement pas attendu à ce que la femelle fasse cela. En temps normal, quand il embrassait une femelle, elles étaient plus intéressées par l'idée de faire quelque chose de beaucoup plus agréable à ses testicules. Les faire remonter dans sa gorge n'avait jamais fait partie de ces choses.

— C'était... douloureux, admit finalement Ha'ven. Et très inattendu.

Adalard émit un petit rire et s'assit à côté de son frère.

— Alors, c'était quoi tout ça ?

Ha'ven jeta un regard dégoûté à Adalard.

— Ça s'appelle embrasser. Je pensais que tu savais cela à ton âge, commenta-t-il sèchement.

— Je sais ce que tu étais en train de faire, répondit Adalard avec un autre petit rire. Je parle du fait que vous brilliez tous les deux assez pour être vus depuis le spatioport en orbite autour de la planète.

Ha'ven inspira de nouveau et réalisa qu'il ne sentait pas la pression écrasante qui avait été sa compagne permanente depuis la trahison d'Aria. Un petit sourire satisfait se dessina sur ses lèvres. Sa compagne s'avérait être une énigme qu'il était déterminé à résoudre.

— C'est ce qui se produit quand un Curizan découvre son âme sœur, répondit finalement Ha'ven à l'observation de son frère. J'avais entendu des histoires. Comme nous tous. Je pensais que l'énergie de notre âme sœur fusionnant à la nôtre pour qu'on ne fasse plus qu'un n'était qu'un mythe. Père, il grimaça face à l'hésitation causée par l'usage inhabituel de la position de Melek. Père a dit que la même chose s'est produite quand il était avec mère.

— Mais cette femelle n'est pas de notre monde, fit remarquer Adalard. D'après tout ce que j'ai vu et entendu, cette espèce n'est pas capable de manipuler l'énergie comme nous le faisons.

Ha'ven leva les yeux vers le ciel nocturne et soupira.

— Ma compagne en est capable. Je ne sais pas si elle ne veut pas que qui ce soit sache qu'elle en est capable ou si elle n'en est pas consciente, mais le fait est qu'elle en est capable.

Il regarda Adalard.

— J'ai besoin d'elle, Adalard. Je ne peux plus contrôler la puissance qui croît en moi. Elle est le seul rempart entre moi et la destruction totale, admit-il à contrecœur.

Adalard émit un sifflement sonore tandis qu'il fixait d'un air incrédule le mâle qu'il avait toujours vu comme son meilleur exemple. Il n'avait jamais vu Ha'ven perdre le contrôle. Il savait qu'il avait beaucoup changé depuis sa capture, mais il n'aurait jamais imaginé que la situation soit si désespérée.

— Qu'est-ce que tu vas faire ? demanda brusquement Adalard.

Ha'ven sourit, se sentant soudainement plus comme son ancien lui.

— Je vais revendiquer ma compagne, dit-il.

Adalard arqua un sourcil tout en regardant son frère d'un air sceptique.

— Ta revendication n'avait pas l'air de l'intéresser de là où je me tenais. Et si elle refuse ?

Ha'ven haussa les épaules et se leva.

— Alors je la kidnapperai et je la retiendrai jusqu'à ce qu'elle accepte. Cela ne devrait pas prendre plus d'une journée, dit-il en contractant les épaules. As-tu déjà vu une femelle capable de me résister ?

Adalard se leva et secoua la tête.

— Non, admit-il. Mais je n'en ai aussi jamais vu qui essaye de réarranger tes testicules.

— Elle me mangera dans la main avant le coucher du soleil, répondit Ha'ven avec assurance. Elle était simplement surprise ce soir.

Adalard regarda Ha'ven partir en direction du palais. Il pensa à l'expression sur le visage de la femelle alors qu'elle mettait un coup de genou à son frère et secoua la tête. Si l'expression de détermination farouche était une quelconque indication, il avait le pressentiment que cela prendrait un peu plus d'une seule journée à son frère pour faire coopérer la femelle.

— Je ne pense pas que cela sera aussi facile que tu le crois, mon frère, dit Adalard d'un ton incertain en lui emboîtant le pas. Je crois que tu as rencontré une femelle aussi têtue que tu es obstiné.

7

*E*mma se tenait sur le balcon de sa chambre plus tard cette nuit-là. Elle s'était hâtée de retourner à la sécurité de sa chambre après avoir échappé au mâle sombre qui l'avait attrapée dans le jardin.

Il m'a sauvé la vie, admit une petite part obstinée d'elle. *S'il ne m'avait pas attrapée, je servirais de nourriture aux poissons à cette heure-ci.*

Oui, mais il n'avait pas besoin de m'embrasser ! débattit-elle silencieusement avec elle.

Frustrée, elle réalisa qu'elle ne parviendrait jamais à s'endormir. Son corps vibrait d'une énergie inattendue. Elle avait l'impression d'avoir mis les doigts dans une prise électrique seulement pour découvrir qu'elle était sous tension. Toutes les terminaisons nerveuses de son corps la picotaient, en particulier celles où il l'avait touchée.

Elle avait attendu plus d'une heure, fixant intensément le jardin assombri à la recherche de signes de mouvement avant de finalement réunir le peu de courage qui lui restait et de sortir sur le balcon.

La magie du silence sombre et frais l'enveloppa immédiatement. Elle ferma les yeux et laissa les sons de la nuit la pénétrer. Elle adorait l'obscurité.

Se dirigeant vers la balustrade, elle s'appuya dessus et leva les yeux vers les étoiles. Elle se demanda où était la Terre par rapport à où elle était à présent. Une sensation de nostalgie l'envahit alors qu'elle pensait à la petite bille bleue qui avait été le seul foyer qu'elle ait jamais connu jusqu'à présent. Elle baissa les yeux, les laissant balayer les jardins sombres et leurs plantes étrangement éclairées. Un mouvement sous l'un des arbres à gauche attira son attention.

Emma poussa un petit cri lorsqu'une silhouette sombre sortit de l'ombre de l'arbre et sous la lumière de la lune. Elle trébucha en arrière tandis que les paroles d'Abby à propos d'une menace résonnèrent dans son esprit. Se tournant, elle sprinta en direction de la porte menant à sa chambre et à la sécurité.

— Attends… je t'en prie, appela une voix grave et familière.

Emma s'arrêta la main sur la porte quand elle reconnut la voix de l'homme qui l'avait embrassée plus tôt dans le jardin. Elle lutta entre le désir de s'enfuir et se cacher et le besoin de découvrir ce qu'il voulait. Prenant une inspiration tremblante, elle pivota à contrecœur jusqu'à ce qu'elle lui fasse face. Elle le fixa en silence, se méfiant de ce qu'il ferait ensuite. Par mesure de sécurité, elle garda la main sur la porte au cas où elle aurait besoin de se ruer à l'intérieur.

— Je ne me suis jamais présenté correctement, dit-il en montant sur la première marche. Je suis Ha'ven Ha'darra, prince héritier des Curizans.

Emma pencha la tête sur le côté et l'étudia en silence, attendant de voir ce qu'il avait d'autre à dire. Elle n'en avait pas grand-chose à faire de son nom. Elle était plus intéressée par la raison pour laquelle il l'avait embrassée.

Elle rougit légèrement au souvenir de la chaleur du baiser et de la sensation de ses bras autour d'elle. Elle jura qu'elle avait pu sentir de l'électricité lui traverser le corps quand il l'avait touchée. C'était ce qui lui avait tant fait peur. Elle ne s'était jamais sentie aussi vivante auparavant.

Elle se mordit la lèvre inférieure pour s'empêcher de sourire quand il se balança d'un pied sur l'autre l'air gêné quand elle ne répondit pas à sa présentation. Elle ne savait honnêtement pas ce qu'il voulait ou pourquoi même il lui parlait. Ce n'était pas comme si elle avait fait quoi que ce soit pour encourager son attention. À vrai dire, elle aurait pensé qu'après lui avoir mis un coup de genou, il aurait fait tout ce qui était en son pouvoir pour l'éviter. Un juron bas emplit l'air tandis qu'il lui fit un signe de la main.

— La plupart des femmes sont impressionnées quand je dis qui je suis, grogna-t-il d'irritation.

Emma ne put empêcher un tic d'amusement de courber le coin de sa bouche ou ses yeux de s'illuminer face à sa déclaration. Il était évident qu'il n'avait pas l'habitude qu'une femme l'ignore. L'étudiant dans la douce lumière de la lune, elle comprit pourquoi. Il était gigantesque !

Emma devina qu'il devait faire plus de deux mètres. Il avait de larges épaules musclées. Elle avait senti ses muscles durs sous ses paumes quand il l'avait embrassée. Elle savait aussi qu'il lui serait impossible d'enrouler ses deux mains autour de ses avant-bras. De longs cheveux foncés lui pendaient dans le dos et lui arrivaient presque jusqu'à la taille.

Il portait une chemise en soie noire à manches longues rentrée dans un pantalon noir qui lui enserrait les hanches. Elle rougit quand ses yeux passèrent rapidement sur le devant de son pantalon. Elle se demanda brièvement si le reste de son corps était tout aussi bien bâti. Ses pensées la mortifièrent. Elle n'avait jamais pensé à un homme et son...

Les joues d'Emma prirent une teinte rouge plus foncée et elle fut reconnaissante qu'il fasse trop sombre pour qu'il puisse voir son visage rougi. Elle resta plutôt silencieuse, curieuse de ce qu'il dirait ensuite. Elle dût baisser la tête pour cacher son amusement quand il grogna de frustration face à son manque d'appréciation de sa position.

— Tu t'appelles Emma ? demanda-t-il en lui jetant un regard frustré.

Elle baissa le menton pour lui signifier qu'il avait raison. Le sourire qui menaçait de s'échapper disparut quand il monta deux marches de plus. Ses yeux s'assombrirent de méfiance lorsqu'elle réalisa qu'il se tenait sur le balcon à seulement un peu plus d'un mètre d'elle. Sa main se serra sur la porte et elle commençait à l'ouvrir quand il lui posa une autre question.

— Pourquoi est-ce que tu ne parles pas ? demanda Ha'ven dans une tentative désespérée de l'empêcher de partir.

Emma ferma brièvement les yeux avant de regarder le jardin sombre derrière lui. *Je ne peux pas.*

— Pourquoi ?

Elle ne savait pas comment répondre à sa question murmurée. Si elle lui répondait, elle serait obligée de se souvenir. Si elle se souvenait, les cauchemars et les sensations de ce qu'elle avait subi et de ce qu'elle avait perdu la submergeraient.

Secouant la tête, elle ouvrit la porte. Rester dehors avait été stupide. Elle aurait simplement dû rester à l'intérieur où elle était en sécurité. Où elle pouvait se cacher. Comment un homme aussi fort que celui qui se tenait devant elle pouvait-il comprendre ce que c'était que de se sentir faible et impuissant ? Il ne comprendrait jamais ce que c'était que de se sentir désespéré et perdu.

— Ne pars pas, appela doucement Ha'ven.

Il détestait la sensation de vide qui l'envahissait à l'idée d'elle s'éloignant de lui.

— Je t'en prie, je…

Il s'arrêta, cherchant désespérément un moyen de la convaincre de rester plus longtemps. Il attendit qu'elle se tourne pour le regarder à nouveau avant de continuer.

— Je te promets de ne pas te toucher à moins que tu m'en donnes l'autorisation, jura-t-il précipitamment.

Emma l'étudia pendant plusieurs longues minutes avant de lâcher la porte à contrecœur. Elle se détendit quand il redescendit sur les marches. Elle le regarda se baisser pour s'asseoir sur la marche du haut. C'était comme s'il savait qu'elle ne lui faisait pas confiance et pensait qu'il ne tiendrait pas sa parole. Elle se dirigea finalement vers l'une des chaises et s'assit. Ils reconnurent et comprirent tous les deux le compromis gênant dont ils avaient silencieusement convenu.

Ils restèrent assis ainsi pendant des heures. Elle l'écouta attentivement parler de son monde. Elle adorait les images qu'il partageait en décrivant les grandes cascades et les épaisses forêts dans lesquelles il jouait avec ses deux frères cadets quand ils étaient enfants. Elle ne put s'empêcher de glousser lorsqu'il expliqua comment son plus jeune frère, Jazar, avait obtenu le surnom de Flèche.

— Même enfant, il adorait les histoires que Salvin, notre professeur, nous racontait à propos de l'ancien temps. Il pouvait à peine marcher quand il a trouvé un des arcs de notre père. Il le traînait hors du coffre dans lequel il était rangé. Bien évidemment, il était bien trop grand et bien trop lourd pour qu'il puisse s'en servir mais il s'en fichait. Melek, mon père, lui a donné son premier arc pour son sixième anniversaire. Notre mère a finalement abandonné l'idée d'essayer de lui enlever. Jazar mangeait, dormait, et se serait lavé avec si cela ne l'avait pas abîmé. Adalard a commencé à l'appeler Flèche et le nom est resté jusqu'à ce que plus personne ne l'appelle différemment, dit Ha'ven en s'appuyant contre le mur, la fixant alors qu'il parlait.

Il adorait regarder ses yeux pétiller dans la lumière de la lune et la façon dont les couleurs de son aura changeaient pendant qu'il parlait. Quand il l'avait d'abord vue sur le balcon, les couleurs autour d'elles étaient sombres et menaçantes. Il ne savait pas à quoi elle pensait mais il voulait chasser les ombres. Son esprit était protégé par les murs de protection glacés derrière lesquels elle s'était cachée quand il avait essayé de l'atteindre dans la salle à manger.

Il n'était pas retourné au dîner après leur rencontre de plus tôt. Il s'était séparé d'Adalard après qu'une des servantes ait attiré l'attention de son frère. Une autre essaya d'attirer la sienne mais il n'y avait qu'une seule femelle qui l'intéressait à présent. Il s'était plutôt promené à nouveau dans les jardins dans l'espoir de comprendre ce qui lui arrivait. Son énergie s'était rapidement enflammée, le tirant à travers les ombres jusqu'à ce qu'il se retrouve les yeux fixés sur la cause de sa confusion.

Il y avait tant de questions qu'il voulait lui poser, mais il ne fit pas. Il voyait qu'elle ne lui faisait pas confiance. Il voyait la raideur dans son corps tandis qu'elle luttait contre son instinct de fuir. Il voyait aussi la timide curiosité dans ses yeux quand elle lui jetait un rapide coup d'œil quand elle croyait qu'il ne regardait pas.

Tout le déconcertait chez cette femelle. Il la voulait avec une désespérance qu'il n'avait jamais ressentie auparavant, mais il savait aussi que s'il ne faisait pas attention, il pourrait la perdre. Il continua donc de lui parler de son monde. Il lui posa aussi des questions simples et bénignes comme quelle était sa couleur favorite... violet, comme ses yeux. Il se retint de sourire quand la pensée la traversa lorsqu'elle baissa sa garde. Elle adorait chanter et danser. Il vit des images d'elle tournoyant avec un homme plus âgé.

Il réalisa qu'il ne pouvait pas lui poser de questions sur son passé pour le moment. Elle se renferma dès l'instant où il demanda où elle irait si elle pouvait aller n'importe où dans le système stellaire. Il cacha sa grimace de frustration derrière un masque de calme quand les murs de glace de son esprit s'élevèrent, l'empêchant de voir ses pensées. Même alors, il put sentir la douleur et le chagrin avant qu'elle ne les lui cache. Comprenant qu'elle n'était pas encore prête à partager cette partie de sa vie avec lui, il continua avec ses histoires d'aventure.

Emma replia ses jambes sous elle sur son siège et se pencha en arrière. Elle aimait écouter la voix profonde et riche de Ha'ven même si elle ne l'admettrait jamais. Elle avait d'abord été mal à l'aise quand il lui posait une question, puis elle réalisa qu'il pouvait « voir » ce qu'elle se représentait. Ce ne fut que lorsqu'elle se rendit compte qu'elle pouvait aussi « l'empêcher » de voir dans son esprit qu'elle se détendit un peu.

Au bout de quelques heures, elle fut surprise de réaliser qu'elle n'y pensait même plus. Elle lui répondait parfois avec une pensée rapide, et d'autres fois elle levait le mur qu'elle avait construit autour d'elle et se contentait de regarder la douce lueur colorée des plantes dans le jardin. Elle découvrit qu'elle appréciait le silence agréable entre eux autant qu'elle appréciait quand il parlait. Ils se séparèrent à contre-cœur quand le soleil commença à illuminer l'horizon.

— Je ne pourrais pas venir te voir ce soir, dit Ha'ven alors qu'il se levait et s'étirait. Tu dois me promettre que tu resteras à l'intérieur jusqu'à ce qu'on te dise qu'il n'y a plus de risque, *misha petite*. Promets-moi que tu écouteras. Nous vivons une époque dangereuse et il est important que tu le comprennes.

Abby nous l'a déjà dit, répondit Emma, enroulant ses bras autour de son corps. *Elle a dit que deux guerriers resteront avec nous jusqu'à ce qu'il n'y ait plus de danger.*

Ha'ven ravala un petit grognement de jalousie à l'idée d'un autre mâle se trouvant près d'Emma. Il ne voulait rien de plus que l'emmitoufler et la cacher jusqu'à ce que tout le danger soit passé. Au lieu de cela, il hocha sèchement la tête.

— Je reviendrai dès que possible, promit-il.

Il mourait d'envie de l'embrasser, mais il n'oubliait pas la promesse qu'il lui avait faite.

Pas pour moi, répondit Emma dans un murmure. *Tout ceci était... agréable, mais je veux simplement être seule.*

Ha'ven fixa Emma, une expression sombre lui entachant le visage.

— Je te verrai, *misha petite*. Je promets d'honorer mon serment de ne pas te toucher... pour le moment, mais je te reverrai, jura-t-il d'une voix d'acier emplie de promesse.

Il regarda Emma secouer la tête en signe de refus avant de se glisser dans sa chambre. Ses mains se serrèrent contre ses flancs tandis qu'il luttait contre l'irrésistible envie de la suivre. Ses yeux s'assombrir quand il pensa à la bataille qui l'attendait. Pas seulement celle avec Raffvin, mais aussi celle pour gagner la confiance de sa compagne.

Le jour suivant, Sara et elle reçurent l'ordre de rester dans leurs quartiers durant quelques jours. Emma resta dans sa chambre. La présence des deux guerriers assignés à leur protection la mettait mal à l'aise.

Elle entendit Sara parler avec Audrey, la docteure humaine qui était venue la voir auparavant. Audrey essaya de l'attirer dans le salon. Elle abandonna finalement, réalisant que tant que les hommes seraient là, Emma ne sortirait pas de sa chambre.

— Emma n'aime pas quand d'autres personnes sont là, expliqua doucement Sara à Audrey en regardant Jaguin et Gunner qui parlaient à voix basse. Ceux-là sont les deux qui nous ont amenées à bord du vaisseau de guerre. Ils étaient là quand on...

La voix de Sara se brisa alors que les souvenirs l'étouffèrent.

— Cela prendra du temps, dit Audrey d'une voix apaisante. Cependant, le fait qu'Emma ne montre aucun signe d'amélioration m'inquiète.

Sara hocha la tête et se détourna pour cacher les larmes dans ses yeux.

— C'est dur, murmura Sara. Je n'avais jamais peur avant. À présent..., elle jeta un œil aux hommes quand elle réalisa qu'ils s'étaient arrêtés de parler et qu'ils les regardaient. À présent, je n'aime pas être en la présence d'autres... gens. Je comprends ce que ressent Emma.

Sara baissa la tête ; elle avait honte d'avoir admis à Audrey qu'elle avait peur d'être en présence d'autres gens, en particulier si c'était des hommes.

Audrey toucha le bras de Sara.

— Sara, Emma et toi avez subi une expérience très traumatisante. Je ne serais pas surprise si vous souffriez toutes les deux d'un genre de TSPT. Vous n'avez pas à avoir honte de quoi que ce soit, lui assura Audrey.

— C'est quoi un TSPT ? grogna Jaguin. Tu as dit que tu allais bien ! Je croyais que mon symbiote avait guéri tes blessures, cracha-t-il en jetant un regard noir à l'énorme corps doré allongé aux pieds de Sara.

— Non mais ! lâcha Sara. J'étais en pleine conversation privée et tu n'as pas été invité à participer !

Jaguin ignora la réplique de Sara et se tourna pour jeter un regard renfrogné à Audrey.

— Est-ce que tu sais comment guérir ce TSPT ? demanda-t-il.

Audrey croisa les bras sur sa poitrine et regarda Jaguin avec insistance.

— Ceci est une conversation privée entre Sara et moi mais je vais expliquer ce que signifie TSPT. Cela veut dire Trouble de Stress Post-Traumatique. Cela arrive souvent après qu'un individu ait subi une épreuve terrifiante souvent liée à des blessures physiques ou à la menace de blessures physiques. Ce qu'Emma et Sara ont subi tombe assurément dans cette catégorie.

— Audrey, murmura Sara d'une voix tendue. Je ne veux pas en parler. En particulier en sa présence.

— J'étais là, Sara, dit fermement Jaguin. J'ai vu ce qu'ils t'ont fait.

Les yeux de Sara s'assombrirent de détresse et elle laissa échapper un petit cri blessé avant de se tourner et de se ruer hors de la pièce. Jaguin fit un pas pour la suivre mais Audrey mit une main sur son torse et le fusilla du regard.

— Assez ! dit-elle d'une voix autoritaire. Je vais aller la voir. Vous deux… contentez-vous de rester ici et assurez-vous que personne ne vole l'argenterie, ordonna-t-elle avant de se tourner pour suivre Sara.

Gunner s'approcha de Jaguin qui se tenait près du canapé. Il mit une main sur l'épaule de son ami et la serra en signe de soutien. Ses yeux suivirent la silhouette qui marchait avec raideur dans le couloir, un symbiote doré à ses côtés.

— Donne-lui du temps, dit doucement Gunner. Tu étais là. Tu sais ce qu'ils lui ont fait.

— Mais pas tout, dit Jaguin, un muscle palpitant dans sa mâchoire alors qu'il serra les dents de frustration. Je ne sais pas tout ce qu'ils lui ont fait.

Gunner regarda l'expression torturée de son ami.

— Tu ne le sauras peut-être jamais, répondit-il. Contente-toi de l'accepter et de la soutenir. C'est tout ce que tu peux faire.

Jaguin hocha la tête avec raideur.

— Je serai là pour elle, même si elle refuse de m'accepter.

Gunner sourit et mit une grosse claque sur l'épaule de Jaguin.

— Depuis quand as-tu un jour accepté une défaite ? demanda-t-il. Tu es face à un défi, mon ami, celui de la faire t'accepter. Tu dois maintenant réfléchir au meilleur moyen de briser ses barrières.

Les yeux de Jaguin se plissèrent l'espace d'un instant avant qu'un sourire ne se dessine lentement sur ses lèvres.

— Tu as raison, Gunner. Je crois qu'il est temps que j'emmène ce défi sur un terrain qui m'est plus familier. À un endroit que je connais et auquel je sais qu'elle ne sera pas capable de résister.

Gunner arqua un sourcil.

— Comment prévois-tu de faire ça ?

— Elle aime les plantes insolites, dit Jaguin en regardant Gunner avec un sourire sournois. Je connais un endroit où il y a toutes sortes de plantes insolites.

Gunner fixa les yeux malins de Jaguin et y vit de la détermination. Son ami avait un plan. Il sourit et rit.

— Tu es trop astucieux pour ton bien parfois, dit Gunner. Maintenant, que crois-tu que ma compagne ait voulu dire quand elle nous a dit de nous assurer que personne ne prenne l'argenterie ?

Emma jeta un rapide coup d'œil à Sara quand cette dernière entra dans sa chambre deux jours plus tard. Elle était assise à la petite table donnant vue sur le jardin. Elle se repassait une fois de plus sa rencontre insolite avec l'immense guerrier. C'était comme si sa tête était un disque rayé. Elle n'arrivait pas à arrêter de penser à lui et cela commençait à la rendre encore plus folle qu'elle ne croyait déjà l'être !

Sara traversa silencieusement la pièce et s'assit en face d'elle. Elles restèrent assises en silence pendant plusieurs minutes avant que Sara ne soupire bruyamment. Emma sut que quelque chose n'allait pas quand elle sentit le tremblement dans les doigts de Sara lorsqu'elle lui toucha la main.

— Je vais partir un petit moment, Emma, dit Sara à contrecœur. J'ai été invitée à aller dans les montagnes où il y a des plantes très insolites. Je… Mes recherches me manquent, admit-elle doucement. Je dois me trouver une place dans ce monde et c'est la seule chose pour laquelle je sais que je suis douée.

Emma regarda les yeux remplis de larmes de Sara. Elle y vit la culpabilité affronter le besoin de se remettre à vivre. Elle savait que Sara avait mis ses envies et ses désirs sur pause dans un effort peu judicieux de l'aider. Elle sentit le poids de sa propre culpabilité surgir lorsqu'elle réalisa que Sara attendait son approbation pour tourner la page.

Emma se força à répondre. Elle toucha tendrement la joue de Sara du bout des doigts. Ses lèvres se courbèrent en l'ombre d'un sourire en signe de compréhension et d'acceptation. Elle n'en voulait pas du tout à Sara de vouloir tourner la page. Sara lui serra la main en retour.

— Tu dois te battre, Emma. Même si c'est différent ici, c'est un bon endroit pour vivre. Les gens ici sont…, Sara fit une pause, comme si elle cherchait les mots justes. Les gens ici sont étranges et différents aussi mais ils ne nous feraient jamais de mal. Pas comme l'a fait Cuello. Tu dois te battre. Je ne peux pas supporter de te regarder dépérir plus longtemps. Je… j'ai besoin de guérir et je ne peux pas le faire à moins de me remettre à faire ce que j'aime, finit-elle d'une voix étranglée par l'émotion.

Emma caressa du pouce l'humidité sur la joue de Sara et hocha la tête. Elle comprenait ce que disait Sara. Sara était forte. Sara s'était battue contre les hommes qui les avaient kidnappées. Elle avait eu une vie sur Terre. Quelque chose s'était brisé à l'intérieur d'Emma durant sa captivité. Elle n'était pas sûre de pouvoir un jour aller mieux.

Je n'ai simplement pas ma place, pensa-t-elle tristement. *Ni ici ni sur Terre.*

La voix rauque de Ha'ven perça ses sombres pensées.

Je pense que tu es parfaitement à ta place avec moi.

Qu'est-ce que tu fais à nouveau dans ma tête ? demanda-t-elle avec irritation. *Je croyais que tu étais occupé.*

Je ne suis jamais trop occupé pour toi. Aimerais-tu dîner avec moi ce soir ?

Non, répondit-elle par la pensée en regardant par les fenêtres. *Je… je crois qu'il vaudrait mieux que tu me laisses tranquille.*

Jamais, revint la sombre promesse avant qu'il ne disparaisse à nouveau.

Emma soupira alors qu'elle tirait sur l'ourlet de sa jupe. Elle était assise à la petite table près des fenêtres donnant sur le jardin et attendait avec impatience que le soleil se couche. Son esprit était focalisé sur un certain grand extraterrestre aux cheveux sombres. Elle se toucha les lèvres tandis qu'elle se remémorait une fois encore son baiser. Elle aurait pu jurer qu'elle pouvait toujours sentir ses lèvres toucher les siennes !

Elle se leva impatiemment de son siège et balaya la pièce vide du regard. Tout semblait bien plus silencieux depuis que Sara était partie en voyage dans les montagnes pour y étudier la flore il y avait presque une semaine de cela.

Au début, Emma avait erré dans l'espace vide tout en essayant de se convaincre que c'était ce qu'elle voulait. Elle avait pensé que si elle était seule, elle parviendrait à trouver la solitude glaciale dont elle s'était entourée auparavant. Cela ne marchait pas pour l'instant grâce à un mâle très irritant qui refusait de la laisser tranquille.

Elle ne comprenait toujours pas comment et pourquoi il parvenait à lui parler de la façon dont il le faisait. Elle avait brièvement lutté contre avant de simplement accepter qu'il lui était impossible de le bloquer entièrement. Elle avait essayé de comprendre comment cela avait pu se produire, mais elle n'y parvenait pas. Elle avait finalement décidé que c'était simplement une part du monde délirant dans lequel elle vivait à présent et qu'elle devait se contenter d'accepter qu'elle ne le comprendrait jamais.

Elle jeta un regard noir de frustration par la fenêtre aux jardins bien éclairés. Elle attendait avec impatience la tombée de la nuit où elle pourrait s'échapper sans crainte de croiser qui que ce soit. Enfin… mis à part le mâle qui avait refusé de la laisser tranquille durant les dix derniers jours.

Une voix rauque perça ses pensées.

Moi aussi j'attends avec impatience de te voir.

Je n'ai pas dit que j'attendais avec impatience de te voir ! N'as-tu pas d'endroit où tu dois être ? rétorqua Emma d'exaspération. *Pourquoi ne me laisses-tu pas simplement tranquille ?*

Parce que je t'aime bien, je n'arrive pas à oublier le doux goût de tes lèvres, la taquina-t-il.

Emma s'imagina en train de lever les yeux au ciel afin qu'il sache qu'elle ne le croyait pas.

N'oublie pas que tu as promis que tu ne me toucherais pas à nouveau sans ma permission, lui rappela-t-elle une nouvelle fois.

C'est une promesse que je regrette avoir faite, grogna-t-il de frustration. *Pourquoi me résistes-tu ?*

Tu... ne comprendrais pas, murmura Emma en retour. *Pas plus que je comprends comment tu es capable de me parler de cette façon.*

Misha petite, commença-t-il à dire avant de s'interrompre avec un petit grognement d'irritation. *Je dois partir. Viendras-tu me voir ce soir ?*

Emma croisa les bras autour de sa taille et leva à nouveau les yeux au ciel. *Je ne « viens » pas te voir. C'est toi qui viens me trouver, tu te souviens ?*

Un petit rire résonna brièvement dans son esprit.

Je viendrai te retrouver ce soir à ton endroit favori près du mur, ma petite compagne entêtée. Pense à moi en attendant.

C'est fort peu probable, renâcla Emma avant de lever le mur dans son esprit pour l'empêcher de savoir que ses paroles l'avaient affectée.

Je penserai à toi et je rêverai de te tenir dans mes bras, vint sa douce réponse avant qu'il ne disparaisse.

Emma secoua la tête. Une chose qu'elle était en train d'apprendre était que pour ce qui était des phrases de drague, Ha'ven Ha'darra semblait ne jamais être en rupture de stock. Il allait et venait dans son esprit depuis le soir du dîner. Il avait aussi un moyen infaillible de toujours savoir où elle était.

Sa promesse réticente de ne pas la toucher à nouveau sans sa permission la surprenait toujours. Il l'avait faite le soir du dîner et jusqu'alors, il avait tenu sa parole. Un petit sourire se dessina sur ses lèvres au souvenir de la façon qu'il avait eu de l'appeler. Elle ne savait toujours pas pourquoi elle s'était arrêtée. C'était peut-être le ton désespéré de sa voix. Elle y avait aussi entendu de la confusion et de l'hésitation. C'était comme si elle le déconcertait autant qu'il la déconcertait.

∿

La nuit où Sara était partie avait été le début de leurs rencontres nocturnes quasi quotidiennes une fois qu'Emma fut à nouveau autorisée à s'aventurer dehors. Il l'avait trouvée plus tard cette nuit-là et toutes les nuits depuis près du muret donnant sur l'océan. Chaque nuit, il apportait un panier de nourriture et une douce couverture qu'il pliait pour qu'elle s'y assoie.

Cette nuit-là n'était pas différente. Elle était assise sur la couverture pliée et écoutait en silence tandis qu'il partageait plus de choses à propos de son monde et de sa famille. Elle était reconnaissante qu'il ne lui pose pas de questions sur les siens. Elle n'était pas prête à partager cela et elle avait l'impression qu'il comprenait qu'elle avait besoin de plus de temps. Il parla de moments joyeux ainsi que de quelques moments plus sombres ayant eu lieu durant la Grande Guerre. Emma fut secouée quand elle vit un bref aperçu de lui pendu par les bras dans une caverne sombre, d'épaisses traînées de sang s'écoulant sur son corps avant qu'une autre image ne le remplace.

La guerre n'est jamais quelque chose de plaisant, dit-elle en silence. *Je suis contente que Creon ne t'ait pas tué.*

— J'en suis reconnaissant moi aussi, répondit Ha'ven avec un petit rire tout en posant plusieurs tranches de fruit dans son assiette déjà pleine.

Je ne peux pas manger tout ça, lui dit-elle silencieusement, exaspérée. *Tu n'as pas besoin de remplir mon assiette comme si j'étais une enfant. Tu la remplies toujours trop.*

Ha'ven tendit la main pour faire glisser ses doigts le long de son cou. Il s'arrêta quand elle s'éloigna brusquement et tourna la tête pour éviter son contact. Il laissa retomber sa main sur ses cuisses et serra le poing de frustration.

— Quand me donneras-tu la permission de te toucher ? grogna-t-il à voix basse.

Emma se tourna pour le regarder avec des yeux sombres et inquiets.

Jamais, répondit-elle dans un murmure.

Les yeux de Ha'ven s'assombrirent de frustration et de désir refoulé. Il avait lutté contre le désir grandissant en lui chaque nuit durant les huit derniers jours. Le besoin de la revendiquer atteignait un niveau insupportable. Chaque nuit, il brûlait d'envie de sentir à nouveau sa douce peau contre la sienne et le délicieux goût de ses lèvres.

— Ce n'est pas la réponse que je veux, Emma, grogna-t-il, se levant pour regarder en direction de l'océan. Je ne peux pas tenir ma promesse pour toujours. Je dois retourner à Ceran-Pax pour quelques jours pour m'occuper de plusieurs problèmes, dit-il avant de se tourner pour la regarder. Quand je reviendrai, tu seras mienne. Je te donne ces quelques jours pour l'accepter. Ma promesse prendra fin.

Alors il vaut mieux que tu ne reviennes pas, répondit Emma en se levant et en le regardant tout en levant le menton de détermination. *Je ne veux pas te revoir. Si tu reviens, je veux que tu me laisses tranquille.*

Je ne pourrais pas plus te laisser tranquille que je pourrais arrêter de respirer, grogna silencieusement Ha'ven. *Je t'ai revendiquée, Emma. Tu as une semaine pour l'accepter ou non. Mais je te promets que quand je reviendrai, tu partiras avec moi.*

Creon m'a promis sa protection. Tu ne peux pas me revendiquer contre mon gré, répondit-elle avec passion avant de se tourner et de partir à toute allure vers la sécurité de ses quartiers.

— Je l'ai déjà fait, *misha petite*, grogna Ha'ven d'un ton possessif en la regardant fuir dans l'obscurité.

Je l'ai déjà fait, répéta-t-il silencieusement, s'assurant qu'elle entende la détermination dans sa promesse.

---

8

*U*n coup à la porte lui fit tourner la tête. Elle fronça les sourcils car cela la tira de ses pensées à propos de sa dernière rencontre avec Ha'ven il y avait presque une semaine de cela. Il avait dit qu'il reviendrait à Valdier dans deux jours, mais Emma était sûre qu'il l'avait complètement oubliée ainsi que sa revendication absurde à présent. Après tout, qu'est-ce qu'un homme comme lui pouvait bien vouloir chez quelqu'un d'aussi perturbé qu'elle ?

Je n'aurais jamais dû le laisser m'atteindre. J'aurai dû faire preuve de plus de bon sens. Cela ne fait que me faire souffrir quand je commence à tenir à quelqu'un d'autre. Ils finissent toujours par me laisser, pensa-t-elle en se tournant pour regarder à nouveau par la fenêtre. *Il doit à présent s'être rendu compte que mon rejet était la meilleure solution.*

Quiconque se trouvait à la porte partirait sans réponse de sa part. Ce n'était pas comme si elle attendait qui que ce soit de toute façon. Toutes les femmes étaient déjà venues la voir. Elles avaient pris l'habitude de venir lui rendre visite quelques heures chaque jour depuis que Sara était partie.

Trisha était la dernière à être venue la voir ce jour-là. Elle était passée un peu plus tôt avec son fils, Bálint. Emma avait souri face à l'expression sérieuse sur le visage de l'enfant en bas-âge alors qu'il lui rendait son regard. Il semblait essayer de savoir qui elle était.

Il était si différent des deux petites de Cara que tout intéressait. Elle n'avait pas pu s'empêcher de sourire quand le petit symbiote doré à son bras s'était transformé en tétine lorsque la fatigue avait commencé à l'agiter. Cela avait été tout simplement magique.

Trisha avait raconté à Emma comment elle s'était enfuie dans les bois à l'extérieur du palais peu de temps après être arrivée à Valdier. Emma avait écouté, fascinée, tandis que Trisha racontait comment elle s'était cachée de Kelan et des traqueurs qui la poursuivaient durant des jours avant de les « toucher ». Emma sourit en pensant à quel point Kelan avait dû être frustré par le fait de ne pas parvenir à capturer Trisha.

Elle soupira de soulagement quand quiconque se trouvait à la porte ne frappa pas à nouveau. Ses pensées dérivèrent à nouveau vers Ha'ven. Elle avait fait ce qu'il fallait quand elle lui avait dit de la laisser tranquille. Il avait probablement trouvé quelqu'un d'autre de toute façon. Une femme belle et forte.

Elle avait entendu certaines des femmes qui venaient faire le ménage dans ses quartiers parler de lui. Deux d'entre elles avaient eu le culot de vanter ses qualités en tant qu'amant devant elle ! Une rage silencieuse avait crû en elle quand l'une des femmes s'était plainte qu'il n'avait pas demandé à la voir la semaine précédente. L'autre avait plaisanté en disant que c'était parce qu'il avait été avec elle. La jalousie et la douleur avaient brûlé à l'intérieur d'Emma même quand la femme avait finalement admis qu'elle avait en fait été avec Adalard.

Emma se tourna quand un mouvement à la périphérie de sa vision attira à nouveau son attention vers la porte. Elle sursauta de peur quand la silhouette d'un homme commença soudainement à se former à l'intérieur. Sa bouche s'ouvrit pour crier mais elle la referma lorsque la forme se solidifia. De la fureur s'enflamma plutôt dans ses yeux quand ils rencontrèrent les yeux violets moqueurs et pourtant déterminés du mâle auquel elle avait été tout juste en train de penser.

Ha'ven se tint à l'extérieur de la porte des quartiers de sa compagne et attendit de voir si elle répondrait à la porte. Il s'agita d'impatience lorsqu'il ne fut accueilli par rien de plus que du silence. Il était parti le jour après qu'elle l'ait fui, mais pas avant d'avoir essayé à plusieurs reprises de lui parler.

La frustration le rongeait quand elle refusait de le voir. Diable, elle refusait même de répondre à ses demandes silencieuses ! La dernière fois qu'il avait essayé de la voir, Abby avait ouvert la porte et avait dit que c'était à Emma de choisir si elle voulait que Ha'ven entre. Une porte de chambre verrouillée avait été sa réponse.

Au désespoir, il s'était glissé dans son esprit quand elle s'était finalement endormie d'épuisement juste avant qu'Adalard et lui ne partent. L'angoisse et le chagrin avaient enflammé les profondeurs de son âme alors que ses rêves pénétrants avaient empli son esprit. La douleur, la peur, et une peine accablante l'avaient suffoqué. Pris dans les affres de ses souvenirs, il avait fait de son possible pour l'apaiser mais même alors, elle avait refusé de le laisser soulager sa douleur.

Il avait juré violemment tandis qu'ils avaient décollé pour retourner à Ceran-Pax. Il n'avait pas voulu partir sans Emma, mais il lui avait promis de lui donner une semaine pour accepter ses intentions. Creon avait parlé à Kelan et Zoran de sa revendication. Ils avaient compris ce qu'il ressentait, mais ce ne fut pas le cas de leurs compagnes.

Le silence constant d'Emma et la fragilité de sa santé mentale et physique inquiétaient Abby, Carmen et Trisha. Zoran lui avait donné à contrecœur la permission de courtiser Emma mais il avait souligné qu'elle devait être consentante. Il avait accepté ces conditions avant de réaliser à quel point Emma pouvait être entêtée et peu coopérative.

Si Bahadur n'était pas rentré avec deux rebelles d'une base cachée que Flèche avait découverte, il n'aurait jamais été obligé de partir. Il avait été sûr d'être sur le point de l'avoir à l'usure avant qu'elle ne s'enfuie cette dernière nuit. Il avait à présent décidé que les deux rebelles auraient pu prendre des leçons de sa compagne en ce qui concernait le fait d'être obstiné.

Les rebelles avaient été entêtés, mais Ha'ven avait appris une chose ou deux sur la torture durant son temps passé sur l'Enfer. Les deux hommes avaient fini par révéler des noms supplémentaires. Il avait ordonné à Flèche, Adalard et Bahadur de les chercher pendant qu'il retournait sur Valdier pour voir Emma.

Passer seulement quelques jours loin d'elle lui avait montré que le vide en lui grandissait à un point que cela en était irrépressible. Il en avait fini d'attendre. Il en avait fini de faire des promesses qui le séparaient de sa compagne. Il avait besoin de l'éloigner de Valdier où elle pouvait se cacher dans ses quartiers et derrière la famille royale. Il devait la ramener sur Ceran-Pax où elle serait sous son contrôle.

— La partie de cache-cache est terminée, *misha petite*, dit Ha'ven en faisant un pas vers Emma qui était debout et le fusillait du regard. C'est la dernière fois que tu te caches de moi.

— Sors d'ici ! murmura Emma d'une voix rouillée et tremblante, surprise d'être capable de se rappeler comment parler. Sors d'ici ! répéta-t-elle un peu plus fort cette fois.

— Alors tu peux parler quand tu en as envie, dit Ha'ven d'un ton moqueur. Je croyais que nous vivrions nos vies dans un merveilleux silence.

Une fureur incontrôlable s'enflamma dans les yeux d'Emma lorsqu'elle pensa à ce que les deux femmes avaient dit à propos de lui et de ses « aptitudes ». Elle regarda frénétiquement autour d'elle. Elle saisit une tasse vide sur la table, se tourna et leva le bras.

— Je ne ferais pas ça si j'étais toi, cracha Ha'ven, ses yeux se plissant sur la tasse dans sa main.

Emma prit de l'élan et la lui jeta aussi fort qu'elle le pouvait. Elle ne savait malheureusement pas bien viser. La tasse se brisa à trente centimètres de là où il se tenait. Grognant de rage, elle partit à toute allure vers le couloir menant à sa chambre. Elle s'arrêta dans une glissade quand l'immense carrure de Ha'ven se mit devant elle. Pivotant, elle sprinta autour du canapé.

— Tu vas jouer la difficile, n'est-ce pas ? dit Ha'ven, poussant un soupir. Tu comprends bien que la plupart des femmes donneraient n'importe quoi pour être à ta place.

— Va... trouver l'une d'entre elles alors, s'efforça lentement à dire

Emma. Je… je ne suis pas intéressée. Je sais où… tu peux trouver… deux femmes qui le sont, rétorqua-t-elle avec colère.

Ha'ven jeta la tête en arrière et rit. Il n'avait jamais eu à pourchasser une femelle auparavant et entendre qu'il n'en intéressait pas une était… étrange. Il grogna quand un coussin du canapé le heurta en plein visage.

Ses yeux s'écarquillèrent quand il vit que son prochain projectile était une figurine. Il la regarda d'un air méfiant alors qu'elle prit son élan et la lâcha, se baissant à peine pour l'éviter. Elle s'améliorait assurément. Il esquiva quand elle prit un grand bol et le lui jeta ensuite.

Jurant, il partit d'un côté pour l'attraper seulement pour qu'elle parte de l'autre. Elle était déterminée à garder le canapé entre eux et à trouver quoi que ce soit qu'elle puisse lui jeter. Quand elle partit en courant vers la salle à manger, il sauta par-dessus le dossier du canapé et se lança à sa poursuite.

— Aïe ! Ça fait mal ! grogna-t-il lorsqu'elle fit basculer une chaise devant lui et qu'elle lui atterrit sur le pied. Vas-tu arrêter de bouger ?

Emma l'ignora et continua de tirer les chaises et de les faire tomber alors qu'elle faisait le tour de la table.

— Jamais ! dit-elle, le souffle court, quand elle le vit partir dans la direction opposée. Pas avant que… tu… ne disparaisses là d'où tu viens… comme tu l'as fait… avant.

Ha'ven grogna de frustration lorsqu'elle renversa une autre chaise devant lui avant de pivoter et de sauter rapidement par-dessus celles sur le sol. Son pied se prit dans l'une d'elles et il manqua tomber la tête la première.

— Ça suffit, lâcha-t-il en se relevant.

D'un geste de sa main, les chaises commencèrent à s'élever hors de son chemin. Les yeux d'Emma s'écarquillèrent alors qu'elles se mirent à bouger toutes seules. Elle laissa échapper un cri sonore et se tourna. Elle courut aussi vite qu'elle le put en direction de sa chambre.

Claquant la porte et tournant les verrous, elle recula lorsqu'elle entendit son pied botté contre le carrelage poli. Elle regarda frénétiquement autour d'elle à la recherche d'une arme qu'elle pourrait utiliser contre lui. Une épée décorative était fixée au mur opposé.

Elle s'y précipita. Levant les bras, elle gémit de frustration quand elle réalisa qu'elle était trop petite pour l'atteindre. Elle pivota et se rua vers la chaise près de la coiffeuse.

Tirant la lourde chaise sur le sol, elle la poussa contre le mur et grimpa rapidement dessus. Elle tremblait de la tête aux pieds alors qu'elle tira d'un coup sec sur le lourd morceau de métal. Il se décrocha au moment même où les portes de sa chambre s'ouvrirent brusquement, heurtant le mur avec un fracas retentissant.

Emma grogna tandis que l'épée se décrocha, la faisant presque tomber de la chaise. Elle pivota sur le siège étroit et essaya de tenir la grande arme devant elle, mais elle était trop lourde pour qu'elle puisse la soulever. Elle jeta un regard noir à l'immense mâle qui se tenait dans l'embrasure de la porte les mains sur les hanches et une expression sombre et renfrognée sur le visage.

— Tu es la femelle la plus agaçante, entêtée et obstinée que j'ai jamais rencontrée, cracha Ha'ven. Pourquoi me résistes-tu ? Je t'ai dit que je te revendiquerais quand je serais rentré.

Emma laissa la lourde épée reposer sur le bord de la chaise. Elle regarda le mâle qui semblait réellement déconcerté qu'elle ne lui saute pas dans les bras. Il ne comprenait honnêtement pas pourquoi elle le fuyait. Si elle n'était pas elle-même si en colère et perplexe, elle aurait peut-être trouvé la situation amusante.

— Je veux que tu… me laisses… tranquille, s'efforça-t-elle à dire doucement. Je ne sais pas pourquoi… tu ne le fais pas. Tu pourrais av… avoir toutes les femmes que tu désires. Pourquoi… me choisir moi ?

Ha'ven regarda la petite silhouette sur la chaise tenant une grande épée de guerre dans ses mains graciles et se mordant la lèvre inférieure. Ses yeux étaient écarquillés et elle semblait aussi déconcertée qu'il l'était. Il fit lentement un pas vers elle, ravalant un petit rire lorsqu'elle essaya de lever l'épée qui devait peser plus lourd qu'elle. D'un geste de sa main, l'épée disparut alors qu'il se mit devant elle.

— Quoi… ? Comment… ?

Ses paroles choquées resonnèrent dans la pièce.

— Tu auras beaucoup à apprendre, ma Emma, répondit doucement Ha'ven. Tout d'abord, il n'y a qu'une seule femme qui compte pour moi et c'est toi. Je croyais te l'avoir montré durant les nuits que nous avons passées ensemble.

Un grand coup venant des pièces extérieures attira son attention. Des cris se firent entendre, preuves que leur lutte avait attiré l'attention de plus de gardes. Il entendit les voix de Creon et Kelan dans le fond. Il était temps qu'il emmène sa compagne avant qu'ils ne pensent à l'arrêter.

Ha'ven enroula ses mains autour de sa petite taille et la tira de la chaise, ignorant son petit cri de protestation. Il se tourna au moment même où Creon et Kelan entrèrent dans la pièce, leurs épées à la main, et leurs symbiotes sous la forme d'énormes tigres-garous.

— Ha'ven ! dit Creon, incrédule, avant que ses yeux ne se plissent. Lâche-la.

— Je ne crois pas, répondit sombrement Ha'ven.

— Laisse-moi… partir, souffla Emma alors que les bras épais l'attiraient plus près de lui. Aidez… moi, supplia-t-elle en regardant Creon. Vous avez promis… de me protéger.

Les yeux de Creon s'assombrirent face à la supplication.

— Ha'ven, dit-il en faisant un pas en avant. Elle a demandé mon aide. J'ai promis. Je ne peux pas refuser sa demande.

Les yeux de Ha'ven se plissèrent lorsque son ami brandit son épée.

— Six mois, dit-il soudainement. Donne-moi six mois. Si elle souhaite toujours revenir, je te la ramènerai.

— Non, commença à dire Kelan avant que Creon ne tende la main gauche pour l'empêcher de faire un pas de plus.

— Tu ne la forceras pas à t'accepter, déclara Creon. Elle doit t'accepter de son plein gré.

— Creon, commença à nouveau Kelan.

Creon regarda son frère.

— Elle est sa compagne, dit-il doucement. Elle a parlé. Elle réagit à lui.

— Non ! gémit Emma en poussant contre les bras qui l'emprisonnaient. Vous… avez promis de… me protéger. Vous ne pouvez pas faire ça. Je ne veux pas… partir.

Creon se tourna pour regarder Emma qui le regardait furieusement avec des yeux emplis de larmes. Il ne vit pas de peur dans ses yeux. Il y vit de la colère. Il savait que si elle restait là, elle ne guérirait jamais ou n'apprendrait jamais à accepter sa nouvelle vie. D'une certaine façon, c'était comme cela avait été pour Carmen et lui. Ils avaient été forcés à revivre.

— Six mois à compter d'aujourd'hui. Emmène-la, cracha durement Creon avant de se détourner.

— Creon, commença une dernière fois Kelan. Nos compagnes vont nous écorcher vifs, sans parler de Paul quand *Dola* et lui rentreront.

Creon jeta un œil en direction de Ha'ven et Emma. Il s'arrêta, choqué de voir qu'ils étaient déjà partis. Il balaya la pièce du regard. Il n'avait pas vu de faisceau de téléportation s'initialiser dans la pièce.

Ha'ven doit avoir un nouveau jouet, pensa-t-il, dégoûté.

— Aurais-tu quitté Trisha ? demanda Creon en se retournant pour regarder Kelan.

Kelan secoua la tête, résigné.

— Non, admit-il d'une voix pesante. Pas plus que tu aurais pu quitter Carmen. J'espère seulement qu'il sait ce dans quoi il se lance.

Creon leva les yeux vers le mur où était accrochée l'épée de guerre ancienne. S'il devait deviner, il se dirait que la femelle qui était à moitié morte avait fait de son mieux pour essayer de la décrocher afin de l'utiliser contre son ami. Il ne put contenir le petit rire qui s'échappa alors qu'il imagina la tête de Ha'ven si elle avait réussi.

— Personnellement, je pense qu'il n'en a aucune idée. J'aimerais simplement y être pour voir comment il gère cela, répondit Creon.

Un instant plus tard, les gloussements de Kelan se joignirent à ceux de Creon tandis qu'ils se remémorèrent tous les deux leurs propres épreuves et tribulations alors qu'ils essayaient de courtiser leurs compagnes. Si la femelle humaine avait décidé qu'elle était prête à rejoindre à nouveau le monde des vivants, Creon se dit que son ami allait avoir besoin de toute l'aide et de tout le temps qu'il pourrait trouver. Avec un soupir, il fit signe à l'un des gardes de prévenir les servantes en charge de la zone de vie d'Emma qu'elle avait besoin d'être rangée et que leur maîtresse serait temporairement absente.

Oui, pensa Creon en voyant Trisha et sa compagne se diriger vers eux, une expression sombre sur le visage. *Ha'ven n'a aucune idée de la furie qu'il vient peut-être de déchaîner.*

9

— *Je* te… déteste ! grogna Emma tout en frappant le dos de Ha'ven aussi fort qu'elle le pouvait avec son poing alors qu'il la portait à bord d'un petit vaisseau spatial. Je te déteste. Je te déteste. Je te déteste !

Ha'ven traversa le couloir menant au pont en grimaçant puis assit Emma avec force sur le siège du copilote du petit véhicule. Il lui saisit les mains au moment où elle les lança vers lui. Il ne fut malheureusement pas assez rapide pour éviter son pied qui vint s'écraser dans son ventre. Il aurait souffert bien plus s'il ne s'était pas penché en avant pour lui attraper les bras.

— Vas-tu rester immobile ? grogna-t-il en lui passant une sangle par-dessus l'épaule. Je ne veux pas te casser. Tu es trop petite et trop maigre.

Emma le fusilla du regard alors qu'il resserrait la sangle.

— Eh bien, si tu n'aimes pas ce que tu as sous les yeux, tu peux toujours me rezapper là où tu m'as trouvée. Je n'ai pas demandé à venir avec toi, espèce de… espèce de… bœuf géant.

Ha'ven se recula et baissa les yeux sur le visage furieux d'Emma. S'il n'avait pas été si foutrement excité, il aurait été furieux lui aussi. Au lieu de cela, la vue de son visage rougi, de ses yeux brillants et de ses lèvres boudeuses le suppliait de faire des choses qu'il n'avait pas le temps de faire… pour le moment. Dès l'instant où il pourrait programmer le véhicule élancé, il la ramènerait dans sa cabine.

— Tu es si belle, marmonna-t-il, les choquant tous les deux.

Ce n'était *PAS* ce qu'il avait prévu de dire.

— Nous serons bientôt en route, ajouta-t-il d'une voix bourrue avant de se rasseoir sur son siège.

— Je ne veux pas être en route, murmura Emma en le regardant alors qu'il s'asseyait en face d'elle. Je veux seulement…

Ha'ven regarda Emma quand sa voix faiblit et qu'elle baissa les yeux vers ses poings serrés. Il les vit trembler et, un instant plus tard, une petite goutte d'humidité brillait sur l'une de ses mains. Il jura silencieusement et se retourna vers elle.

Il prit son menton tremblant dans sa large paume ; les différences qui existaient entre eux le stupéfiaient. Sa peau plus foncée contrastait dramatiquement avec le teint pâle d'Emma. Il inclina légèrement son menton, la forçant à le regarder dans les yeux.

— Je ne te ferai pas de mal, ma petite, promit-il d'une voix rauque. Je ne pourrais jamais te faire de mal.

Les tourbillons de couleurs qui scintillaient dans ses yeux violet foncé la subjuguaient.

— Qu'est-ce que tu me veux ? demanda Emma. Pourquoi m'as-tu enlevée ?

Ha'ven étudia les yeux confus qui soutenaient son regard. Il fit tendrement remonter sa main le long de sa mâchoire pour repousser délicatement les mèches de cheveux pâles qui avaient glissé de derrière son oreille. Tout chez elle le fascinait, même les moindres détails. Il pouvait voir son aura. Elle scintillait de couleurs qu'il n'avait vues que dans le ciel clair qui suivait une violente tempête. Elle était… à couper le souffle. Un air d'innocence l'enveloppait alors qu'elle le regardait tout en attendant sa réponse.

— Tu es mienne, répondit-il simplement, laissant retomber sa main et se retournant vers les commandes.

Emma ouvrit la bouche pour lui demander de clarifier ce qu'il entendait par « mienne » mais au lieu de cela, elle la referma immédiatement quand des bandes colorées se formèrent autour de ses mains et fusionnèrent avec les manettes dont il se servait pour piloter le vaisseau. Un instant plus tard, la légère vibration des moteurs s'enclenchait et le vaisseau spatial commençait à s'élever du champ de hautes herbes d'un violet profond.

— Comment as-tu fait ça ? demanda-t-elle plutôt, fixant les bandes lorsqu'elles changèrent de couleur. Qu'est-ce que c'est que ça ?

Ha'ven lui lança un regard amusé tandis qu'il informait la tour de contrôle qu'il quittait l'orbite de Valdier. Il pouvait voir la curiosité lutter contre son désir de continuer à se disputer avec lui. Il poussa un soupir de soulagement quand la curiosité sortit victorieuse.

— Ça fait partie des mœurs des Curizans, dit-il prudemment. Nous ne partageons pas ouvertement ce dont nous sommes capables avec les autres espèces. Ton espèce est pareille. Vous ne partagez pas votre capacité à contrôler l'énergie qui vous entoure.

— Les Humains ne sont pas capables de faire ça, dit Emma tout en repoussant une autre mèche de cheveux de son visage. Enfin, à part dans les livres, mais ces personnages ne sont en général pas humains.

— Bien sûr que vous en êtes capables, répondit Ha'ven avant de jeter un œil au véhicule alors qu'ils entraient en orbite. Ton énergie a fusionné avec la mienne le premier soir et ce avant même que je te voie. J'étais à peine entré dans la salle du dîner quand j'ai senti ton énergie se diriger vers moi et se lier à la mienne.

Emma le fixa, bouche bée.

— Ce n'est pas vrai ! Je veux dire, quelque chose m'a frappé. C'était comme j'imagine être un coup de Taser, mais je ne t'ai jamais rien fait. Il se passe des trucs complètement fous depuis que je t'ai rencontré. Je t'entends dans ma tête et tu me fais voir des couleurs et ressentir des choses que je ne comprends pas, marmonna-t-elle entre ses dents.

Ha'ven regarda Emma en fronçant les sourcils.

— Bien sûr que tu as fait quelque chose. J'ai pu le voir. Les couleurs de ton essence sont venues appeler la mienne.

Emma ne savait pas quoi répondre à sa déclaration. Ce qu'il disait n'avait aucun sens pour elle. Elle se tourna et regarda par la vitre avant, émerveillée, quand un petit véhicule les dépassa.

Ils passaient non loin d'un spatioport très fréquenté. Toutes sortes de vaisseaux spatiaux de toutes formes et de toutes tailles y étaient amarrés. Elle en regarda plusieurs s'arrêter au loin, comme s'ils attendaient la permission d'arriver tandis que d'autres quittaient lentement le spatioport.

— Pourquoi ? se demanda-t-elle sans se rendre compte qu'elle avait parlé à voix haute.

— Pourquoi quoi ? demanda Ha'ven tout en accélérant pour dépasser le spatioport et se diriger vers l'espace profond.

Il programmerait le véhicule une fois qu'ils auraient traversé la première porte des étoiles.

Emma se tourna et regarda Ha'ven.

— Pourquoi est-ce que ça m'est arrivé à moi ? demanda-t-elle d'une voix rauque. Tout ce que je voulais, c'était voir un petit peu de ce monde avant de rentrer... chez moi pour gérer le studio de danse et m'occuper de ma mère. Pourquoi est-ce que ça m'est arrivé à moi ?

Ha'ven entendit la peine, la confusion et la douleur dans sa voix. Sa douleur lui serra le cœur. Il n'avait jamais laissé les sentiments d'un autre le toucher comme les siens le touchaient. Il ne pensait pas que même ses frères cadets soient capables de le toucher de la façon dont sa simple question l'avait fait.

— Seule la déesse sait pourquoi elle fait les choses qu'elle fait, lui dit-il. Elle pense peut-être que tu as besoin de voir plus du monde que ce que tu croyais. Ou...

Il s'interrompit.

— Ou... ? demanda Emma, attendant qu'il finisse sa phrase.

— Ou elle sait peut-être que j'ai besoin de toi, finit-il.

Emma regarda l'immense mâle qui l'avait kidnappée, en gros, faire tenir un plateau de nourriture en équilibre sur l'une de ses mains tandis qu'il prenait une tasse de l'autre. Ils avaient voyagé pendant presque quatre heures avant d'atteindre la première « porte des étoiles », comme il les appelait. Elle avait fermé les yeux et avait prié de ne pas vomir quand ils l'avaient traversée pour la première fois. Ce n'était qu'après plusieurs minutes de respiration profonde qu'elle s'était rendue compte que des mains chaudes et calleuses lui caressaient le visage.

— Ça devient plus facile avec le temps, lui dit doucement Ha'ven avant de la détacher délicatement de son siège. Viens, je vais nous préparer quelque chose à manger.

Emma s'arrêta avant de prendre lentement la main qu'il lui tendait. Une décharge électrique la traversait à chaque fois qu'il la touchait. C'était l'une des raisons pour lesquelles elle n'avait eu de cesse de lui demander de ne plus la toucher après qu'il l'ait embrassée. Elle ne savait pas vraiment si c'était de l'électricité statique ou l'énergie qui se trouvait en lui selon ses dires. Rien auparavant ne l'avait préparée à ce qui était en train de se produire et elle n'avait aucune idée de quoi faire.

— Comment est-ce que tu as réussi à faire disparaître l'épée ? demanda-t-elle en prenant le plateau pour le poser sur la petite table. Je veux dire, un instant je la pointais vers toi, et le suivant, elle était partie.

Ha'ven lui donna un petit coup de coude, se délectant de la vue du léger rose qui lui monta aux joues lorsqu'elle se déplaça assez pour qu'il puisse s'asseoir à côté d'elle. Il posa la tasse entre eux. Les paroles de Creon à propos du fait qu'elle ne survivrait peut-être pas étaient revenues le hanter chaque nuit depuis la première fois qu'il l'avait vue. Cela avait été la raison pour laquelle il lui avait apporté un repas chaque soir. Il voulait s'assurer qu'elle mange. Il ferait tout le nécessaire pour s'assurer qu'elle le fasse.

— Tout est composé d'énergie, expliqua-t-il en faisant un signe de la main en direction du plateau pour le faire disparaître tout en laissant les assiettes de nourriture. Il suffit que je me concentre sur ce que je veux faire avec l'énergie afin de la changer pour satisfaire mes désirs et besoins.

Emma fit glisser ses doigts sur la table sur laquelle le plateau s'était trouvé quelques secondes plus tôt. Elle leva les yeux et lui lança un regard à la fois émerveillé et effrayé. C'était une partie de lui qu'elle n'avait pas vue durant leurs discussions nocturnes. Elle rejeta un rapide coup d'œil à la table avant de prudemment replier ses mains sur ses cuisses.

— Est-ce que tu peux me faire disparaître ? demanda-t-elle doucement. Pour de bon, comme tu l'as fait avec le plateau et l'épée.

Ha'ven regarda Emma se mordre la lèvre et refuser de le regarder. Il lui toucha la joue du doigt, le faisant glisser le long de sa peau soyeuse jusqu'à ce qu'il touche ses lèvres du bout du doigt. Sa bouche s'ouvrit légèrement et il sentit le doux air chaud du souffle qu'elle avait retenu.

Il pencha sa tête vers lui.

— Le plateau et l'épée ont simplement été déplacés ailleurs. Leur énergie y est toujours, tout comme quand je nous ai déplacés quand nous avons quitté le palais. Je ne te laisserais jamais disparaître, Emma. Je te l'ai dit, j'ai besoin de toi.

Il se pencha en avant et remplaça doucement son doigt par ses lèvres. Quelque chose lui disait qu'il devait y aller doucement. Durant les heures qui venaient de s'écouler, il avait découvert quelque chose qu'il n'avait jamais envisagé : la réussite n'était pas toujours garantie. Et, pour la première fois de sa vie, il avait peur d'échouer.

Ha'ven ferma les yeux quand un désir intense et quelque chose qu'il ne comprenait pas se déplacèrent en lui, le tendant. Un petit gémissement lui échappa lorsque les lèvres d'Emma s'ouvrirent sous la pression des siennes. Il glissa sa langue dans sa bouche, désireux de goûter le doux fruit de son essence qui le tourmentait depuis la première fois qu'il l'avait embrassée.

Sa main se déplaça pour se poser sur sa nuque et l'attirer plus près de lui. Il pencha très légèrement la tête afin de pouvoir approfondir le baiser. Il essaya d'attirer sa silhouette délicate contre son corps brûlant de désir mais la table l'empêcha de la rapprocher.

Il marmonna un juron et s'éloigna pour laisser reposer son front contre le sien. Ils avaient tous les deux le souffle court. Après plusieurs longues secondes, il se rassit confortablement et prit la tasse. Il s'arrêta, sous le choc, quand il la vit trembler.

— Qu'est-ce que tu me fais ? marmonna-t-il entre ses dents.

— Quoi… quoi ? demanda doucement Emma tout en posant une main sur ses lèvres gonflées.

Ha'ven détourna les yeux et regarda son assiette d'un air furieux.

— Mange, dit-il d'une voix bourrue. Tu es trop maigre.

Emma regarda son visage sombre d'un air furibond.

— J'ai pris du poids depuis que je t'ai rencontré. En plus, je n'ai pas eu très faim depuis…, sa voix mourut et elle détourna le regard lorsque les souvenirs qui l'envahissaient lui firent monter les larmes aux yeux. J'aimerais aller à ma cabine, finit-elle d'un ton maussade alors que le stress qu'elle ressentait toujours à chaque fois qu'elle se remémorait ce qui s'était produit et où elle se trouvait lui retournait l'estomac.

— Non, dit sèchement Ha'ven avant de se calmer. Mange avec moi, s'il te plaît, dit-il d'une voix plus douce. Parle-moi de ton monde. Je t'ai parlé du mien. Comme c'est là-bas ? Est-ce que tu y as de la famille ?

Dès l'instant où les derniers mots franchirent ses lèvres, il eut envie de se botter le cul. Il pensait la distraire de ses souvenirs et voilà qu'il se retrouvait à lui demander de se confier à lui et de lui en parler. Il savait à quel point cela la faisait souffrir d'y penser. Il devait être le mâle le plus stupide de tous les systèmes stellaires connus… après Vox. Même lui n'était pas aussi stupide que ce fou de métamorphe chat.

Le petit rire d'Emma le surprit et il la regarda en arquant un sourcil interrogateur. Elle lui fit un grand sourire qui révéla de petites dents droites d'un blanc nacré. Ses yeux pétillaient d'amusement.

— Tu pensais plutôt fort, confia-t-elle en rougissant. Je ne voulais pas me montrer indiscrète mais je voulais savoir ce que j'avais fait pour t'énerver, avoua-t-elle.

— Je n'étais pas fâché contre toi. Tu me fais ressentir des choses auxquelles je ne suis pas habitué et ça m'embrouille les idées, admit

Ha'ven en souriant lui aussi. Je n'aime pas les choses qui m'embrouillent les idées.

— Hum, est-ce que ça veut dire que tu ne m'aimes pas ? le taquina Emma en penchant la tête pour lui lancer un regard appuyé.

Ha'ven grogna et rompit un morceau de pain dans son assiette avant de le fourrer dans sa bouche. Il le mâcha lentement tout en la regardant d'un air qui signifiait qu'il n'était pas sur le point de s'enfoncer encore plus. Emma gloussa à nouveau avant de prendre un morceau de fruit dans son assiette.

— Il n'y a que ma mère et moi, commença-t-elle, s'arrêtant pour manger un morceau du fruit sucré avant de continuer. Mon père est mort d'une crise cardiaque il y a deux ans.

Elle le regarda avant de continuer.

— Mes parents étaient assez âgés quand je suis née. Ma mère était en fin de la quarantaine et mon père en fin de la cinquantaine. Ils avaient abandonné tout espoir d'un jour avoir des enfants. J'étais une incroyable surprise pour eux. Ma mère pensait avoir un problème à l'estomac et elle est allée chez le médecin pour voir si c'était une infection ou un virus. Tu peux imaginer leur surprise, à mon père et elle, quand elle a découvert qu'elle était enceinte !

Emma sourit et mangea un autre morceau de fruit avant de continuer.

— Ils étaient aux anges. Mon père avait la plus belle voix et ma mère était une danseuse professionnelle. J'ai passé mon enfance à chanter et à danser avec eux. Ils étaient les meilleurs parents du monde.

Ha'ven regarda la large gamme d'émotions qui traversa le visage expressif d'Emma alors qu'elle parlait. Il piqua sa fourchette dans un bout de légume puis la leva à sa bouche. Ses lèvres se courbèrent quand elle ouvrit la bouche comme un oisillon. Il ravala un gémissement quand elle s'en approcha et passa sa langue en-dessous pour le manger.

— Tu parles comme si ta mère était décédée, fit-il remarquer. Tu as pourtant dit qu'il n'y avait que vous deux.

Emma hocha la tête, ses yeux se voilant de regret.

— Ma mère est à un stade avancé de la maladie d'Alzheimer. Elle ne se souvient plus de qui je suis. Il est devenu si difficile pour moi de m'occuper d'elle seule que j'ai fini par devoir l'envoyer dans un centre de soins spécialisé pour qu'elle reçoive des soins supplémentaires, dit-elle doucement. Je ne voulais pas l'y envoyer, mais un jour, elle est partie dans la nuit pendant que je dormais. J'avais verrouillé les portes mais elle a réussi à les ouvrir. La police l'a trouvée tôt le matin en train de marcher en chemise de nuit à presque trois kilomètres de la maison. Ce n'est que quand j'ai appelé qu'ils ont su qui elle était. Je ne pouvais pas supporter l'idée que quelque chose lui arrive pendant que je dormais, mais j'étais si fatiguée. J'ai essayé de la garder avec moi.

Il lui prit la main quand elle l'agita d'un air agacé. La portant à ses lèvres, il y déposa un baiser dans l'espoir dans la réconforter. Il voyait qu'elle était bouleversée à l'idée d'avoir dû arrêter de prendre soin de sa mère.

— Pendant combien de temps t'es-tu occupée d'elle ? On ne pouvait pas attendre de toi que tu t'occupes d'elle toute seule, la rassura-t-il.

— Deux ans, admit Emma. Deux longues années très solitaires.

Elle baissa les yeux vers son assiette et fut surprise de voir que presque toute la nourriture en avait disparu.

— Maman n'a jamais eu beaucoup d'amis. Elle a toujours vu papa comme étant son meilleur ami. Elle commençait tout juste à souffrir de démence quand il est mort. Son état s'est rapidement aggravé après, et le peu d'amis qu'ils avaient ont arrêté de venir nous voir. Je pense que, d'une certaine façon, elle ne voulait pas se souvenir d'une vie sans papa.

Elle soupira et leva les yeux pour regarder Ha'ven.

— Je suis venue la voir tous les jours. Je passais du temps avec elle, je l'aidais à prendre son bain, je lui donnais à manger et je la mettais au lit tous les soirs. Qui fait tout ça maintenant ? Qui prend le temps d'être là pour elle maintenant que je suis partie ? Je voulais juste me sentir vivante un petit moment.

Les larmes serrèrent la gorge d'Emma.

— Je n'avais pas prévu d'être partie longtemps. Je voulais juste savoir comment c'était d'être jeune et libre de découvrir le monde.

Ha'ven tendit la main pour toucher la mèche de cheveux qui glissa sur sa joue.

— Que s'est-il passé ?

Dès l'instant où il posa la question, quelque chose au plus profond de lui l'avertit qu'il n'aimerait pas la réponse. Il avait vu des morceaux et fragments dans ses rêves. Même dans ses rêves, elle lui bloquait l'accès quand les choses devenaient trop sombres. Il pouvait sentir sa terreur avant qu'elle ne se réveille et ne lui bloque l'accès.

Emma détourna le regard.

— Je n'aime pas me le remémorer, dit-elle avant de se lever rapidement et de s'éloigner. Je vais m'occuper de la vaisselle vu que tu as préparé le repas. Ne devrais-tu pas jeter un œil aux moteurs ou vérifier dans quelle direction on va ou quelque chose du genre ?

Ha'ven savait qu'il n'en obtiendrait pas plus d'elle. Elle s'était à nouveau renfermée. Il sentait le froid glacial des murs qu'elle érigeait quand elle ne voulait pas qu'il puisse lire dans ses pensées. Il arrivait de mieux en mieux à trouver un moyen d'être comme une ombre dans son esprit, tout comme elle avait trouvé un moyen de se glisser dans le sien sans qu'il ne s'en rende compte. Elle restait quand même très têtue et était passée maître dans l'art de se renfermer sur elle-même. Il pouvait sentir l'agitation de la douleur et de la peur, mais rien qui lui permettrait de savoir ce qui l'avait causée.

Il poussa un soupir et se leva avant de réunir les assiettes.

— Je vais te montrer comment te servir de l'unité de nettoyage et ensuite je te montrerai où tu peux aller te reposer. J'ai deux ou trois choses à faire.

Il n'ajouta pas que ses plans de coucher avec elle et de la revendiquer n'avaient que légèrement changés. Il savait à présent qu'il devait se montrer prudent et agir lentement, deux choses qui lui étaient totalement étrangères. Il s'était toujours contenté de foncer dans le tas sans avoir cure des conséquences. Ce n'était pas une option, cette fois. La chose la plus importante pour lui était Emma. Il voulait… il avait besoin d'apprendre à la connaître. Il voulait chasser sa peur et sa douleur, pas lui en faire ressentir plus. Il la regarda remplir l'unité de nettoyage et laissa échapper un soupir silencieux.

Cela va être une des batailles les plus difficiles de ma vie, pensa-t-il alors que ses yeux glissaient sur ses fesses rebondies puis le long de ses longues jambes qui ressortaient sous la jupe qu'elle portait. *Il y a des jours où ça craint vraiment d'être honorable.*

10

— *C*omment se passe votre voyage ? demanda Adalard en s'installant confortablement derrière la console de son vaisseau de guerre. As-tu enfin réussi à faire que ta petite compagne te parle ?

Ha'ven se passa les mains dans les cheveux et grimaça.

— Oui… et non, mais plus oui que non, répondit-il.

Adalard leva les yeux au ciel avant de ricaner.

— Elle t'a remis un coup de genou ?

Ha'ven baissa les bras et émit un petit grognement.

— Non, elle ne m'a pas remis de coup de genou. Elle a brandi une épée de guerre valdier vers moi, dit-il avec un sourire.

Adalard laissa échapper un rire étranglé avant de se tourner pour parler à quelqu'un à sa gauche. Un instant plus tard, le visage de Flèche apparaissait à l'écran. Ses yeux violet foncé pétillaient d'amusement.

— Je voulais juste voir si tu étais toujours en un seul morceau, dit-il en souriant. Adalard m'a dit ce qu'il s'est passé. Elle a vraiment brandi une épée vers toi ?

Ha'ven grogna quand il vit son plus jeune frère sourire comme un chat sarafin qui venait tout juste de trouver un butin de *nippa*, une de leurs friandises préférées. Sa vie amoureuse n'amusait que trop ses frères. La dernière chose qu'il voulait était qu'ils disent quoi que ce soit qui puisse fâcher ou effrayer Emma.

— Oui, elle a vraiment fait ça, grogna-t-il. Je veux que votre comportement soit irréprochable quand vous rentrerez à Ceran-Pax.

— Tu as déjà réussi à la convaincre de rentrer avec toi ? Bon sang, j'étais certain que tu mettrais au moins deux ou trois jours de plus, s'exclama Adalard.

— Oui, enfin, je ne l'ai pas tout à fait convaincue de venir, marmonna Ha'ven entre ses dents.

— Qu'est-ce que tu as dit ? demanda Flèche.

Ha'ven fusilla son petit frère du regard, enfin, si on pouvait appeler quelqu'un qui faisait plus de deux mètres et cent trente kilos de muscles « petit ». Il savait que Flèche l'avait entendu. Rien ne lui échappait jamais. C'était la raison pour laquelle il avait si bien réussi à toujours avoir un coup d'avance sur les assassins que Ben'qumain avait envoyés après lui.

— J'ai dit que je ne l'ai pas tout à fait convaincue de venir, répondit Ha'ven un peu plus fort.

Adalard croassa et mit une tape dans le dos de son jumeau.

— Je le savais ! Qu'est-ce que tu as fait ? Tu l'as revendiquée ?

Ha'ven laissa échapper un soupir avant de s'enfoncer dans son siège.

— Je l'ai kidnappée et non, je ne l'ai pas encore revendiquée. C'est un peu… compliqué.

— Définis « compliqué », dit Flèche en s'asseyant sur le siège à côté d'Adalard. À quel point est-ce que c'est compliqué ? On ne va pas encore partir en guerre contre les Valdiers, n'est-ce pas ? Je dois te dire, je ne me suis battu qu'un an contre eux, mais ils sont sacrément létaux, il ne faut mieux pas les énerver.

— Non, nous n'allons pas repartir en guerre contre les Valdiers. J'ai donné ma parole de ramener Emma dans six mois si elle le désire, répondit doucement Ha'ven. Elle est différente.

— Qu'est-ce que tu entends par différente ? insista Flèche. Adalard a dit que son espèce est capable de recueillir et de manipuler l'énergie comme la nôtre.

Ha'ven secoua la tête.

— Elle soutient qu'ils n'en sont pas capables. Elle était choquée et effrayée quand elle m'a vu m'en servir. Je ne comprends toujours pas ce qu'il se passe. Je peux voir l'énergie qui l'entoure et elle appelle la mienne. Elle me calme, admit-il à contrecœur.

— Comment est-ce possible ? demanda Adalard en se penchant en avant, un air sombre sur le visage. Est-ce que tu crois qu'elle le nie pour essayer de te le cacher ? Elle doit forcément savoir qu'on peut voir l'énergie dans son aura.

— À quoi ressemble-t-elle ? demanda Flèche. Est-ce qu'elle est comme la nôtre ?

Ha'ven réfléchit un moment puis secoua la tête. Un de ses atouts était qu'il était capable de reconnaître l'aura d'un autre. La couleur et la force de l'aura d'une personne définissaient ce dont elle était capable et sa puissance. L'aura de Melek était d'un rouge puissant enveloppé d'or et de jaunes. Celle de sa mère était remplie de doux verts, roses et violets. Il savait que la sienne était noire avec des torsades de rouge, d'or et de verts foncés. Chaque couleur représentait sa force. Le noir ne formait que de petites bandes avant qu'il ne soit retenu et torturé sur l'Enfer, mais depuis, il avait grandi à un tel point qu'il était à présent difficile de voir les autres couleurs.

— Ha'ven, est-ce qu'elle ressemble à la nôtre ? demanda à nouveau Flèche d'un ton impatient.

Ha'ven regarda ses deux frères sur le communicateur vidéo et secoua à nouveau la tête.

— Non, elle est étrange mais aussi plus douce. Elle semble briller de l'intérieur vers l'extérieur et elle change en fonction de son humeur au lieu de garder les mêmes couleurs comme la nôtre.

Flèche grogna et se passa les mains sur le visage de frustration. Des trois frères, il était celui dont la fascination pour la science et la technologie ne connaissait aucune limite. Chaque chose insolite ou différente nécessitait qu'il y prête attention. Quand il était plus jeune,

Ha'ven trouvait sans cesse des créatures, des plantes et des expériences qu'il cachait.

— Je veux la rencontrer, dit Flèche en regardant Ha'ven d'un air appuyé. Quand est-ce que vous arriverez à Ceran-Pax ?

— Nous devrions arriver dans un jour ou deux, répondit Ha'ven. Je ne veux pas que vous lui fassiez peur. J'ai besoin de passer du temps seul avec elle pour lui faire accepter ce qui lui est arrivé et pour qu'elle m'accepte, ajouta-t-il en lançant à ses deux frères un regard d'avertissement les mettant au défi de faire une remarque impertinente.

— On devrait être rentrés d'ici la fin de la semaine prochaine, dit Adalard avec un petit sourire avant de redevenir sérieux. Nous avons traqué un des noms qui nous ont été donnés jusqu'au spatioport de Sanapare, mais le temps que nous arrivions, Kejon était déjà parti. C'est l'assassin qui a essayé de me tuer.

La bouche de Ha'ven se serra. Il connaissait Kejon. Il était un assassin froid et létal qui s'était attiré des problèmes durant la Grande Guerre à cause de ses méthodes immorales. Il avait refusé d'écouter ses supérieurs et avait tué quiconque s'était mis en travers de son chemin, qu'ils soient valdiers, sarafins, curizans ou de n'importe quelle autre espèce. Il avait été envoyé sur l'Enfer après avoir essayé de tuer un de ses commandants. Il s'était échappé peu après et avait disparu. Ha'ven avait le pressentiment que son demi-frère avait quelque chose à voir avec son évasion.

— Où est Bahadur ? demanda Ha'ven.

— Il s'est rendu au système stellaire marastin dow, répondit Flèche avec un sourire. Il n'a jamais été du genre à choisir la facilité. Un des hommes sur la liste avait soi-disant essayé de leur demander de l'aide.

Adalard émit un rire nasal.

— Ouais, bah, je lui souhaite bonne chance. Ils préféreraient l'éviscérer et lui voler ses crédits plutôt que de les gagner.

— Ces bâtards violets sont comme un essaim de *versrouges*. Je vous jure, on en tue un et dix de plus arrivent, grogna Flèche.

— Faites votre possible pour trouver Kejon. Je n'aime pas l'idée que ce bâtard soit en vie et libre, dit Ha'ven avant qu'une vive douleur ne le frappe.

Il prit une profonde inspiration lorsqu'elle s'estompa pour laisser place à une douleur plus intense. Il se concentra sur l'origine de la douleur. Il mit un moment à se rendre compte que ce n'était pas sa douleur mais celle d'Emma. Elle devait être à nouveau en train de rêver.

— Je dois y aller, cracha-t-il d'un air sombre.

— Fais attention, mon frère, dit Adalard avec un rapide hochement de tête.

Ha'ven ne prit pas la peine de répondre. Il avait déjà quitté son siège et traversait le couloir aussi vite que possible. Une autre douleur vive le frappa au moment même où un petit gémissement résonna dans le couloir depuis la porte ouverte menant à la petite cabine qu'il avait montré plus tôt à Emma.

Emma ravala un cri. Il aimait quand elle criait. Il riait quand elle criait. Elle refusait de lui donner cette satisfaction. Son corps sursauta quand elle sentit un nouveau coup de fouet la frapper. La douleur était atroce.

Elle se replia encore plus sur elle-même dans l'espoir d'y échapper. Si elle parvenait seulement à perdre connaissance, il arrêterait peut-être. Il n'aimait pas quand elle s'évanouissait. Il voulait qu'elle soit consciente. Elle se sentit se faire pousser sur le côté quand ils se dirigèrent vers Betsy. Elle était allongée sur le sol de pierre froid et essayait de reprendre son souffle alors que son dos la brûlait.

Le cri aigu de Betsy perça le brouillard qui l'entourait quand elle tourna la tête. L'homme avait menotté l'autre fille aux barreaux de leur cellule et faisait glisser la pointe de son couteau le long de son épaule et jusqu'à son sein. Du sang suivait la route du couteau.

Emma s'efforça de se mettre à quatre pattes. Elle se mordit la lèvre jusqu'à sentir le goût du sang, mais elle refusait de se contenter de rester allongée pendant qu'ils torturaient Betsy encore plus. Elle ignora l'homme à la canne.

C'était lui qui avait ordonné à l'homme au couteau de leur faire du mal. C'était lui qui riait quand elles pleuraient, suppliaient ou hurlaient. C'était lui le monstre.

Si elle parvenait à prendre le couteau de l'homme, elle pourrait les tuer tous les deux. Elle ne prit pas la peine de réfléchir à quel point une telle chose serait impossible. Elle se fichait qu'il utilise le couteau contre elle. Elle était prête à ce que la douleur prenne fin. Cela faisait presque trois semaines que Betsy et elle étaient retenues captives.

Trois semaines de douleur incessante à tel point qu'elles pensaient qu'elles allaient perdre la raison. Mais l'homme ne les laissait pas faire. Si l'une d'entre elles semblaient proche de la mort, il disait à l'homme de les laisser tranquilles jusqu'à ce qu'elles guérissent un peu. Il faisait venir une jeune fille de la région pour qu'elle soigne leurs blessures et se fichait que la jeune fille pleure avec elles.

Il était devenu livide quand Betsy lui avait dit qu'elle ferait tout ce qu'il voulait. Tout... Il lui avait demandé si elle lui ferait des choses dégoûtantes, si elle en ferait avec lui, si elle en ferait à l'autre homme. Betsy avait juré qu'elle le ferait. Elle ferait tout, tout ce qu'il voulait s'il acceptait de la laisser en vie.

Emma avait cru que Cuello allait peut-être accepter les suggestions de Betsy. Du moins jusqu'à ce qu'il lui montre ce qu'il restait de sa jambe. Betsy avait crié et s'était détournée, horrifiée. C'était alors qu'ils avaient arrêté de tabasser Emma et avaient commencé à torturer Betsy.

Emma avait senti son corps chanceler vers l'homme au couteau alors qu'il entaillait son amie plus profondément. Elle était parvenue à lui saisir le bras mais Cuello lui avait mis un coup de canne et avait frappé son dos déchiqueté. Elle avait crié et avait lâché le bras de l'homme.

L'homme immense s'était retourné, l'avait attrapée par le cou et avait fait taper sa tête si fort contre le mur de pierre qu'elle avait immédiatement perdu connaissance. Quand elle était enfin revenue à elle, cela avait été pour trouver Betsy aux portes de la mort alors que l'homme continuait à la taillader. Le corps immobile de la petite blonde gisait dans une flaque de sang.

Emma avait poussé un cri terrifié quand une main lui avait saisi l'épaule. Elle n'avait pas réfléchi, seulement réagi. Sa main s'était levée, à plat, et avait frappé le nez vulnérable tandis que sa jambe était allée frapper de toutes ses forces. Le bruit d'os qui craquaient et le violent juron alors que le corps était projeté en arrière l'avaient sortie de la confusion paralysante dans laquelle elle s'était trouvée.

Elle avait roulée avant de sauter sur ses pieds et de partir en courant. Elle avait sauté quand une main était venue lui saisir la cheville et s'était enfuie par la porte, heurtant violemment le mur de l'autre côté du couloir avant de tourner. Ses yeux étaient fous de terreur et sa seule pensée était de trouver un endroit où se cacher où personne ne pourrait la trouver. Un endroit sombre. Elle devait trouver un lieu sûr.

Un cri étranglé lui avait échappé alors qu'elle courait aveuglément à travers l'étroit couloir. Elle avait tourné quand elle en avait atteint le bout et avait désespérément cherché une ouverture. Elle avait aperçu une trappe et l'avait ouverte avant de commencer à descendre le long des anneaux étroits qui composaient l'échelle en glissant à moitié.

Elle avait sauté le dernier mètre et avait traversé en courant une passerelle étroite entourée de longs tuyaux et de câbles. Elle avait tourné au bout de la passerelle et avait vu un petit endroit sombre sous un gros tuyau. Elle était rapidement descendue de la passerelle et avait roulé sous le tuyau jusqu'à ce qu'elle soit dans le coin. Une fois dans le coin, elle s'était roulée en une boule aussi petite que possible et avait fermé les yeux.

Je vais disparaître. Je vais disparaître quelque part où personne ne pourra jamais me trouver, avait-elle pensé, au désespoir.

Elle s'était imaginé qu'elle était invisible et que personne ne pouvait voir où elle était cachée. Une douce lueur l'avait enveloppée alors qu'elle s'était imaginée cachée dans l'ombre. Au fur et à mesure que la lueur avait grandi, son corps s'était mis à briller et à se dissoudre jusqu'à ce qu'il n'y ait plus de traces de sa présence. Peu après, même la lueur avait disparu. Emma était parvenue à disparaître.

11

*H*a'ven jura et mit une main à son nez ensanglanté. Il roula sur le côté et se releva en titubant. Il envoya une impatiente vague d'énergie à son nez et à ses côtes contusionnées et sortit à grands pas de la cabine en regardant des deux côtés.

Il avait été si concentré sur ce qu'Emma ressentait qu'il n'avait pas pensé au fait qu'elle était toujours enfermée dans ses souvenirs. C'était la première fois qu'il avait réellement vu une petite partie de ce qu'elle avait enduré. Une rage incontrôlable s'enflamma envers les Humains qui avaient fait cela à sa compagne.

Son énergie monta en puissance, à la recherche d'un exutoire au mal qui avait été fait. Ses yeux brillaient de sentiments refoulés d'impuissance et d'une soif d'une justice qu'il ne serait jamais capable de rendre. Il savait grâce aux brèves conversations qu'il avait eues avec Creon que le mâle qui avait fait cela à sa compagne était mort, mais cette information ne lui apportait aucune satisfaction.

— Emma ! appela Ha'ven, attendant de voir si elle répondrait. Montre-moi où est allée ma compagne, exigea-t-il quand seul le petit vrombissement du moteur du vaisseau lui répondit.

Ha'ven dirigea l'énergie tourbillonnante hors de lui. Elle dansa l'espace d'un instant avant de se tordre et de s'enrouler en des vagues qui s'écoulèrent à travers le couloir. Elle s'arrêta un instant au bout du couloir avant de descendre par la trappe. Il se précipita vers l'ouverture menant à la salle des machines.

Il ne prit pas la peine d'utiliser les barreaux ; il se contenta de se laisser tomber dans l'ouverture, atterrissant avec un petit bruit métallique quand ses pieds bottés heurtèrent la passerelle en métal. Il envoya une autre vague d'énergie. De fines bandes rouges et or s'élancèrent, mais ce fut le noir qui l'inquiéta quand il se mit à danser et à enfler alors qu'il se dirigeait vers le bout de la passerelle. Ha'ven avança prudemment le long de l'étroit passage en métal.

— Emma, *misha petite*, appela-t-il doucement. Ce n'est que moi, ma petite. Souviens-toi, j'ai promis de ne pas te faire de mal. Je ne pourrais jamais te faire de mal, ma petite compagne. Sors et laisse-moi t'aider.

Ha'ven jura silencieusement quand seul le silence lui répondit. Il ouvrit son esprit alors qu'il suivait le flux de son énergie. Il s'arrêta au bout de la passerelle et fronça les sourcils quand il vit les bandes rouges et or scintiller avant de se dissoudre. C'était comme si son énergie était déconcertée. Il sentait qu'Emma était proche mais il n'arrivait pas à la voir.

Tu es en sécurité, ma petite. Viens à moi, appela-t-il silencieusement.

Frustré de ne pas recevoir de réponse, il leva la main et se concentra.

— Montre-moi où se trouve ma compagne, ordonna-t-il à nouveau.

Des bandes rouges et or se formèrent et se déployèrent seulement pour se dissoudre une fois qu'elles eurent quitté la zone entourant la passerelle. Ha'ven fronça les sourcils alors que son regard balayait le labyrinthe de tuyaux et de câbles. Il ne voyait rien, mais il savait qu'elle n'était pas loin. Il pouvait sentir le faible mur de glace quand il essayait de l'atteindre. Elle n'avait nulle part où se cacher et il savait qu'elle était descendue là.

Il fut submergé de désespoir quand il eut l'inquiétant pressentiment qu'elle s'éloignait encore plus de lui. Une connaissance née de la survie et de son instinct lui fit comprendre que s'il ne la trouvait pas rapidement, il ne la trouverait peut-être jamais. Il appela l'énergie sombre qui menaçait de le submerger et ouvrit ses paumes pour en laisser échapper une brume noire tourbillonnante.

— Montre-moi ma compagne, ordonna-t-il à voix basse.

La brume noire s'élança de sa paume et se dirigea sous le tuyau dans le coin. Dès l'instant où elle toucha la zone d'ombre, des étincelles argentées s'enflammèrent comme un million de minuscules diamants capturant la lumière du soleil. Une silhouette fragile se forma dans la brume scintillante. Des yeux bleu pâle s'ouvrirent lentement et levèrent vers lui un regard empli d'un chagrin si profond que son cœur se brisa pour l'âme torturée qui lui rendait son regard.

Ha'ven se déplaça lentement. Il savait instinctivement que s'il bougeait trop rapidement, il pourrait très bien la perdre pour toujours. Elle était partie dans un plan d'existence entre deux mondes ; elle n'était ni ici, ni là-bas.

— Emma, *misha petite*, dit-il d'un ton apaisant en s'agenouillant sur la passerelle de métal avant d'en descendre prudemment afin d'être aussi près d'elle que possible. Tu es en sécurité, ma douce. Rien ne te fera de mal ici. Je te protégerai toujours.

Emma secoua furieusement la tête. Ses cheveux pâles dansèrent avec les étincelles alors que l'énergie qui composait sa forme physique dansait entre les deux royaumes. Ses lèvres s'ouvrirent comme si elle voulait parler, mais rien n'en sortit. L'expression dans ses yeux était toujours animée de la terreur de son rêve.

— Viens à moi, murmura Ha'ven en tendant la main. Touche-moi et laisse-moi te protéger.

— Tu... tu ne peux pas, finit-elle par répondre à voix basse. Il te tuera tout comme il a tué mes amis. Il te fera du mal à cause de moi. Je t'en prie... je ne veux plus souffrir.

— Il ne pourra plus jamais te toucher à nouveau, lui assura Ha'ven. Il est mort. Il est impossible qu'il te fasse un jour du mal, ma petite.

Des larmes emplirent les yeux bleu pâle avant de rouler telles des gouttes d'argent le long de ses joues. Il pouvait voir qu'elle ne le croyait pas tant elle était piégée dans ses souvenirs. Il sentait l'énergie sombre en lui monter en puissance, le suppliant d'être libérée. C'était comme une créature vivante en lui qui le suppliait d'avoir une chance de venger le mal fait à sa compagne. Elle voulait détruire les mâles qui lui avaient fait du mal.

Ha'ven jura entre ses dents quand il vit la main qu'il tendait trembler et des tentacules noirs tourbillonner du bout de ses doigts vers Emma. Les fines bandes s'élancèrent avidement vers elle. Il serra le poing et commença à les éloigner d'elle.

Comment puis-je l'aider si ne je peux même pas m'aider moi-même ? se demanda-t-il, au désespoir.

Ses yeux s'écarquillèrent quand il sentit le toucher timide contre son poing serré. Les bandes noires tourbillonnantes formaient un arc entre elle et lui, s'enroulant autour du fin poignet d'Emma et l'attirant vers lui. Ses yeux parcourent son visage, inquiets de sa réaction face à l'énergie sombre qui menaçait de le détruire. À la place de la peur qui s'y était trouvée seulement quelques instants auparavant, de l'émerveillement et de l'espoir luttaient pour remplacer la peur et l'horreur de ses souvenirs.

La main d'Emma se solidifia alors qu'elle attirait lentement les doigts de Ha'ven vers elle afin de pouvoir faire glisser ses doigts le long de sa paume. Ses yeux restèrent rivés aux bandes noires qui scintillaient et brillaient alors qu'elle le touchait. Son front était barré d'un pli, comme si elle s'efforçait de déchiffrer un message caché dans les bandes noires.

— Qu'est-ce que c'est ? demanda-t-elle doucement. C'est… chaud.

Ha'ven enroula fermement ses doigts autour des siens. Elle n'était pas encore hors de danger. Seules sa main et une petite partie de son bras étaient revenues. Il tira légèrement sur sa main pour voir sa réaction. Elle le laissa l'attirer plus près de lui. Un peu plus d'elle se solidifia lorsqu'elle sortit de l'ombre. Il fit glisser sa main libre le long de son autre bras quand elle le mit sur le tuyau qui les séparait. Dès qu'il fut certain d'avoir une bonne prise sur elle, il la tira rapidement de l'ombre. Il poussa un soupir de soulagement et passa ses bras par-dessus le gros tuyau avant de la soulever par-dessus et de la prendre dans ses bras.

Un frisson le parcourut lorsqu'il enroula fermement ses bras autour d'elle. Il enfouit son visage dans ses cheveux et respira profondément jusqu'à ce qu'il ressente une dose de calme l'envahir. Une fois encore, son énergie s'apaisa dès l'instant où elle s'entremêla avec la sienne. Il ne comprenait pas ce qu'il se passait. Quand ils arriveraient à Ceran-Pax, il irait voir Melek et Salvin pour voir s'ils avaient trouvé quoi que ce soit dans les anciennes archives.

Glissant son bras plus fermement sous ses jambes, il pivota et se dirigea vers le petit ascenseur situé en vis-à-vis de la trappe. Il lança un ordre bref et la porte s'ouvrit. Il entra et se tourna alors que la porte les enfermait dans l'étroit ascenseur.

— Je suis désolée, dit doucement Emma avant d'enrouler une main autour de la sienne tandis que sa tête reposait contre son torse. Je t'ai fait mal. Je n'en avais pas l'intention. J'avais peur et j'ai réagi sans réfléchir.

Ha'ven émit un petit rire alors que la porte s'ouvrait sur le niveau supérieur.

— Tu as un bon coup de poing quand tu veux pour quelqu'un de si petit. Je tâcherais de ne pas l'oublier à l'avenir. Tu t'en sors bien avec tes pieds aussi. C'est la deuxième fois que tu me mets un coup de pied, dit-il en entrant dans la petite zone nuit.

Emma rougit et enfouit son visage dans son torse.

— Je n'ai jamais frappé qui que ce soit de ma vie, admit-elle.

Il se dirigea vers le lit dans lequel elle avait dormi un peu plus tôt et s'assit sur le bord. Il refusait de la lâcher. Sa capacité à se glisser dans le royaume des ombres l'avait ébranlé. Si ce qu'elle avait dit plus tôt était vrai, alors elle n'avait pas conscience du pouvoir qu'elle possédait dans son corps délicat. Il était impératif qu'il lui apprenne à le contrôler avant que quelque chose de terrible se produise.

— Alors je suis honoré d'être ta première victime, bien que je préférais ne pas te servir à nouveau de cible. Tu m'as presque émasculé la première fois et cette fois tu m'as cassé le nez. Je peux volontiers attester de tes compétences en matière d'auto-défense, la taquina-t-il.

Emma leva la tête, inquiète.

— Je t'ai cassé le nez ? s'exclama-t-elle en regardant le long et mince appendice. Il n'a pas l'air cassé, dit-elle d'un air déconcerté tout en levant une main pour le toucher délicatement.

Ha'ven leva juste assez la tête pour pouvoir effleurer ses doigts d'un baiser. Une émotion inhabituelle crût en lui et soudain, seule la pensée d'à quel point il avait été proche de la perdre occupait son esprit. La peur l'étranglait. Ces deux émotions lui étaient étrangères et le laissaient perplexe.

— J'ai guéri les dégâts, dit-il d'une voix bourrue. Tu dois me promettre de ne jamais refaire ce que tu as fait. C'était très dangereux.

— Je t'ai dit que je n'ai pas fait exprès de te frapper, commença Emma d'une petite voix.

— Je ne parle pas de ça. Je parle de quand tu as disparu dans le royaume des ombres, dit-il. Tu aurais pu être perdue si tu t'y étais retrouvée coincée.

Emma secoua la tête.

— Je ne sais pas de quoi tu parles. Je ne peux pas tout simplement disparaître comme une ombre même si j'en avais envie. Je cherchais seulement un endroit sûr où me cacher, dit-elle, une pointe d'exaspération dans la voix, avant d'appuyer sa tête contre son torse d'un air las. Je ne sais pas pourquoi je suis si fatiguée.

Ha'ven fit passer ses doigts dans ses cheveux et tira sa tête assez loin en arrière pour pouvoir la regarder dans les yeux. Il était choqué d'apprendre qu'elle ne comprenait vraiment pas ce qu'elle avait fait. Elle ne savait absolument pas qu'elle avait été capable de dissoudre les molécules de son corps jusqu'à ce qu'il ne reste plus que son énergie naturelle. C'était bien plus sérieux que ce qu'il avait cru.

— Oh, ma petite, tu es dangereuse de bien plus de façons que je n'aurais jamais imaginées, grogna-t-il avant de coller ses lèvres aux siennes.

Emma se figea quand les lèvres chaudes de Ha'ven se collèrent aux siennes. La même chaleur qui l'avait envahie quand il l'avait touchée plus tôt dans la salle des machines la submergea. Il y avait quelque chose chez lui qui la faisait se sentir en sécurité, désirée... aimée.

Elle avait été si perdue avant qu'il ne la touche et que les étranges bandes noires ne se soient enroulées autour d'elle. Dès l'instant où elle avait senti les bandes noires s'enrouler autour de son poignet, cela avait été comme si quelqu'un lui avait injecté de l'énergie pure. Elle s'était sentie invincible. Les bandes l'avait tirée en avant et sortie de l'ombre qu'elle croyait la cacher aux yeux de tous. Cela avait été comme si elles la rapprochaient de l'immense mâle qui lui faisait des promesses impossibles.

Elle émit un petit gémissement, ouvrant la bouche et le buvant comme une rose du désert qui attendait les premières pluies pour fleurir. Ses bras remontèrent, ses doigts le touchant légèrement, à la recherche de la chaleur de sa peau. Un profond soupir lui échappa quand elle trouva ce qu'elle cherchait. Ses doigts caressèrent la peau sur les côtés de son cou avant de s'enfouir dans ses épais cheveux noirs.

Elle ne protesta pas quand il pivota pour l'allonger délicatement sur les douces couvertures du lit. Un gémissement sonore lui échappa quand elle sentit sa paume chaude couvrir son sein gauche. Incapable de résister à la sensation de plaisir, elle s'appuya contre sa main, le suppliant de ne pas s'arrêter là. Ses doigts se resserrèrent dans ses cheveux lorsqu'il malaxa son sein avant de glisser sa main sous son haut ample pour lui toucher la peau.

Emma détourna sa bouche de la sienne et s'arqua contre lui tout en émettant un sifflement sonore. Elle plongea dans ses yeux quand il les baissa vers elle avec une intensité presque douloureuse à regarder. Sa main s'arrêta brièvement avant qu'il ne la remonte lentement le long de sa cage thoracique.

— Dis-moi d'arrêter et je le ferai, cracha-t-il sèchement. Dis-le-moi, Emma, et je le ferai, mais si tu ne dis rien, je te ferai mienne.

Emma le regarda dans les yeux, ses paroles rendirent le bas de son corps humide. Elle s'humecta nerveusement les lèvres avant de se mordre celle du bas. Sa main s'arrêta à nouveau, juste sous son sein gauche cette fois.

— Pour combien de temps ? demanda-t-elle. Combien de temps serais-je tienne ?

Les yeux de Ha'ven s'assombrirent face à sa question enrouée.

— À tout jamais, ma Emma. Tu seras mienne à tout jamais, promit-il d'une douce voix animée de détermination et de possession. À tout jamais, murmura-t-il à nouveau avant de se pencher en avant jusqu'à ne plus être qu'à quelques millimètres de ses lèvres.

— Si tu promets de ne pas me quitter à nouveau, alors la réponse est…

Elle s'arrêta quand elle se redressa juste assez pour que ses lèvres reposent contre les siennes.

— Oui.

Le grognement sonore de Ha'ven emplit la petite cabine lorsqu'il captura ses lèvres dans un baiser désespéré alors que sa main capturait son sein.

*H*a'ven jura qu'il serait devenu fou si elle avait refusé. Il l'aurait laissée, si elle avait refusé, mais cela aurait été au prix de grands sacrifices. Son corps palpitait douloureusement du besoin de la revendiquer. L'essence qui lui donnait ses pouvoirs brûlait d'envie de compléter l'union qui les lierait pour l'éternité.

Il n'avait pas simplement prononcé ces paroles pour l'aider à se sentir mieux. Une fois qu'il l'aurait entièrement revendiquée, elle porterait son essence même en elle tout comme il porterait la sienne. Leurs énergies se combineraient pour devenir extrêmement puissantes. Ces énergies seraient vues comme une menace pour ceux qui voulait les détruire, sa famille et lui. Emma deviendrait une cible, sa vie serait sans cesse en danger si ses frères et lui n'éliminaient pas cette menace.

— Emma, *misha petite*, grogna Ha'ven. J'ai besoin de toi.

Emma prit une inspiration tremblante alors qu'il s'éloignait assez pour être à genoux au-dessus d'elle. Ses yeux s'écarquillèrent quand il fit passer une main sur son corps et que ses vêtements disparurent. Elle poussa un cri de surprise sonore quand il lui fit la même chose et qu'elle se retrouva allongée sous lui, nue. Ses bras tombèrent pour couvrir ses seins tandis qu'une couleur rose vif lui montait aux joues.

— Ha'ven ? demanda-t-elle en levant de grands yeux étonnés vers lui.

Il lui adressa un sourire en coin.

— Je n'ai jamais réellement apprécié notre capacité jusqu'à maintenant. Je crois que je vais aimer t'enlever tes vêtements... souvent, grogna-t-il d'un ton espiègle. Très, très souvent, ajouta-t-il en se baissant pour prendre ses mains dans les siennes avant de les lever à son torse. Touche-moi, demanda-t-il d'une voix rauque. S'il te plaît.

Emma combattit sa timidité. Elle n'avait jamais été nue devant qui que ce soit mis à part sa mère. Elle ne s'était même pas déshabillée pour un docteur depuis la puberté. Elle avait été mortifiée quand sa mère l'avait emmenée chez le médecin quand elle avait dix-sept ans et que l'infirmière lui avait dit qu'elle devrait se déshabiller. Au lieu de cela, elle était sortie en courant de la pièce et sa mère l'avait ramenée chez elles. Son père était décédé peu après et la démence de sa mère avait empiré.

Ses doigts tremblèrent lorsqu'elle toucha la peau ferme de son ventre. Sa bouche s'ouvrit d'émerveillement alors qu'elle se concentrait sur son exploration de son corps. Les sensations qui la traversaient lui étaient étrangères, mais le feu intemporel du désir prit vie en elle. Elle oublia sa propre nudité alors qu'elle faisait courir ses doigts le long du corps exquis à genoux devant elle.

— Tu es si beau, murmura-t-elle en faisant glisser ses doigts le long de sa chair chaude. Si dur mais aussi doux. Tu es chaud, presque brûlant. Est-ce que c'est naturel pour toi d'être aussi chaud ? demanda-t-elle en levant rapidement les yeux vers lui avant de regarder à nouveau ses doigts.

— Par les dieux, Emma, marmonna Ha'ven, à bout de souffle, en fermant les yeux. Ton innocence est comme une drogue pour mon corps. Tu n'as aucune idée de ce que ton contact me fait, n'est-ce pas ?

Il ouvrit les yeux et regarda son visage rougi.

Les cheveux en désordre autour de sa tête encadraient les traits délicats de son visage. Son aura scintillait autour de son corps, changeant de couleur au fur et à mesure qu'elle le touchait. Les couleurs pétillantes qui dansaient autour d'elle et le long de sa peau lui coupèrent le souffle. Des roses, de doux violets, des jaunes et des oranges tourbillonnaient le long de sa peau pâle et soyeuse. Ses doigts glissèrent le long de sa clavicule et les couleurs s'élevèrent pour se coller à lui. Ses propres couleurs tourbillonnaient et se mélangeaient aux siennes. Il commençait à se retirer quand les bandes noires jaillirent de lui.

— J'aime beaucoup la façon dont le noir tourbillonne quand je te touche, murmura doucement Emma. Ça me fait me sentir en sécurité... et aussi sentir de la chaleur en moi. Quand je te touche, différentes couleurs ressortent sur le noir avant de s'estomper et de s'y mélanger. Et pourtant, si je te touche, elles reviennent. C'est comme si le noir les protégeait et ne les laissait sortir que quand il n'y a pas de danger ou quand elles veulent sortir jouer contre lui, expliqua-t-elle d'une petite voix.

Ha'ven se figea quand il comprit ce qu'elle venait de dire. Elle n'avait pas peur des ténèbres en lui. Il baissa les yeux vers ses mains qui glissaient le long de son ventre et de son torse. Exactement comme elle l'avait décrit, l'essence d'Emma réalisa une magnifique danse contre son essence avant de disparaître brièvement puis de ressortir à nouveau. Il avait le souffle coupé et était subjugué par ses mains et l'union entre eux.

Ses mains descendirent pour toucher celles d'Emma. Elle tourna ses paumes et passa ses doigts entre les siens ; elle le regardait avec des yeux qui laissaient voir son âme sans rien en cacher. Un petit sourire timide se dessina sur ses lèvres quand elle l'attira doucement vers elle.

— J'aime quand tu m'embrasses, murmura-t-elle d'une voix rauque. Quand tu me touches, je n'ai plus peur. Je ne le comprends pas, ni pourquoi tu me fais me sentir en sécurité, mais j'aime ça.

— Tu..., commença-t-il avant que sa voix ne meure.

Ha'ven ne parvint pas à finir sa phrase. Les émotions qu'il avait ressenties plus tôt déferlèrent à nouveau en lui, avec une intensité qui lui coupa le souffle cette fois. Il ne comprenait pas les émotions qu'elle déchaînait au plus profond de lui. Il ne savait pas ce qu'elles signifiaient. La seule chose qu'il savait, c'était qu'il ne laisserait jamais, jamais la délicate femelle dans ses bras lui être retirée. Que la déesse ait pitié de quiconque essayerait, car il n'en aurait pas. Il déchaînerait toute l'énergie qu'Aria avait éveillée en lui et au diable les conséquences.

Ha'ven approfondit le baiser alors qu'il abaissait lentement son corps sur la silhouette plus petite. Il gémit quand ses jambes s'ouvrirent instinctivement pour le laisser reposer entre elles. Il y avait tant de choses qu'il voulait lui faire, mais il ne savait franchement pas s'il aurait assez d'autodiscipline cette première fois. La peur de la perdre effleurait toujours les frontières de sa conscience, rendant presque insupportable le besoin de la revendiquer.

Il s'éloigna juste assez pour déposer de petits baisers sur ses lèvres gonflées, le long de sa mâchoire et jusqu'au point sensible sous son oreille droite. Il lui mordilla le cou, appréciant le petit cri que cela lui tira. Il voulait découvrir chaque centimètre carré de son corps. Il ne pensait pas vivre assez longtemps pour un jour y parvenir, et les Curizans étaient connus pour vivre très longtemps.

— Tu me fais ressentir des choses que je ne comprends pas, murmura-t-il en déposant un baiser sur sa clavicule. L'énergie en toi appelle la mienne.

— Tu me fais ressentir… des choses aussi, répondit Emma, à bout de souffle, alors que ses lèvres fermes jouaient avec le bout de son sein droit. Je t'en prie… je te… veux aussi… C'est si bon, si…

— Juste, marmonna Ha'ven entre ses dents avant de couvrir la pointe tendue de sa bouche brûlante.

La sensation des mains d'Emma emmêlées dans ses longs cheveux, le maintenant contre le mamelon qu'il suçait avidement, enflamma encore plus son sang. Rien de ce qu'il avait connu avec ses autres amantes ne l'avait préparé à cette vague d'instinct de possession. Il voulait tout chez elle : son esprit, son corps et son âme. Ses doigts tirèrent sur ses cheveux. Quand ses yeux se levèrent vers son visage, ils se rivèrent aux yeux écarquillés d'Emma. Elle le fixait avec un désir ardent qui s'écoula sur lui en des flammes brûlantes.

Il lâcha bruyamment son petit sein et tourna lentement son attention vers l'autre. Il aimait la façon dont ses yeux le suivaient et dont son corps se penchait vers lui, essayant de lui faire atteindre son prix plus rapidement. Sa langue sortit lentement et la respiration d'Emma se transforma en halètement alors que sa langue imitait la sienne. Il ne pensait pas que sa verge pouvait devenir encore plus dure ou que ses testicules pouvaient se remplir encore plus, mais la vue d'Emma se léchant les lèvres tandis qu'il jouait avec la pointe tendue lui fit penser à cette belle langue faisant la même chose sur sa verge dure.

Ils gémirent à l'unisson, elle car il suçait son mamelon avec force, lui à cause de l'image d'elle le suçant. Il pouvait sentir l'humidité de la pré-semence s'échapper de sa verge lorsqu'elle effleura l'intérieur de sa cuisse. Il ferma les yeux quand elle bougea la jambe, frottant sa peau soyeuse contre le bout gonflé et rendu douloureux par le désir.

Il lâcha son mamelon tout en marmonnant un juron avant de se relever au-dessus d'elle.

— Que la déesse soit louée, Emma. Je vais te prendre maintenant et te rendre folle de plaisir plus tard, jura-t-il, remontant le long de son corps et prenant ses cuisses dans ses grandes mains.

— Ha'ven ! cria Emma quand il aligna sa verge dure avec son vagin humide.

— Tu seras mienne, ma compagne, pour l'éternité, grogna Ha'ven à voix basse tout en poussant vers l'avant, l'empalant sur sa longueur lancinante. Pour l'éternité, *misha petite*. Je te promets l'éternité.

Emma poussa un cri sonore quand il traversa la barrière et la lia à lui. Il lâcha sa cuisse droite, appuya sa main contre son bas-ventre et envoya une vague d'énergie guérisseuse pour apaiser la douleur qu'il lui causait. Il ne voulait pas que ses souvenirs soient teintés de douleur, il ne voulait lui donner que du plaisir. Il sut immédiatement que la sensation d'inconfort avait disparu quand sa jambe droite vint s'enrouler autour de ses fesses, l'attirant plus profondément en elle.

— Oh ! dit Emma, à bout de souffle, tout en regardant Ha'ven, sous le choc. Tu... Je... Oh !

Un gémissement vint mettre fin à sa phrase quand il se mit à bouger lentement.

Le grognement de plaisir de Ha'ven fit monter une légère couleur rouge à ses joues.

— Oh, en effet, ma compagne. Tu es si belle, dit-il à voix basse. Je te revendique comme ma partenaire. Dans cette vie et dans toute autre que la déesse nous donnera après, tu m'appartiendras, Emma, tout comme je, Ha'ven Ha'darra, t'appartiendrai.

Emma fit glisser ses mains le long de ses bras alors qu'il se penchait en avant. Elle colla ses lèvres aux siennes quand il l'attira plus près de lui. Pour la première fois de sa vie, elle comprit ce que sa mère avait voulu dire quand elle lui avait dit que son père l'aimait tant qu'elle pouvait marcher sur un nuage sans jamais toucher le sol. Emma avait l'impression de flotter.

Ha'ven se perdit dans la douceur d'Emma. Le bourdonnement de l'énergie en lui flottait autour d'eux, en eux et entre eux. Leurs essences s'entremêlèrent, se mélangeant jusqu'à ce que plus rien ne puisse plus les séparer. Il s'en assura. Il voulait qu'il n'y ait pas de doute possible quant à qui elle appartenait.

Son corps le brûlait et picotait alors qu'il luttait pour lui donner du plaisir avant de trouver sa propre satisfaction. Il n'ignorait pas qu'il était son premier et seul amant. Il sentait le poids de la responsabilité de s'assurer qu'elle ne connaisse que du plaisir à son contact ; que de la satisfaction face à leur union. Elle était littéralement devenue son monde.

Il l'embrassa profondément, emplissant sa bouche de délice au moment où les émotions jaillirent du barrage qu'il avait tenté d'ériger pour leur sécurité en attendant qu'il puisse comprendre ce que ces émotions signifiaient. Ses bras se resserrèrent autour d'elle, la pressant contre son corps alors qu'il s'enfonçait de plus en plus profondément en elle. Le fait que quelqu'un puisse avoir le pouvoir de lui faire perdre toute pensée rationnelle d'une simple caresse l'ébranlait.

Ses mains faisaient à son corps des choses qu'il n'avait jamais ne serait-ce qu'imaginées. Il avait eu de nombreuses amantes depuis la puberté, mais la simple caresse de leurs mains ne l'avait jamais enflammé de la façon dont les siennes le faisaient. Son essence s'enroula autour de lui et retira les ténèbres déchaînées durant sa torture.

— Tu me fais me sentir libre, murmura-t-il éperdument à son oreille.

Il enfouit son visage dans la courbe de son épaule, ne sachant pas vraiment à quoi s'attendre. Il n'avait jamais avoué à qui que ce soit le poids qu'il portait en lui depuis sa captivité. Il n'avait jamais même ne serait-ce que reconnu ses propres sentiments de vulnérabilité. Et pourtant, les mots avaient glissé de sa bouche sans même qu'il n'y pense alors qu'il se délectait de la chaleur de son étreinte.

Ce à quoi il ne s'était pas attendu, c'était de sentir des bras fins s'enrouler autour de lui et le serrer aussi fermement qu'il la serrait ou la sensation de ses lèvres près de son oreille. Elle serra son corps dur contre elle, se fichant manifestement du fait qu'il pourrait l'écraser s'il laissait l'intégralité de son poids reposer sur son petit corps. Il s'immobilisa quand ses paroles murmurées se déversèrent en lui, apportant une chaleur dans son âme qu'il aurait cru à tout jamais condamnée à rester froide.

— Personne ne pourra jamais t'emprisonner si je peux l'empêcher, murmura-t-elle. Je veux te regarder voler vers les nuages et danser sur les arcs-en-ciel.

Un frisson secoua son immense corps. Il roula et bougea pour qu'elle soit sur lui. Son cri surpris résonna tandis qu'elle mettait ses deux paumes sur son large torse. Le mouvement l'enfonça encore plus en elle. Ses yeux s'écarquillèrent avant de descendre quand il prit ses deux seins dans ses mains.

— Jouis pour moi, ma Emma, s'étrangla-t-il en la regardant avec des yeux brûlant d'émotion. Je veux te voir jouir pour la première fois. Je veux… je veux te voir voler vers les nuages et danser sur eux alors que tu jouis pour moi.

La passion dans ses paroles envahit Emma alors qu'il allait et venait en elle lentement tout en pinçant ses mamelons gonflés. Sa tête tomba en arrière, ses longs cheveux flottant autour d'elle quand elle se brisa en mille morceaux. Seules les mains de Ha'ven couvrant ses hanches la gardèrent droite.

— Ha'ven, gémit-elle lorsque sa tête tomba en avant et qu'elle le fixa, ses lèvres secouées d'un léger tremblement.

— Si belle, murmura-t-il d'une voix rauque.

Ses mains se resserrèrent sur elle quand les derniers vestiges de son contrôle disparurent face à la beauté de ses joues rougies et de ses grands yeux expressifs. Il n'avait jamais rien vu d'aussi beau de sa vie. Cela valait la peine de subir la pression insupportable qui croissait en lui de se retenir assez longtemps pour la regarder voler en éclats dans ses bras. Il la saisit par les hanches et se mit à bouger frénétiquement, s'enfonçant plus en plus profondément alors que son propre orgasme arrivait à toute allure.

Il poussa un gémissement sonore quand elle tomba en avant et malaxa son torse de ses doigts tandis qu'il gonflait en elle. Ses petits miaulements se firent plus puissants quand elle jouit à nouveau et se resserra autour de lui jusqu'à ce qu'il ait le souffle court alors qu'il s'enfonçait en elle. La sensation de son vagin serré autour de lui, l'enveloppant dans sa douce et soyeuse chaleur, le fit basculer.

— Par la déesse ! rugit-il en s'arquant sous elle.

Des étoiles dansaient devant ses yeux alors qu'il se déversait en elle. La pièce commença à briller de plus en plus quand leurs essences jaillirent et s'élancèrent au-dessus et autour d'eux. Il savait qu'Emma ne voyait pas les couleurs de son aura tourbillonner et serpenter vers le haut et danser avec la sienne dans une union érotique qui le laissa palpitant d'énergie. Elle avait les yeux fermés, ses cils tels des croissants de lune sur ses joues rougies. Le noir se mélangeait avec les couleurs de l'arc-en-ciel dont Emma lui avait parlé dans un murmure et il aurait pu jurer qu'il pouvait les voir danser ensemble.

— Tu as raison, *misha petite*, murmura-t-il en tirant son corps détendu sur lui.

Ses bras s'enroulèrent autour d'elle aussi fermement que possible sans l'écraser.

— Je vole en toute liberté, murmura-t-il, émerveillé, tout en laissant une main possessive reposer sur son dos.

13

*H*a'ven se réveilla en sursaut quand le véhicule tressauta. Ses bras se resserrèrent de façon protectrice autour du corps lové contre lui. Une alarme retentit avant que les lumières ne se mettent à clignoter et que le véhicule ne tressaute à nouveau.

— Attention. Un vaisseau non identifié a ouvert le feu. Les boucliers sont à quatre-vingt-dix-huit pourcents. Actions défensives activées, annonça le système d'alerte du véhicule.

— Ha'ven, demanda la voix rauque d'Emma d'un ton endormi. Qu'est-ce qui se passe ?

La bouche de Ha'ven se serra quand il se redressa. D'un simple signe de la main, il était complètement habillé. Il se leva et plongea dans les yeux confus et endormis d'Emma. Il tendit la main vers elle au moment même où un autre tir heurta les boucliers extérieurs.

— Viens, ma petite, murmura-t-il calmement. Nous subissons une attaque. Je te veux près de moi.

Les yeux d'Emma s'écarquillèrent de peur puis elle lui prit la main et sauta sur ses pieds. Alors même qu'elle se levait, il fit glisser sa main devant elle et elle se retrouva vêtue d'un pantalon de cuir noir, d'une chemise en soie noire, d'un gilet et de bottes similaires à celles qu'il portait. Elle tituba quand le véhicule chancela violemment de droite à gauche.

— Attention. Trois vaisseaux supplémentaires à proximité. Action défensive immédiate recommandée.

Ha'ven jura et serra fermement la main d'Emma alors qu'il la tirait hors de la cabine et à travers le couloir menant au pont. Il avait rallongé leur voyage vers la deuxième porte des étoiles car il voulait passer plus de temps avec Emma. À présent, ce temps était peut-être devenu une grave erreur.

— Scanne les vaisseaux. Donne-moi leur puissance d'attaque et les spécifications précises de leur défense, ordonna Ha'ven en montant sur le pont.

Emma se précipita vers le siège qu'elle avait occupé la veille. Il s'était passé tant de choses en si peu de temps qu'elle en avait des vertiges. Était-ce seulement la veille que l'homme assis en face d'elle l'avait kidnappée ? Elle secoua la tête quand il commença à l'attacher.

— Je peux le faire, lui assura-t-elle. Qu'est-ce que tu vas faire ?

— Les tuer, cracha sèchement Ha'ven.

Emma fixa le visage froid et dur et frissonna. Les regards de braise et la tendresse de la nuit précédente avaient disparu. À présent, une machine à tuer…

Non, un guerrier d'autrefois, pensa-t-elle en le regardant se diriger gracieusement vers les commandes.

Les bandes noires étaient de retour, accompagnées par des bandes d'un rouge sang plus foncé et des bandes dorées. Elles tourbillon-nèrent, se mêlant à la console devant lui. Un autre tir ébranla le véhi-cule et un signal lumineux apparut avant qu'il ne l'éteigne d'un bref ordre marmonné.

— Ouvre les communications, ordonna Ha'ven. Ici le *Sentinel*, identifiez-vous.

Une image apparut en quelques secondes. Le visage balafré de Kejon emplit l'écran. L'assassin curizan affichait un sourire en coin alors qu'il rendait un regard glacial à Ha'ven.

— Tiens, tiens. Il semblerait que nous ayons trouvé un membre de la famille royale sans ses gardes du corps, fit remarquer Kejon.

Ses yeux vinrent sur poser sur Emma qui était attachée à son siège et le regardait avec de grands yeux effrayés.

— Et une de ses putes, ajouta-t-il avant de se tourner pour regarder à nouveau Ha'ven avec un sourcil arqué. Attrapé le pantalon baissé. N'est-ce pas aussi comme ça que tu t'es retrouvé sur l'Enfer la dernière fois ?

La bouche de Ha'ven se pinça quand il rendit son regard à Kejon, refusant de répondre à sa raillerie.

— Je vais prendre plaisir à te tuer, Kejon.

Ce dernier rit.

— Ce sera une douce récompense de voir la tête de tes frères quand ils te trouveront mort. Ils sont pris dans une course folle à ma recherche. Ils sont trop loin pour venir te sauver, Ha'darra.

— Qui a dit que j'avais besoin d'être sauvé ? répondit calmement Ha'ven en regardant les données entrantes.

— Tu es en infériorité numérique, Ha'darra. J'ai trois vaisseaux de guerre contre ton petit véhicule, ricana Kejon.

— Je crois que tu as mal compté, assassin. Tu n'en as que deux, dit Ha'ven avec un sourire sarcastique.

Kejon jura et hurla un ordre au moment même où le vaisseau de guerre à bord duquel il se trouvait fut ébranlé par l'explosion du vaisseau de guerre marastin dow à sa gauche. Il se retourna et braqua des yeux létaux sur Ha'ven. Sans un mot de plus, il coupa les communications et ouvrit le feu sur le *Sentinel*.

Emma se mordit les jointures en regardant les torpilles, ou peu importe ce qu'elles étaient, se diriger vers eux. Il y en avait au moins une douzaine. Elle ne fit pas un bruit. Elle ne voulait pas briser la concentration de Ha'ven. Ses mains brillaient plus que la veille et le petit véhicule se déplaçait rapidement en direction des torpilles au lieu de s'en éloigner.

Un petit cri aigu lui échappa finalement quand le véhicule pencha sur le côté alors que deux torpilles le dépassaient. Il conduisait, ou pilotait, le véhicule comme les conducteurs de taxis en Amérique du Sud. Elle ne savait pas qu'il était possible de faire tourner et se tordre un vaisseau spatial de la taille d'un terrain de football aussi vite qu'un des petits taxis, mais c'était ce qu'il faisait. Une des torpilles érafla le bas du vaisseau et explosa quand elle heurta le bouclier extérieur. Le véhicule fut violemment secoué et les alarmes retentirent.

Ha'ven tirait sur les deux vaisseaux de guerre plus grands en même temps. L'un deux tressauta et flamboya un moment, mais il continua à leur tirer dessus.

— Ha'ven ? murmura Emma alors qu'ils se rapprochaient de plus en plus des deux vaisseaux de guerre. Ha'ven ?

— Tout va bien se passer, ma petite compagne, dit calmement Ha'ven. Nous allons nous glisser entre eux.

— Entre eux ? murmura Emma en regardant l'espace étroit. Est-ce qu'on va avoir la place ?

Ha'ven lui adressa un rapide sourire.

— Tout juste. Mais si Kejon tire, il détruira l'autre vaisseau de guerre.

— Il ne ferait pas ça, n'est-ce pas ? Je veux dire, il tuerait ses propres hommes, demanda-t-elle en plissant les yeux alors qu'ils se rapprochaient encore plus.

— Bien sûr qu'il le fera, répondit Ha'ven. Je compte là-dessus. Ensuite, il n'y aura qu'un seul vaisseau de guerre à détruire.

Ha'ven regarda brièvement Emma. Un petit rire lui échappa quand il la vit remonter ses genoux sur son siège et se couvrir les yeux. Sa petite compagne, celle qui était capable de brandir une ancienne épée de guerre valdier sur un prince curizan, était assise recroquevillée et jetait des coups d'œil entre ses doigts.

— J'ai promis que je ne laisserais personne te faire du mal, *misha petite*, dit-il sombrement. Je tiendrai la promesse que je t'ai faite.

— Je sais, répondit-elle doucement. Je… te fais confiance.

Ha'ven hocha rapidement la tête tout en tenant fermement les commandes. Il laissa son énergie se déverser dans le vaisseau. Il ne serait pas capable de maintenir ce flux longtemps, mais cela suffirait.

Emma avait raison. Il n'y aurait pas eu assez de place pour le *Sentinel* entre les deux vaisseaux de guerre s'il n'avait pas manipulé l'énergie. L'énergie noire en lui se déversa dans le métal du véhicule, changeant et modifiant sa structure. Il devint plus long, plus fin et plus élancé.

Le changement leur donna les centimètres dont ils avaient besoin pour se glisser entre les deux vaisseaux de guerre. Comme il l'avait soupçonné, Kejon ordonna aux canons laser latéraux d'ouvrir le feu. Le temps qu'ils soient activés, le *Sentinel* les avait déjà dépassés.

Ha'ven relâcha lentement l'énergie qu'il expulsait. Le véhicule reprit sa forme d'origine. Il entendit le rire de soulagement ravi d'Emma. Il accéléra et se concentra sur le fait d'atteindre la deuxième porte des étoiles avant que le vaisseau de guerre de Kejon ait une chance de se repositionner et de se lancer à leur poursuite.

Il n'osa pas lâcher les commandes. Il sentait la pression de la faiblesse. Il avait utilisé une grande quantité d'énergie et mettrait plusieurs jours à s'en remettre. Si Kejon les rattrapait, il serait sans défense, mis à part les armes et les boucliers à bord du *Sentinel*. Sans l'énergie qu'il y déversait, le vaisseau de guerre ne mettrait pas long-temps à les épuiser et à détruire le plus petit vaisseau de guerre.

— Tu as réussi ! dit Emma en riant et en applaudissant ; ses yeux brillaient d'excitation. Tu as vraiment réussi.

Ha'ven sourit au visage rougi de sa compagne.

Ma compagne, pensa-t-il de façon possessive. *Elle est à moi.*

— Tu as beaucoup à apprendre à propos d'un prince curizan en pleine bataille, la taquina légèrement Ha'ven. Nous allons bientôt traverser la deuxième porte des étoiles. Après quoi, on sera en terri-toire curizan. Il serait stupide de la part de Kejon de nous y suivre. Nous avons des patrouilles disséminées à travers tout le territoire.

— Et s'il nous suit quand même ? demanda Emma d'un ton inquiet. Est-ce que tu peux appeler quelqu'un pour venir en aide ?

Ha'ven sourit et hocha la tête.

— *Sentinel* à *Rayon I.*

En quelques secondes, le visage d'Adalard apparut à l'écran.

— Ici *Rayon I.* Comment ça va, mon frère ?

— J'ai trouvé notre traître disparu, dit sèchement Ha'ven alors qu'une alarme du système de défense retentissait. Il nous suit de près avec un vaisseau de guerre marastin dow.

Un juron sonore derrière Adalard montra que Flèche écoutait lui aussi.

— Est-ce que tu peux t'échapper ? demanda-t-il par-dessus l'épaule d'Adalard.

Ha'ven jeta un coup d'œil à Emma qui écoutait la conversation en silence. Il expira profondément avant de secouer la tête. À la vitesse à laquelle allait le vaisseau de guerre, ils seraient tout juste à l'entrée de la porte des étoiles quand il les rattraperait. Une fois qu'ils auraient traversé, il n'y aurait aucune garantie qu'un de leurs vaisseaux de patrouille soit assez proche pour arriver avant que Kejon ne détruise le *Sentinel*. Il n'y avait qu'une seule chose qu'il puisse faire.

— Quand j'atteindrai la porte des étoiles, je nous enverrai à Yardell, dit gravement Ha'ven. C'est le seul moyen de s'assurer qu'ils ne nous fassent pas exploser.

— Tu es sûr ? demanda Adalard, un grand pli lui barrant le front. J'ai prévenu le général Tiruss que vous avez besoin d'aide. Il peut être là dans quelques heures.

— On ne tiendrait même pas la moitié de ça, répondit Ha'ven alors qu'il calculait le temps que le vaisseau mettrait à les rattraper. Venez nous aider.

— On y sera, dit Flèche avant de crier un ordre. On mettra au moins trois jours, mais on y sera.

— Que la déesse soit avec toi, mon frère, dit Adalard avant de se déconnecter.

— Qu'est-ce qui se passe ? demanda Emma, effrayée. C'est quoi Yardell ?

— C'est un spatioport dans la partie reculée de notre système stellaire, répondit Ha'ven.

Il regarda rapidement Emma avant de se retourner quand la deuxième porte des étoiles entra dans son champ de vision. Les grandes tours se tenaient telles des sentinelles silencieuses dans l'espace. Quand le véhicule la traversera, elle effectuera une connexion entre des grilles d'énergies et ouvrira un grand trou de ver qui les emmènera au système stellaire curizan.

Il se connecterait à cette énergie et les emmènerait plus loin, à l'extrémité du système. C'était une idée dangereuse. Une idée seulement faite en théorie, jamais en pratique. C'était Flèche qui en avait eu l'idée le premier. Ils avaient plaisanté à ce propos durant des années, mais n'avaient jamais eu de raison d'essayer quelque chose d'aussi risqué jusqu'à présent. S'il n'essayait pas, Kejon les rattraperait quand ils sortiraient de l'autre côté et les détruirait avant que des renforts ne puissent arriver.

Ha'ven commença à libérer lentement le pouvoir qu'Aria avait déchaîné en lui. Il sentit la noirceur tourbillonner et se tordre, comme si c'était une entité vivante enfouie au fond de lui. Pour une fois, il ne la combattit pas alors qu'elle s'élevait en lui. Au lieu de cela, il l'embrassa, la laissant déferler en lui et le submerger.

On ne laissera pas ce bâtard faire du mal à notre compagne, dit Ha'ven à la brume noire. *Nous devons la protéger à tout prix.*

Ouiiii..., fut la réponse quand la brume noire jaillit hors de lui en tourbillonnant avant de se déverser dans les commandes.

Ha'ven serra les dents alors que le *Sentinel* pénétrait la porte des étoiles. Dès l'instant où l'énergie se connecta au véhicule, il l'attira vers lui et la lia à la sienne. Son corps tressautait alors que l'immense quantité d'énergie se concentrait en lui. Il entendit vaguement le cri de terreur d'Emma. Il avait l'impression que son corps était déchiré en des millions de directions différentes.

Il fut secoué quand le pouvoir sombre en lui aspira avidement l'énergie supplémentaire. Il lutta pour rester conscient. Tout commença à se brouiller lorsque le trou de ver se forma. Il focalisa l'énergie et la fit jaillir vers l'extérieur, la courbant.

Les choses ralentirent tandis que l'image du spatioport de Yardell se formait dans son esprit. Il regarda autour de lui avec curiosité. Il vit les yeux d'Emma rivés à son corps, une expression de peur et d'inquiétude sur son joli visage.

Il se tourna et vit sa propre forme physique agripper les manches de commande. Les muscles dans ses bras ressortaient alors qu'il les tenait. Ses yeux brillaient d'un violet vif avec des torsades noires. Les bandes rouges et les bandes dorées se tordaient en des spirales traversant la brume noire qui s'était déployée et recouvrait à présent la surface du véhicule.

— Ha'ven, cria Emma comme si elle était loin. Tu dois arrêter ! Ça te fait du mal. Je peux le sentir. Je t'en prie, lâche !

Il tourna la tête pour regarder ce qu'elle fixait et vit le filet de sang qui coulait de sa narine gauche. Il leva une main pour le toucher et réalisa qu'il n'était qu'un fantôme regardant son enveloppe charnelle.

Il sentit le moment où son corps céda à la douleur de contenir tant d'énergie en lui. Il fut ramené si vigoureusement dans corps qu'il en fut déconcentré. La libération soudaine de tant d'énergie d'un coup vola en éclats en lui et il tomba en avant, à peine conscient, sur la console.

— Emma, murmura-t-il faiblement. Tu… dois… m'aider. Dois… amarrer… au… spatioport.

Emma regarda par la vitre avant. Elle ne voyait pas de spatioport, seulement une petite lune bleue et verte en orbite autour d'une planète rouge bien plus grande. Elle se mordit la lèvre et détacha rapidement les ceintures la maintenant sur son siège.

— Je ne vois pas de spatioport, Ha'ven. Je vois seulement une énorme planète rouge et une lune plus petite en orbite autour, répondit Emma d'une voix rauque alors qu'elle s'agenouillait à côté de son siège.

Elle prit délicatement sa tête dans ses mains. Du sang rouge foncé avait tracé un chemin depuis son nez. Il était pâle comme la mort et ses yeux étaient voilés de douleur. Elle murmura doucement une réprimande tout en essuyant le sang de son visage.

— Tu n'aurais pas dû faire ça, dit-elle d'un ton de reproche. Ce que tu as fait, peu importe ce que c'était, te faisait du mal. Je pouvais le sentir. Tu aurais dû lâcher plus tôt.

Ha'ven essaya de focaliser ses yeux sur le doux visage d'Emma.

— Je t'ai promis de…, déclara-t-il d'une voix rauque. Te protéger.

— Tu ne me connais même pas, dit Emma en posant tendrement une main sur sa joue. Pas vraiment.

— Te… connais, s'efforça-t-il à dire. Tu es… tout.

Les yeux d'Emma s'emplirent de larmes alors qu'elle regardait l'immense guerrier qui lui avait donné envie de croire en la promesse de l'éternité. Le voir si faible la terrifiait. Elle commençait à se pencher en avant pour déposer un baiser sur son front quand une alarme retentit bruyamment, la surprenant.

— Attention ! Attention ! Niveaux d'énergie dangereusement bas. Multiples erreurs systèmes détectées. Système environnemental, moteur, et système de défense à moins de vingt pourcents. Atterrissage d'urgence enclenché.

— Qu'est-ce qui se passe, Ha'ven ? demanda Emma avec inquiétude avant de se lever quand les lumières du pont clignotèrent puis s'éteignirent.

— Attache-toi à ton siège, cracha faiblement Ha'ven. On doit atterrir. Sinon, on ne survivra pas. Il y a... trop... de dégâts. Si le système environnemental s'éteint, on ne survivra... qu'une heure... au mieux.

Emma se précipita vers son siège et commença à s'y rattacher. Elle regarda la petite lune se mettre à grandir de plus en plus. Elle saisit son siège ; ses doigts serrèrent tant les extrémités que ses jointures devinrent blanches.

— Entrée dans cinq, quatre, trois, deux, un... Descente d'urgence activée. Préparez-vous à impact difficile, dit l'ordinateur.

Emma regarda Ha'ven. Il était affalé en avant, retenu uniquement par les sangles de son siège. Il avait perdu sa bataille pour rester conscient. Elle se retourna et regarda un petit lac entrer rapidement dans son champ de vision. Elle se prépara à l'impact lorsque le véhicule heurta la cime des arbres avant que tout ne devienne noir quand elle fut projetée en avant lorsque le vaisseau élancé heurta l'eau.

14

*E*mma frissonna quand ses chevilles se retrouvèrent soudainement entourée d'eau glacée. Elle se réveilla en sursaut et regarda autour d'elle un moment, désorientée, avant de se souvenir de ce qu'il s'était passé. Elle regarda par la vitre avant et vit qu'ils étaient partiellement immergés dans le lac. Le véhicule était penché dans une position étrange, la moitié de son nez au-dessus du niveau de l'eau.

— Ha'ven ? appela Emma, inquiète.

Ne recevant pas de réponse, elle tâtonna rapidement les attaches des sangles. Elle les poussa impatiemment sur le côté, saisit la console pour se soutenir et se tira de son siège. L'eau s'écoulait rapidement depuis le couloir derrière eux. Elle sentait le véhicule bouger alors que le poids de l'eau s'écoulant à l'arrière du vaisseau le faisait s'enfoncer plus profondément dans l'eau. Elle devait les en sortir avant qu'il ne soit complètement rempli.

Elle s'agrippa au siège et à la console en guise de soutien et se tira vers le siège de Ha'ven. Il était penché sur le côté. Du sang continuait à couler de son nez. Emma avait peur qu'il ne souffre d'un genre de blessure interne.

— Ha'ven, dit-elle en repoussant délicatement ses cheveux de son visage. Ha'ven, je t'en prie, réveille-toi. J'ai besoin de ton aide. Je ne peux pas te sortir toute seule.

Elle frissonna alors que l'eau montait lentement jusqu'à ses genoux. Elle regarda autour d'elle d'un air inquiet quand il ne lui répondit pas et ne montra pas non plus de signes qu'il l'avait entendue. Même l'eau froide ne faisait rien pour l'aider à se réveiller. Elle appuya ses doigts tremblants contre le côté de son cou et poussa un soupir de soulagement quand elle y sentit battre un puissant pouls.

— On doit sortir d'ici avant que le vaisseau ne coule, murmura-t-elle.

Elle détacha rapidement les sangles le maintenant au siège. Elle le trainerait dehors s'il le fallait. Elle ne le laisserait pas se noyer. Touchant une nouvelle fois sa joue, elle se détourna du siège et se laissa glisser le long du mur menant au couloir.

— Il doit y avoir une sorte d'équipement d'urgence en cas de décompression de la cabine. Il y en a dans les avions sur Terre, pour l'amour de Dieu. Il semblerait évident que les extraterrestres en aient dans leurs vaisseaux spatiaux, marmonna-t-elle en commençant à ouvrir tout ce que ressemblait de près ou de loin à une unité de stockage.

Elle ouvrit plusieurs panneaux avant de grogner de frustration quand tout ce qu'elle y trouva fut des outils. Ils seraient peut-être utiles plus tard, mais pas pour l'instant. Elle pleurait presque de frustration quand l'eau lui atteignit la taille.

Elle tomba lorsque le véhicule bougea à nouveau. L'eau glacée la submergea alors qu'elle roulait. Elle appuya ses mains contre le sol du véhicule et se poussa vers le haut, jaillissant en haletant lorsque le froid de l'eau arracha l'air de ses poumons. Elle repoussa ses cheveux mouillés et emmêlés de devant ses yeux et regarda désespérément Ha'ven qui était toujours assis.

Ses yeux s'illuminèrent quand elle vit le panneau à sa gauche. Il y avait une étrange marque dessus. Elle poussa contre le mur, luttant contre l'inclinaison du vaisseau et l'eau qui commençait à engourdir son corps. Elle se hissa à l'aide du dossier du siège de Ha'ven et tendit la main vers le panneau. Elle le poussa et il s'ouvrit, révélant plusieurs masques.

— Dieu merci, souffla-t-elle.

Elle en sortit un et vit qu'il ressemblait à un masque à oxygène. Elle se le passa par-dessus la tête. Dès l'instant où elle prit une inspiration, des lumières apparurent sur les côtés du masque et une fine membrane se referma autour de sa tête avant de se remplir d'oxygène.

Elle en sortit un autre et se prépara avant de le passer délicatement par-dessus la tête de Ha'ven. Elle ferma brièvement les yeux et murmura une prière de remerciement quand elle vit les lumières s'allumer. Elle vérifia qu'il était correctement fermé avant de pousser le frein du siège pour qu'il pivote.

Elle prit un des bras de Ha'ven et le passa par-dessus son épaule avant de passer un bras autour de sa taille. Elle laissa leurs poids combinés les tirer vers l'avant et ils tombèrent sous l'eau.

Maintenant, il faut trouver un moyen de sortir d'ici avant qu'on se retrouve pris au piège, pensa-t-elle alors que l'eau les submergeait.

D'une certaine façon, l'eau était une bénédiction car sans elle, elle n'aurait jamais été capable de porter Ha'ven qui était bien plus grand et lourd qu'elle. Emma poussa sur ses jambes et se servit de sa main libre pour saisir le rebord de la porte et la franchir. Elle ne savait absolument pas où aller et ne pouvait qu'espérer que, peu importe d'où l'eau venait, l'ouverture serait assez grande pour qu'ils s'y glissent avant qu'ils ne soient attirés plus profond.

Elle regarda de tous les côtés le long du grand couloir. Seule une petite partie du vaisseau spatial lui était familière. Elle attira le corps de Ha'ven plus près d'elle, inquiète à l'idée de ce que le froid pourrait lui faire. Elle se rappelait avoir vu une émission télévisée ayant dit que si une personne était blessée, il était important de la garder au chaud au cas où elle serait en état de choc.

Sa peur ne fit qu'empirer quand le véhicule grogna et commença à se tordre. Elle roula tout en enroulant ses bras et ses jambes autour du corps mou de Ha'ven. Le dos et l'épaule d'Emma heurtèrent le sol avant de rebondir contre le mur. Un torrent de bulles explosa autour d'eux quand une poche d'air se remplit soudainement d'eau. Le jaillissement la laissa désorientée pendant plusieurs précieuses secondes. Elle réalisa qu'ils étaient face à un petit passage étroit à travers lequel il l'avait transportée quand il l'avait amenée à bord du véhicule.

Elle retira ses jambes de la taille de Ha'ven et mit ses pieds contre le mur avant de se pousser vers la trappe. Elle retira un bras de Ha'ven afin de pouvoir saisir le loquet de la trappe. Elle fronça les sourcils de frustration tout en l'étudiant. Les mots écrits dessus n'avaient aucun sens pour elle. Ils n'étaient que des symboles dénués de sens. Elle battit des jambes pour rester dans la même position alors qu'elle tendait la main vers la barre située sur le côté de la porte. Elle sentait ses forces la quitter lentement et elle maudit les mois qu'elle avait gâchés dans les affres de la dépression. Elle avait cru être prête à mourir, mais les deux derniers jours lui avaient montré qu'elle n'était pas prête à abandonner en fin de compte.

— Comment est-ce qu'on ouvre cette maudite chose ? grogna-t-elle.

Elle allait avoir besoin de ses deux mains. Mais elle refusait de lâcher Ha'ven. Elle été terrifiée à l'idée que si elle le faisait et qu'elle parvenait à ouvrir la trappe, elle le perdrait dans le jaillissement d'eau et l'obscurité. Elle saisit le loquet d'une main et enroula à nouveau ses jambes autour de la taille de Ha'ven tout en verrouillant ses chevilles ensemble. Une fois qu'elle fut certaine de le tenir fermement, elle prit le loquet à deux mains.

— Tu vas t'ouvrir, grinça-t-elle.

Elle se débattit pour tirer le loquet mais il refusait de bouger. Elle commençait à haleter alors que la peur qu'ils soient piégés grandissait en elle. Elle ferma les yeux et se concentra afin de se calmer.

— Je vous en prie, murmura-t-elle. Je vous en prie, je ne veux pas mourir. Je viens de trouver une raison de vivre. Je dois nous sauver. Je vous en prie, je vous en prie, aidez-moi.

Elle ne savait pas à qui elle demandait de l'aide, seulement qu'elle avait besoin d'entendre sa propre voix pour se calmer. Elle ouvrit lentement les yeux et fut stupéfaite de voir ses mains briller d'une lueur rose pâle. Quand elle poussa le loquet, une bande noire s'éleva et forma un cercle autour de ses mains. Elle fut envahie de chaleur et sut que Ha'ven tenait inconsciemment sa promesse de la protéger.

Le loquet glissa vers le bas et la trappe s'ouvrit brutalement. Le jaillissement d'eau la poussa en arrière avant qu'une vague ne les soulève à travers la trappe. Emma enroula à nouveau rapidement ses bras autour de Ha'ven et se poussa vers le haut.

Elle poussa un soupir quand ils atteignirent la surface de l'eau. Elle vit qu'ils n'étaient qu'à environ dix mètres de la côte. Elle mit Ha'ven sur le dos, passa un bras autour de son cou et commença à battre des jambes. Elle était à bout de souffle et tremblait de fatigue le temps qu'elle arrive à un endroit où elle avait pied. Elle trébucha en avant et tira Ha'ven aussi loin que possible hors de l'eau avant de s'effondrer à côté de lui.

Elle tendit la main et tira délicatement sur le masque, espérant en dépit de tout que l'environnement leur soit propice. Elle retint sa respiration aussi longtemps que possible avant de prendre une profonde inspiration. Un air doux et parfumé vint remplir ses poumons brûlants.

— Merci, marmonna-t-elle en baissant la tête de soulagement. Merci d'avoir pris soin de nous.

Elle se tourna et retira rapidement le masque de Ha'ven. Elle toucha son visage à la recherche d'autres signes de traumatisme. Mis à part le fait qu'il était toujours très pâle, il semblait profondément endormi. Elle ne pouvait qu'espérer que c'était bon signe étant donné qu'elle n'y connaissait pratiquement rien en matière de premiers secours mis à part comment soigner de petites coupures et brûlures.

Elle se força à se lever et regarda aux alentours. Il semblait qu'ils s'étaient écrasés le long d'un immense lac. Le nez du véhicule était à peine visible. L'eau était cristalline et elle pouvait facilement voir le contour du véhicule.

La plage était recouverte de doux galets colorés. De ce qu'elle voyait, d'immenses forêts entouraient la zone. Elle leva les yeux et vit l'énorme planète rouge telle une pleine lune brillant en plein jour tandis que le ciel était d'un doux mélange de rouge, de roses, de jaunes et de violets.

— Ha'ven, murmura-t-elle en regardant une volée de grandes créatures ressemblant à des oiseaux voler au loin au-dessus du lac. C'est si beau. J'aimerais que tu te réveilles pour voir ça. Je n'ai jamais rien vu de tel auparavant.

Elle se laissa lentement tomber à côté de lui dans l'eau peu profonde. Elle était toujours froide, mais pas autant que plus tôt. Elle ne savait pas si elle était simplement engourdie par ce qui s'était passé ou si elle s'était simplement habituée à la température.

Elle se rapprocha rapidement afin de pouvoir faire reposer la tête de Ha'ven sur ses genoux. Elle repoussa ses cheveux et regarda son visage paisible. Il était un homme très complexe, conclut-elle. Elle avait vu tant d'images différentes de lui. La tendresse qu'il témoignait à la femme âgée dans ses rêves. L'amour qu'il témoignait à ses frères. La tendresse et la protection qu'il lui avait témoignées la nuit précédente. Et pourtant, elle avait aussi vu des images de lui se faisant torturer et la détermination froide quand les autres vaisseaux de guerre les avaient attaqués.

— Qui es-tu ? murmura-t-elle tout en traçant tendrement le contour de son visage. Qu'est-ce que tu me veux ? Tu me rends folle. Je ne comprends rien de tout ça. Quand tu me touches, je me sens bizarre… merveilleuse, en sécurité et au chaud. Mais je ne comprends pas pourquoi tu me choisirais moi.

Emma regarda par-dessus son épaule quand elle entendit un bruit venir de la forêt derrière eux. Ses bras se resserrèrent de façon protectrice autour de l'homme qui avait juré de la protéger. Son cœur battait la chamade quand plusieurs énormes bêtes couvertes de poils sortirent d'un pas lourd et lent de l'épais feuillage. Ils ressemblaient aux énormes mammouths du passé lointain de la Terre, la seule différence était qu'ils avaient une corne au milieu de leur chanfrein et qu'ils n'avaient pas de trompe.

Sa bouche s'ouvrit de surprise quand ils s'arrêtèrent, formant un petit groupe. Ce n'était pas que les bêtes qui faisaient s'emballer nerveusement son cœur, c'était ce qui se trouvait sur leur dos. Elle posa délicatement la tête de Ha'ven sur le sol avant de se précipiter devant lui.

Elle frissonna quand un léger vent vint danser sur sa peau mouillée. Elle était debout et regardait ce qui était manifestement les habitants aborigènes de ce monde à la fois étrange et magnifique. Son cœur ne fit qu'un bond quand plusieurs des créatures descendirent des énormes bêtes et commencèrent à marcher dans sa direction, des lances aiguisées à la main.

15

— *T*rouvez-les ! grogna Kejon en regardant furieusement le capitaine du vaisseau de guerre marastin dow qu'il avait payé généreusement. Je ne veux pas d'excuses. Je veux la tête de ce prince curizan sur un plateau.

Le capitaine du *Traitor's Run* rendit un regard glacial à Kejon. Il aurait joyeusement tranché la gorge du Curizan s'il l'avait pu, mais l'homme était trop puissant. L'ancien capitaine du *Traitor's Run* l'avait découvert quand il s'était soudainement retrouvé à l'extérieur du vaisseau de guerre... sans équipement de protection... au lieu d'à l'intérieur.

— Il doit avoir fait quelque chose à la porte des étoiles. Vous avez vu la quantité d'énergie détectée par les scanners. Nous aurions dû sortir à l'entrée du système stellaire curizan. Selon nos détecteurs, nous sommes à mi-chemin du spatioport de Yardell, répondit le capitaine Tylis d'une voix tendue. C'est impossible, mais les détecteurs ne se trompent pas. Les scanners longue portée ne détectent aucun vaisseau.

Kejon lança un regard noir au capitaine avant d'ordonner à l'un des sous-officiers à la console de navigation de bouger. Il s'assit devant la console et étudia les informations qui y défilaient. Son poing se serra de frustration quand les informations confirmèrent ce que Tylis venait de lui dire.

Il sortit une carte du système stellaire. Il le connaissait comme sa poche. Connaître chaque lune et planète habitable possible avait été son travail pour deux raisons. La première, pour savoir où les rebelles pourraient se cacher une fois que Ben'qumain aurait renversé la famille régnante actuelle. La deuxième était une raison plus personnelle. Il voulait un plan d'évasion pour le cas où Ben'qumain venait à échouer.

Ses yeux se plissèrent sur une énorme planète rouge légèrement éloignée de la route commerciale habituelle. C'était une énorme planète désertique connue pour son extraction et son exportation de minerais de métal. Elle avait deux petites lunes. Les deux étaient habitables, ce qui la rendait insolite. Une était principalement recouverte d'eau tandis que l'autre était une planète luxuriante habitée par une population indigène qui n'était pas connue comme étant accueillante à l'égard des visiteurs. Il le savait car il avait à peine réussi à la quitter vivant.

C'était les trois seuls endroits où ils auraient pu aller chercher refuge mis à part le spatioport. Il avait toujours un contact sur Yardell. Il demanderait à Bushnell d'aller voir si le véhicule était amarré. Il ordonnerait au *Traitor's Run* d'envoyer des éclaireurs sur la planète et les lunes.

— Préparez trois véhicules. Je veux que chacun fouille ces trois lieux de fond en comble, dit Kejon en montrant la planète rouge et les deux lunes du doigt. Je vous tiendrai personnellement responsable s'ils venaient à échouer.

Les yeux du capitaine Tylis se plissèrent face à la menace à peine voilée.

— Fait, dit-il sèchement avant de se tourner et de donner l'ordre de préparer les véhicules blindés.

Il ne pouvait qu'espérer que Kejon trouverait vraiment le prince curizan qu'il cherchait. Une personne assez puissante pour courber l'espace-temps était une personne qu'il n'avait aucun désir d'affronter. Si le bâtard qui avait pris le contrôle de son vaisseau de guerre voulait faire face à un mâle aussi puissant, qu'on le laisse mourir.

J'ai mes propres batailles à mener, pensa Tylis quand le message codé qu'il avait reçu plus tôt lui traversa l'esprit.

∼

Rayon I

— Je n'aime pas ça, grogna Adalard. Ça fait deux jours et on n'a toujours pas reçu de nouvelles de Ha'ven. Il devrait déjà nous avoir répondu.

Flèche leva les yeux de la tablette qu'il tenait. Il avait revu les calculs à maintes reprises. En théorie, l'énergie combinée aurait dû emmener son frère non loin du spatioport de Yardell. Elle pouvait aussi l'avoir fait exploser en mille morceaux.

— Qu'a dit le général Tiruss ? As-tu reçu des nouvelles de Bahadur ? demanda Flèche d'une voix bourrue alors qu'il examinait à nouveau ses calculs.

Adalard se laissa tomber dans le siège en face de son jumeau. Il se passa une main lasse sur le visage avant de regarder Flèche avec des yeux emplis d'espoir. Il était l'expert en sciences de la famille. Adalard était simplement doué pour tuer... et faire l'amour à des femmes magnifiques.

— Oui, répondit-il lourdement. Tiruss a dit que rien n'est sorti de la porte des étoiles dans le Secteur Douze. Le contact de Bahadur sur Yardell lui a dit que Kejon a envoyé un de ses informateurs à la recherche de Ha'ven. Un des cargos a signalé qu'un véhicule non iden-tifié a pénétré le Secteur Trente avant de disparaître de son détecteur. Il le soupçonne de s'être écrasé sur la planète minière rouge ou sur l'une de ses lunes. Il n'a jamais reçu de signal de détresse alors il a supposé qu'il s'agissait d'un véhicule abandonné et a continué sa route.

Flèche hocha la tête d'un air pensif.

— Si Ha'ven a dû relâcher l'énergie qu'il récupérait à cause de la pression qu'elle exerçait sur lui, cela expliquerait qu'il n'ait pas réussi à atteindre sa destination.

Adalard regarda Flèche en arquant un sourcil.

— Est-ce que tu peux m'expliquer ça en curizan normal ? demanda-t-il sèchement.

Flèche afficha un grand sourire.

— Tu aurais dû mieux écouter pendant tes études au lieu de courir après toutes ces filles, le taquina-t-il. D'après ce qu'a dit Bahadur, il semblerait que Kejon se trouve à la périphérie du Secteur Trente. S'il est entré dans la porte des étoiles alors même que Ha'ven concentrait l'énergie qu'il en tirait, il est possible que Kejon ait lui aussi été transporté par l'énergie. La pression aurait été trop grande pour qui que ce soit, même Ha'ven. Il aurait été forcé de la relâcher ou il serait mort étant donné qu'une telle quantité d'énergie lui aurait donné l'impression d'être écartelé. L'énergie l'aurait quand même propulsé plus loin que Kejon car il est entré le premier. Quand il l'a relâchée, l'attraction gravitationnelle de la planète rouge l'aurait attiré plus près de la planète tandis que le vaisseau de guerre de Kejon n'aurait pas été transporté aussi près de la planète.

— Donc tu es en train de me dire que nous sommes à quatre jours de voyage de Ha'ven qui est peut-être ou non blessé à cause de la pression de cette immense quantité d'énergie ou à cause d'un crash, tandis que Kejon n'est qu'à un jour de voyage de lui ? grogna Adalard d'une voix basse et mortelle.

Le sourire de Flèche disparut quand il hocha la tête.

— Oui, confirma-t-il. Nous devons pousser le *Rayon I*. J'y ai apporté quelques modifications. On peut probablement économiser entre un jour et un jour et demi de voyage.

Ha'ven grimaça lorsqu'il sentit qu'on lui touchait à nouveau le front. C'était comme si quelqu'un lui poignardait le milieu front du bout d'un doigt. Cela n'aurait pas été si terrible s'il n'avait pas toujours l'impression que sa tête était sur le point d'exploser.

Il en eut assez la troisième fois. Il bougea avec des réflexes rapides comme l'éclair, saisissant l'agaçant appendice quand il le tapota à nouveau. Ses yeux s'ouvrirent brusquement. Un gémissement sonore emplit l'air quand un rayon de lumière étincelant frappa ses yeux et transperça son crâne jusqu'à son cerveau. Il était sur le point de refermer les yeux pour bloquer la douleur supplémentaire quand un nez blanc et velu vint toucher le sien.

— Non mais ! grogna-t-il à voix basse en regardant la créature au-dessus de lui dans les yeux.

La créature lui répondit en ricanant à voix basse alors qu'elle se redressait. Ha'ven changea presque d'avis et faillit demander à la créature de remettre son affreux nez devant lui. N'importe quoi pouvant bloquer l'horrible lumière passant à travers la fenêtre lui aurait convenu.

Il appuya ses mains sur sa tête et libéra une petite quantité d'énergie guérisseuse. Une douleur intense éclata en lui et il roula sur le côté alors que son estomac se rebellait. La créature était prête pour lui. Un petit seau fut rapidement poussé sous lui lorsqu'il rendit le contenu de son estomac. Après plusieurs longues minutes, il roula à nouveau sur le lit et se couvrit les yeux du bras gauche.

— Où suis-je ? demanda-t-il d'une voix rauque avant de se rappeler d'Emma. Où est ma compagne ? exigea-t-il en s'efforçant de se redresser.

— *Chumba mi tai nee*, dit la créature en revenant vers Ha'ven pour lui mettre une tasse dans la main cette fois. *Chumba mi tai nee*, répéta la créature avant de lui faire signe de boire.

Ha'ven renifla le liquide avec méfiance avant de boire une petite gorgée. Il commença à cracher l'horrible liquide mais la créature leva son bâton vers lui et répéta à nouveau la phrase... d'une voix plus sévère cette fois.

Ha'ven lança un regard noir à la créature avant de boire le contenu cul-sec. Le goût infect le fit grimacer avant qu'il ne pose la tasse et ne s'essuie la bouche du revers de la main. Il s'arrêta, surpris, quand il réalisa que sa tête ne le faisait plus souffrir.

— Où est Emma ? Ma compagne, dit lentement Ha'ven.

— Ta compagne va bien. Les femmes l'ont emmenée à la rivière pour qu'elle se lave, répondit la voix bourrue.

Ha'ven fixa la vieille créature qui se rasseyait dans une chaise basse. Il savait qui il était. Il l'avait rencontré deux fois auparavant. Une fois durant la Grande Guerre et l'autre fois après que son père… Hermon ait été assassiné. Le mâle âgé était venu lui rendre hommage.

Les Monikers contrôlaient les opérations minières sur l'énorme planète rouge sous leur petite lune. Ils protégeaient farouchement leur lune et vivaient dans une étonnante simplicité malgré leur système de commerce avancé. Leur monde était si isolé que seuls les cargos venant récupérer les minerais se rendaient aussi loin.

— Je vous remercie de votre aide, Saba Monda, dit poliment Ha'ven. Je n'ai pas eu l'occasion de beaucoup vous parler à la… cérémonie de décès de mon père.

Un rire rauque emplit la petite hutte. Saba Monda était l'Ancien Chef des Monikers, une espèce de grandes créatures recouvertes de fourrure qui faisaient presque un mètre quatre-vingt-deux. La fourrure des jeunes mâles étaient généralement noire, marron ou rousse tandis que celle des mâles âgés était argentée ou blanche. C'était pareil pour les femelles. Ils portaient des tuniques aux couleurs vives la plupart du temps, sauf quand ils chassaient. Alors, ils préféraient retirer leurs vêtements afin de pouvoir se déplacer plus librement dans les immenses forêts qui recouvraient la lune.

De nombreux jeunes mâles passaient du temps dans les mines de la planète rouge. Il était dit que cela forgeait le caractère et la force des mâles. Ceux qui étaient forts parvenaient à trouver de nombreuses compagnes parmi les femelles qui régnaient sur les douzaines de villages éparpillés sur la lune.

— Un long voyage t'attend, jeune prince des Curizans, dit Saba Monda. Ta compagne est très acharnée et protectrice envers toi. Mes épouses l'apprécient. Tu dois bien la traiter ou alors elles seront contrariées.

— Je ne me rappelle pas vraiment de ce qu'il s'est passé après que nous ayons pénétrés le territoire curizan, admit Ha'ven. Je dois contacter mes frères et leur dire où nous nous trouvons.

— Viens, je vais te montrer ton véhicule, non pas que cela te sera très utile, jeune prince, répondit Saba Monda, se levant et se passant une main sur le torse.

Ha'ven hocha la tête et se leva. Il s'arrêta en fronçant les sourcils quand il fut pris de vertiges. Il ne se rappelait pas s'être un jour senti aussi faible, pas même durant sa captivité quand Aria et ses compères traîtres le torturaient à tour de rôle. La colère lui avait alors donné la force nécessaire pour survivre.

— Emma, commença à dire Ha'ven en faisant un pas hésitant en avant.

Saba Monda jeta un coup d'œil par-dessus son épaule.

— Mes épouses ont pris ta petite compagne sous leur aile. Cela fait des cycles qu'elles n'ont pas eu l'occasion d'être aux petits soins d'une femelle. Laisse-leur ce plaisir en guise de payement, insista-t-il avec un sourire espiègle. Quand elles sont heureuses, je suis heureux.

Ha'ven eut l'air dubitatif l'espace d'un instant avant de réaliser qu'il n'obtiendrait rien d'autre du vieil homme. Il mit plusieurs minutes à se sentir capable de marcher et parler en même temps. Son objectif principal était de ne pas tomber par terre la tête la première. Il baissa la tête en sortant de la petite hutte mais dût s'arrêter et saisir le chambranle jusqu'à ce que sa tête cesse à nouveau de tourner.

Ses yeux scannèrent les activités grouillant autour de lui. Des jeunes enfants de tout âge couraient et jouaient. Des jeunes femmes se déplaçaient tout en riant, parlant et travaillant à différentes tâches tandis que les femmes plus âgées étaient assises à discuter, et à regarder et s'occuper des jeunes.

— Avez-vous reçu la cargaison de nouveaux équipements pour l'extraction minière ? demanda poliment Ha'ven alors que ses yeux continuaient de chercher Emma tandis qu'il avançait à travers le petit village.

Saba Monda hocha la tête tout en donnant une petite tape à un jeune garçon qui courut vers lui.

— Oui. Ils ont amélioré le rendement. Harron dit qu'ils sont maintenant capables d'atteindre des filons de minerais qu'ils étaient incapables d'atteindre auparavant. Les lasers sont bien plus sûrs et consomment moins d'énergie que le forage à eau qui était utilisé auparavant. Je crois que l'un de tes frères a aidé à concevoir cette méthode.

— Flèche travaille avec les ingénieurs pour en créer pour un des camps d'extraction minière situés sur un astéroïde. Il apprécie que vous ayez accepté d'essayer le prototype, répondit Ha'ven alors qu'ils avançaient le long d'un sentier étroit.

— Il sera intéressant de voir ce que feront les Antrox quand ils découvriront cela, répondit Saba Monda avec une pointe d'humour. Nous avons une rivalité tacite avec eux. Ils ont essayé à plusieurs reprises d'envoyer des mercenaires capturer nos mâles. Aucune autre espèce, pas même les Antrox, n'est capable de se déplacer et de travailler dans une mine comme les Monikers. On a volé quelques-uns de leurs pactors. Ils travaillent mieux dans les mines que les tuskus, ajouta-t-il tout en faisant un signe de tête vers plusieurs silhouettes sombres devant lesquelles ils passèrent.

Ha'ven regarda les grandes créatures velues qui se déplaçaient comme au ralenti à travers l'épais feuillage. Une des bêtes leva la tête et frotta la grosse corne au milieu de son chanfrein contre l'écorce d'un des arbres. Un épais essaim d'insectes jaillit de la profonde entaille. Plusieurs jeunes tuskus se précipitèrent et se mirent à laper l'essaim de leur longue langue tandis que l'adulte se dirigeait vers un autre arbre.

— Je ne savais pas que vous avez été attaqués. Aucun message n'a été envoyé. Je peux ordonner que la sécurité soit renforcée dans cette région si vous le souhaitez, répondit Ha'ven.

Saba Monda émit un petit rire lorsqu'ils sortirent de la forêt et se retrouvèrent sur une large plage recouverte de galets. Le grand lac à l'eau cristalline s'étalait devant eux. Seul le nez du véhicule dépassait de l'eau. Saba Monda regarda Ha'ven et secoua la tête.

— Je crois que tu vas avoir besoin d'un nouveau véhicule, dit-il avec un sourire.

~

Ha'ven fixa d'un air sombre les restes du véhicule élancé. Il se demanda comment diable Emma était parvenue à l'en sortir. Il se rapprocha du bord de l'eau et en fixa les restes dans l'ombre. Il était possible qu'il puisse le réparer avec les bons outils, mais il devrait d'abord le sortir de l'eau.

— Pensez-vous que les tuskus puissent le tirer hors de l'eau ? demanda Ha'ven. J'ai besoin d'évaluer les dégâts.

Saba Monda pencha la tête et regarda la forme sombre. Il resta silencieux plusieurs longues minutes alors qu'il calculait la taille et le poids. Il finit par hocher lentement la tête.

— Oui, répondit-il. Ça ne sera pas facile, mais nous devrions être capable de le tirer sur la plage. Je vais requérir de la main d'œuvre supplémentaire.

Il leva les yeux vers le ciel qui commençait à s'assombrir.

— Nous commencerons demain à la première heure.

— Avez-vous une console de communication que je peux utiliser ? Je dois contacter mes frères, demanda Ha'ven en se tournant pour regarder Saba Monda.

— Bien sûr, répondit le mâle âgé en se retournant en direction du sentier qu'ils avaient quitté voilà seulement quelques minutes.

Ha'ven s'arrêta, regardant à nouveau le véhicule immergé.

— Comment m'en a-t-elle sorti ? se demanda-t-il à voix haute.

— Demande-lui de partager son histoire ce soir durant le dîner, suggéra Saba Monda. Mes épouses sont très impressionnées par sa détermination. Je leur ai demandé si elles auraient fait la même chose pour moi, dit-il en riant. Seule Olla a dit non. Je l'ai fâchée quand je n'ai pas complimenté son dessert. Je suis toujours en train d'essayer de la faire me pardonner, ajouta-t-il, une étincelle dans les yeux.

— Je dois voir ma compagne, dit soudainement Ha'ven.

Il avait un besoin urgent de la toucher, d'entendre sa voix et de voir de lui-même qu'elle allait bien. Il avait essayé de l'atteindre, mais une douleur atroce irradiait dans sa tête à chaque fois qu'il essayait de toucher l'énergie au plus profond de lui. La nausée lui retourna l'estomac quand il pensa à quel point il était pour le moment incapable de protéger Emma. Il ne pouvait qu'espérer que Kejon ne savait pas où ils se trouvaient.

16

*E*mma rit tout en barbottant dans l'eau avec les autres femmes et les enfants. Elle avait été mortifiée quand ils l'avaient amenée à la rivière pour la première fois. Plusieurs sources chaudes se déversaient dans des formations rocheuses et formaient de grands bassins d'eau chaude et bouillonnante. De petits groupes de femmes de différents âges jouaient avec de jeunes enfants qui criaient et se pourchassaient.

Elle comprenait à présent que Saba Monda avait quatre épouses : Sebra, Telmay, Olla et Pollamay. Sebra était l'épouse en chef car elle était la plus âgée, suivie par Telmay, Olla, et la plus jeune, Pollamay, dont le corps arrondi par son premier enfant était encore recouvert de poils d'une douce couleur sable. Les quatre femmes avaient fini par la forcer à quitter le chevet de Ha'ven auprès duquel elle était restée pendant deux jours.

Elle avait été terrifiée quand les étranges créatures s'étaient approchées d'elle pour la première fois. Elle avait frénétiquement fouillé la plage à la recherche d'un genre d'arme. Elle avait finalement saisi un gros morceau de bois flotté et l'avait tenu comme une batte de base-ball alors qu'elles s'approchaient.

Elle avait été choquée quand la femelle aux poils argentés qui s'était avérée être Sebra avait gloussé après qu'elle leur ait grogné de ne pas s'approcher. Sebra avait fait signe aux autres de rester en arrière tandis que Saba Monda et elle s'étaient rapprochés d'Emma qui se tenait dans une posture protectrice au-dessus du corps recroquevillé de Ha'ven. Sebra avait penché la tête avant de parler d'une petite voix rauque.

— Nous ne ferons aucun mal au jeune prince, avait-elle dit calmement. Tu es une féroce guerrière bien que tu sois si petite.

— Vous… vous le connaissez ? avait demandé Emma d'un ton hésitant.

— Bien sûr, avait répondu Saba Monda. Il est le prince des Curizans, Ha'ven Ha'darra.

— Mon époux a rencontré le jeune prince par le passé, avait commenté Sebra. Il est blessé.

Emma avait été choquée quand Sebra s'était retournée pour aboyer plusieurs ordres brefs. En quelques secondes, un petit groupe de femmes avait émergé des forêts. Plusieurs d'entre elles portaient un grand brancard. Sebra avait touché Emma quand les femmes s'étaient approchées et l'avait doucement tiré sur le côté afin qu'une femme plus âgée puisse examiner les blessures de Ha'ven.

Au bout de plusieurs longues minutes, la femme âgée s'était levée et avait fait signe à un groupe de femelles plus jeunes. Emma avait regardé deux femelles ouvrir le brancard et le poser sur le sol à côté de Ha'ven. Six femelles aux poils noirs et marron s'étaient rassemblées autour du corps immobile de Ha'ven. Elles s'étaient penchées toutes en même temps et l'avait délicatement mis sur le brancard. Une fois qu'il y fut installé, elles l'avaient soulevé et avaient commencé à repartir en direction des forêts.

— Où… quoi ? avait commencé à protester Emma.

Saba Monda était venu se placer à sa gauche tandis que Sebra était allée à sa droite. Sebra avait tendu la main et touché les cheveux blonds d'Emma avec un sourire rassurant. Emma les avait regardés tous les deux plusieurs fois avant de laisser tomber le bâton qu'elle avait à la main quand une vague de fatigue l'avait soudainement traversée.

— Il guérira, avait dit la femme âgée en venant se placer devant Emma. Celle-ci aussi a besoin de se reposer, avait-elle dit en touchant une petite bosse sur le front d'Emma dont cette dernière ignorait l'existence.

— Vous en êtes sûre ? avait demandé Emma en regardant d'un air inquiet en direction de là où les femmes avaient disparu avec Ha'ven. Vous êtes sûre qu'il se remettra ?

— Oui, avait doucement reniflé la vieille femme en réponse aux doutes qu'avait émis Emma quant à son diagnostic avant de se retourner.

Elle n'avait que de vagues souvenirs du voyage retour. Emma avait chancelé un moment quand elle avait essayé d'avancer. Sebra l'avait prise par la taille et était rapidement montée sur l'une des grosses créatures qu'ils chevauchaient. Emma s'était accrochée à la fourrure avec terreur quand elle s'était tournée pour suivre les autres le long du large sentier. Une brève pensée lui avait traversé l'esprit alors que la forêt s'était refermée autour d'eux. Elle s'était demandé quelles autres choses étranges pourraient bien se produire.

— Attrape-moi ! cria une petite voix.

Emma eut à peine le temps de lever les bras pour attraper la petite boule de poils marron qui fendit l'air. Elle rit quand les bras fins s'enroulèrent autour de son cou. Elle avait été embarrassée quand elle avait découvert qu'elles l'avaient amenée à la rivière pour qu'elle se lave.

Elle avait d'abord refusé de retirer ses vêtements mais Pollamay avait ri et commencé à danser autour d'elle tout en tirant sur ses vêtements. Les autres s'étaient rapidement jointes à elle et une Emma au visage très rouge s'était retrouvée sous le soleil avec rien d'autre que ses cheveux et ses mains pour se couvrir. Les femmes avaient rapidement retiré leurs habits et étaient entrées dans les petits bassins d'eau chaude où elles s'éclaboussèrent et se taquinèrent.

Emma les avait rejointes à contrecœur et avait rapidement oublié sa propre nudité quand les enfants étaient venus voir si elle voulait bien jouer avec eux.

— Qu'est-ce qui est arrivé à tes poils ? demanda Beta en touchant le visage d'Emma. Ça a été douloureux quand tu les as perdus ?

Emma mordilla les doigts de la petite fille.

— Je n'ai pas de poils comme vous. J'en ai une légère couche sur les bras et sur les jambes si je veux. Les femelles humaines ont en général des poils uniquement sur la tête et on appelle ça des cheveux, expliqua-t-elle tout en berçant Beta dans ses bras.

— Tu en as d'autres plus bas, répondit Beta en regardant Emma d'un air perplexe.

Emma rougit lorsqu'Olla émit un petit rire.

— Beta, va jouer avec tes sœurs et laisse la pauvre femelle tranquille. Tu as encore rendu son visage rouge.

— Je suis désolée si j'ai rendu ton visage rouge, dit Beta en regardant Emma avec de grands yeux foncés avant de frotter son nez affectueusement contre sa joue. Je trouve que tu es belle même si tu n'as pas beaucoup de poils, murmura-t-elle avant de descendre des genoux d'Emma pour aller trouver ses sœurs aînées.

Les yeux d'Emma s'emplirent de larme et sa main vint toucher l'endroit où Beta avait frotté son nez. De la chaleur l'envahit, faisant fondre les vestiges de la glace dont elle avait entouré son cœur depuis qu'elle avait été kidnappée et que son monde avait changé. Elle regarda Olla qui était assise en face d'elle, un petit sourire sur son visage grisonnant.

— Beta a raison, dit Olla. Tu es d'une couleur insolite. Même sans poils, je pense que nos mâles te trouveraient attirante. Si tu veux, je peux…

— Non, tu ne peux pas, l'interrompit Ha'ven qui se tenait près du bord du bassin d'eau claire. Elle a déjà été revendiquée.

— Ha'ven, dit Emma en levant les yeux, surprise. Tu t'es réveillé.

— Oui.

Emma n'entendit pas Olla sortir silencieusement du bassin. Ses yeux étaient rivés à l'homme qui était devenu le centre de son monde. Ses yeux le parcourent avidement.

Sebra et Saba Monda avaient tous les deux insisté sur le fait qu'il dormait simplement d'un sommeil guérisseur. Elle n'était allée à la rivière qu'après que les femmes aient insisté et que Saba Monda ait promis qu'il resterait avec Ha'ven jusqu'à ce qu'elle revienne.

— Je...

Elle rougit quand elle se rendit compte qu'elle était nue. Elle jeta un coup d'œil aux alentours et réalisa qu'ils étaient seuls tout à coup.

— Où ont disparu les autres ?

Ha'ven tira sa chemise par-dessus sa tête.

— Je crois que Sebra leur a fait savoir qu'on a besoin d'être seuls. On les rejoindra plus tard, ajouta-t-il tandis que ses mains se dirigeaient vers le devant de son pantalon.

— Pourquoi tu ne fais pas le truc où tu agites ta main ? demanda Emma, à bout de souffle.

Les yeux de Ha'ven s'assombrirent quand elle s'humecta les lèvres. Son corps se tendit lorsqu'il le sentit répondre à son invitation involontaire. Il retira ses bottes d'un coup de pied avant de baisser son pantalon et de le retirer.

— Il semblerait que je doive faire les choses un peu plus lentement pour un petit moment, répondit-il avec un sourire tout en regardant ses yeux s'écarquiller face à son excitation. Agir de cette façon a aussi quelques avantages.

Emma ouvrit la bouche pour répondre mais rien n'en sortit alors qu'il montait avec légèreté sur la roche lisse qui entourait le bassin avant d'entrer dans l'eau chaude et tourbillonnante. Elle se leva pour venir à sa rencontre, ses mains glissant le long de son torse et sa bouche cherchant la sienne alors qu'il descendait.

Elle enroula ses bras et ses jambes autour de lui, l'embrassant éperdument tandis que toutes ses peurs et inquiétudes disparurent à son contact. Ses doigts vinrent s'emmêler dans les cheveux de son compagnon.

— Ne refais..., murmura-t-elle fougueusement. Plus... jamais ça.

Ha'ven gémit lorsque ses bras se resserrèrent autour d'elle, l'attirant contre son torse. Il l'embrassa comme un homme mourant à qui l'on avait donné une seconde chance à la vie. Ses mains parcourent sa silhouette gracile. Plus il la touchait, plus il avait besoin de la toucher. Une sensation écrasante de soulagement le laissa à bout de souffle alors qu'il enfouissait son visage dans son épaule.

— Je ne peux pas vivre sans toi, ma Emma, murmura-t-il. La simple pensée que tu sois en danger a failli me détruire. La seule chose à laquelle je pouvais penser était te mettre en sécurité.

Emma emmêla ses doigts dans ses cheveux et le serra contre elle quand elle entendit le désespoir derrière ses paroles. Il avait promis de la protéger. Il l'avait fait, mais presque au prix de sa propre vie.

— Tu as promis de me protéger et tu l'as fait, murmura-t-elle, pressant ses lèvres contre le côté de sa tête avant de s'éloigner assez pour pouvoir le regarder dans les yeux. Mais ce que tu as fait, quoi que c'était, t'a fait du mal. Je pouvais le sentir. Tu dois me promettre de ne jamais refaire ça.

— Emma…, commença Ha'ven avant que sa voix ne meure quand elle vint écraser ses lèvres contre les siennes pour réduire sa protestation au silence.

Ha'ven avait attendu impatiemment alors que Saba Monda avait pris son temps en marchant le long du sentier menant au village. Le besoin de voir Emma avait grandi en lui jusqu'à devenir un désir insupportable. Il avait poussé un soupir de soulagement quand le village était entré dans son champ de vision. Il s'était tourné et avait ouvert la bouche pour demander à Saba Monda où se trouvait la rivière seulement pour voir les yeux de ce dernier pétiller alors qu'il montrait du doigt un sentier sur la droite.

Ha'ven avait incliné la tête en signe d'appréciation avant de s'élancer à grandes enjambées en direction du sentier. Il s'était mis à courir dès l'instant où il avait été sûr que personne dans le village ne pourrait le voir. Il avait dû s'arrêter à maintes reprises pour laisser passer de petits groupes de femmes et d'enfants qui revenaient de leur bain. Les femmes avaient ri et avaient chassé les enfants sur le côté quand ils étaient venus l'encercler. Il avait hoché la tête avant de les contourner rapidement.

Quand il eut atteint la rivière, ses yeux avaient été immédiatement attirés par les cheveux clairs d'Emma. Ils brillaient de mèches changeantes d'or, de blanc et de jaune dans la faible lumière de la fin d'après-midi. Son aura brillait des pâles jaunes, roses et violets qu'il avait appris à chercher. Même de loin, il avait pu voir les traces de noir, d'or et de rouges de sa propre aura entremêlées dans la sienne.

Plusieurs des femmes lui avaient adressé un sourire compréhensif mais il avait ignoré tout le monde excepté Emma. Elle avait un jeune enfant dans les bras. Une douce chaleur avait illuminé ses yeux alors qu'elle était en train d'écouter ce que lui disait l'enfant. Peu importe ce qu'avait dit la petite fille, cela avait fait monter une couleur rose aux joues pâles de sa compagne. Il avait regardé des larmes emplir ses yeux alors que l'enfant avait effleuré sa joue de son nez avant de sortir rapidement du bassin pour rejoindre plusieurs filles plus âgées.

Il n'avait pas pu retenir l'instinct de possessivité et la jalousie qui l'avaient envahi quand il avait entendu Olla lui offrir de lui trouver un compagnon. Une fureur ardente l'avait traversé à l'idée d'un autre mâle touchant sa compagne. L'étincelle espiègle dans les yeux d'Olla lui avait fait comprendre qu'elle savait qu'il était là et qu'il écoutait.

C'était quand Emma avait levé les yeux vers lui qu'il avait eu le souffle coupé. La chaleur d'auparavant n'était rien comparée au brasier qui s'y trouvait alors qu'elle le regardait dans les yeux. Il avait eu l'impression de fondre sous le sort qu'elle lui jetait.

Il prenait à présent une profonde inspiration tout en faisant glisser ses mains le long du corps d'Emma pour venir lui tenir les hanches. Il se déplaça assez pour l'aligner avec sa verge lancinante. D'un mouvement rapide, il se souleva et l'empala alors qu'il la faisait descendre sur son membre épais. Son cri sonore fit bouillir encore plus son sang. Il la tint fermement par les hanches tandis qu'il faisait des va-et-vient. Le besoin de la revendiquer, d'imprimer pour toujours sa marque sur elle le tenait fermement dans ses affres.

— Par la déesse, Emma, gémit-il quand il sentit ses testicules se tendre. Je ne comprends pas ces émotions, mais je ne peux jamais te perdre.

Emma gémit quand le bout de ses tétons vint effleurer son large torse. À chaque fois qu'il poussait vers le haut, ils frottaient contre lui jusqu'à ce qu'elle soit prête à crier tant ils étaient sensibles. Ses doigts se serrèrent fermement sur son épaule. Ses ongles y laissèrent de petits croissants alors que les sensations en elle grandissaient.

— Ha'ven, cria-t-elle quand son corps vola soudainement en éclats autour du sien. Je t'aime, murmura-t-elle d'une voix rauque, sa tête tombant en avant afin qu'elle puisse le regarder dans les yeux.

— Emma, grogna-t-il de façon sonore lorsque son corps se tendit avant d'exploser en elle.

Il la regarda droit dans les yeux alors qu'il la remplissait, soutenant son regard du sien, tout aussi ardent. Il sentit l'énergie de son essence essayer de l'atteindre. Alors même que la douleur s'enflamma brièvement en lui quand elle tenta de l'atteindre, l'essence de sa compagne vint s'enrouler autour de la sienne, le calmant.

Il réalisa alors qu'il comprenait ce qui lui arrivait. Il était en train… il était tombé amoureux de sa petite compagne. Il était subjugué par le choc quand il se sentit comme aspiré par la tendre chaleur de ses yeux bleus. Il sentit la noirceur à l'intérieur de son âme s'ouvrir à la chaleur guérisseuse de son amour. Sa main se leva et il toucha tendrement sa joue de ses doigts. Il traça la courbe de son visage jusqu'à ce qu'il atteigne ses lèvres. Il se pencha en avant, ne s'arrêtant qu'à quelques millimètres.

— Je… je t'aime, ma Emma, dit-il d'une voix secouée. Je t'aime.

— Je sais, murmura-t-elle tendrement avant de combler la distance entre eux.

Ha'ven ferma les yeux quand ses lèvres chaudes touchèrent les siennes. Il enroula ses bras fermement autour d'elle, approfondissant le baiser. Il était amoureux ! La petite Humaine avait fait quelque chose qu'aucune autre femme n'avait jamais fait… elle avait capturé son cœur. Il comprit tout à coup ce qu'avaient Creon et Vox. Il

comprit pourquoi ils étaient si protecteurs, si possessifs, si complètement bouleversés.

Ça va vraiment craindre quand je vais leur dire qu'ils avaient raison,
pensa-t-il brièvement avant de se perdre une fois de plus dans
l'étreinte d'Emma.

17

*H*a'ven regarda Emma rougir et rire alors qu'elle touchait du doigt la belle robe qu'elle portait plus tard ce soir-là. Sebra et les autres épouses de Saba Monda lui avaient subtilisé Emma quand ils étaient rentrés au village. Elles avaient soutenu qu'elle avait besoin d'être préparée correctement pour la cérémonie de la soirée. Quand elle avait demandé l'occasion de la cérémonie, elles l'avaient informée que c'était la cérémonie d'union des mains des nouveaux couples. Les jeunes femmes auraient une chance de choisir un mâle célibataire pour leur hutte.

Les hommes avaient taquiné Ha'ven quand il avait grommelé alors que les femmes emmenaient Emma. Bien que cela lui avait donné une chance de contacter Adalard et Flèche, il n'aimait pas qu'elle soit hors de son champ de vision. Ses frères l'avaient averti que Kejon n'était pas loin et qu'il devait rester sur ses gardes au cas où il le trouve avant qu'ils n'arrivent. Adalard avait dit qu'ils étaient en route mais qu'ils mettraient au moins un jour et demi à arriver.

À présent, les yeux de Ha'ven dévoraient Emma alors qu'elle était amenée devant lui. Un sourire possessif et satisfait se dessina sur ses lèvres quand ses joues prirent une teinte rouge chaleureuse lorsqu'elle vit l'expression dans ses yeux. Il aimait assurément ce que les femmes lui avaient fait.

— Tu as bien choisi, jeune prince, dit Saba Monda en regardant les femmes passer devant eux.

Ses yeux s'illuminèrent de fierté et de désir quand ses épouses formèrent un demi-cercle autour d'Emma.

— Peut-être auras-tu de la chance et elle te choisira ce soir.

Ha'ven jeta un rapide coup d'œil au mâle aux poils argentés avant que son regard ne se repose sur sa compagne.

— Que voulez-vous dire par elle me choisira ? Elle l'a déjà fait, marmonna-t-il, les sourcils froncés.

Saba Monda émit un petit rire et secoua la tête.

— Sur ton monde peut-être.

Il s'arrêta l'espace d'un instant, se penchant en arrière, avant de continuer.

— Mais tu n'es pas sur ton monde, n'est-ce pas ? finit-il avec un sourire. Ce soir, les femmes peuvent choisir parmi les nouveaux mâles qui sont revenus de la Planète Rouge. Les mâles feront tout leur possible pour attirer l'attention des femelles. Si les regards que ta compagne reçoit sont une quelconque indication, je crois que tu vas avoir de la compétition pour son affection.

— Quoi ?! grogna Ha'ven en parcourant le large cercle du regard.

Comme il pouvait s'y attendre, plusieurs des immenses mâles monikers étudiaient Emma d'un air intéressé. Ha'ven fut submergé par la rage quand un des mâles se leva et contracta les bras pour montrer les muscles de ses bras et de son torse avant de faire glisser sa main le long de la douce fourrure de poils marron foncé qui recouvrait son ventre plat.

Ses yeux se dirigèrent vers Emma quand il l'entendit glousser. Elle observait le mâle alors que Telmay lui murmurait quelque chose à l'oreille. Elle secoua la tête avant de se tourner pour le regarder à nouveau. Un sourire nerveux lui tira le coin des lèvres avant qu'elle détourne timidement le regard quand les femmes la firent passer devant lui. Ses yeux la suivirent alors que Sebra la guidait vers un petit groupe de femelles qui riaient et regardaient les mâles.

— Oui, dit Saba Monda avec un petit rire ravi. Je crois bien que tu vas avoir un peu de compétition.

— Mais bien sûr, cracha Ha'ven en jetant un regard d'avertissement au mâle qui se rassit en souriant. J'éviscèrerai son cul poilu avant de le laisser toucher ma Emma.

Il entendit vaguement un rire alors qu'il fixa Emma de façon possessive. Énergie ou non, il combattrait quiconque songerait à lui enlever sa magnifique compagne.

Emma avait été ébahie plus tôt quand Telmay et Olla lui avait montré la tenue colorée et tissée qu'elle portait à présent. Pollamay et Sebra s'étaient occupées de ses cheveux, y ajoutant des fleurs alors qu'elles les tressaient autour de sa tête, ne laissant que quelques longues boucles encadrer son visage. Des sandales délicatement tressées avaient été glissées à ses pieds et Pollamay lui avait montré comment enrouler la robe autour d'elle. Olla avait créé une belle broche ayant la forme d'oiseaux en plein vol. Elle avait expliqué qu'elle représentait une espèce qui se mettait en couple pour la vie et qu'il était dit qu'elle portait bonheur à la personne qui la portait.

— Et maintenant une touche d'huile de baie pour rendre tes lèvres rouges et brillantes, l'avait taquinée Sebra. Non pas qu'elle restera longtemps si le jeune prince obtient ce qu'il veut.

Elle rit et rougit quand le petit groupe de femmes avec qui elle était assise la taquina à propos de quel mâle elle devrait choisir. Elle secoua la tête alors qu'elles continuaient d'empiler de la nourriture dans son assiette en lui disant qu'elle aurait besoin de force cette nuit-là après la cérémonie. Emma se tourna et regarda la jeune femelle aux poils brun foncé assise à côté d'elle quand elle toucha les boucles blondes d'un air émerveillé avant de soupirer bruyamment.

— Crom veut que tu le choisisses, dit Melda en soupirant à nouveau. Tu as vu la façon dont il s'est pavané devant toi ?

— Crom ? demanda Emma en regardant dans la direction que Melda fixait.

Ses yeux s'écarquillèrent quand elle vit l'immense mâle qui s'était levé quand elle était passé devant lui la fixer.

— Pourquoi est-ce qu'il me fixe ?

Sebra, qui restait à côté d'Emma, rit.

— Tes poils le fascinent, y compris le fait que tu en as peu. Je l'ai entendu dire à un autre mâle qu'il voulait voir si tu étais aussi douce que tu en as l'air.

Emma rougit et regarda Ha'ven qui était assis. Elle avait essayé de ne pas le fixer toute la soirée, mais c'était très difficile, en particulier après ce qu'ils avaient partagé plus tôt à la rivière. La seule chose qu'elle voulait, c'était à nouveau être dans ses bras. Elle se sentait en sécurité quand il l'étreignait.

Elle prit une inspiration surprise quand elle vit l'expression ardente dans ses yeux. Elle fut aussi surprise par la pointe de colère qu'elle y vit. Ses doigts montèrent pour jouer nerveusement avec une fleur au bout de l'une de ses tresses.

Elle sursauta légèrement quand Sebra lui toucha le bras.

— Maintenant, il est temps pour les femmes de faire désirer à l'un des hommes de leur appartenir. Regarde, murmura-t-elle.

Emma se tourna sur son siège pour regarder Melda et deux autres femmes se lever et se diriger vers le centre de la salle du dîner. Chacune se tint dans une zone différente. Sa bouche s'ouvrit de ravissement quand elle entendit les faibles accords de musique en arrière-plan. Elle regarda les femmes se mettre à bouger. Ses yeux suivirent les mouvements de chaque danseuse, hypnotisés alors qu'elles se tordaient et tournaient dans une danse complexe. Elle suivait mentalement leurs mouvements alors que des mots glissaient au rythme de la musique qui était jouée. Son propre corps répondait à la musique. Son cœur s'ouvrit comme une fleur fanée qui voyait enfin le soleil après avoir été gardée trop longtemps dans l'obscurité.

Elle se balança sur son siège, un profond désir de se joindre aux femmes la traversant lorsque la musique mourut tout à coup. Elle regarda deux hommes se lever et s'approcher des trois femmes. Melda les regarda d'un air critique avant de diriger son regard vers Crom qui restait assis.

Elle regarda à nouveau les deux hommes qui posaient pour les autres femmes et elle. Elle grogna quelque chose aux femmes avant de hocher brièvement la tête. Emma se mordit la lèvre alors que les femmes marchaient autour de chaque mâle en les évaluant. Sa bouche s'ouvrit béante quand Melda toucha non seulement les fesses de chaque mâle, mais saisit aussi leur entrejambe dans sa main. Ses yeux volèrent en direction de Ha'ven qui la regardait.

Emma se força à détourner le regard quand elle entendit un grognement bas. Un frisson la parcourut lorsqu'elle vit que Crom la regardait lui aussi. Il était évident qu'il attendait qu'elle aille danser.

— Ton jeune prince va devoir travailler pour t'obtenir, dit Sebra avec une pointe de satisfaction dans la voix. Com va le mettre au défi.

— Tu n'es pas obligée d'avoir l'air aussi heureuse, se plaignit Emma. Je ne veux pas de Crom. Je ne veux que Ha'ven.

Sebra gloussa.

— Un petit peu de compétition fera du bien à ton jeune prince. Ça le fera rester sur ses gardes et il ne sera que plus excité de savoir qu'un autre mâle te désire.

Emma fusilla Sebra du regard un moment avant de pencher la tête d'un air curieux.

— Comment gères-tu le fait de partager Saba Monda avec d'autres femelles ? demanda-t-elle.

— Je suis très heureuse, répondit Sebra en souriant. Saba Monda est un mâle très excité. Je n'arriverais jamais à faire quoi que ce soit si je devais le satisfaire seule.

— C'est plus d'informations que ce que j'avais besoin de savoir, Sebra, grimaça Emma. J'aurais dû me douter qu'il valait mieux ne pas demander.

Elle ignora Sebra quand elle répondit en éclatant de rire.

Emma se tourna alors que les trois femmes emmenaient l'un des hommes. Le jeune mâle qui n'avait pas été choisi sourit et retourna à son siège. Emma regarda deux autres femmes se lever et se diriger vers le centre de la salle du dîner. À maintes reprises durant l'heure qui suivit, les femmes autour d'elle se levèrent pour aller danser pour les hommes. Il n'y eu bientôt plus que deux autres femmes et elle à leur table.

— À ton tour maintenant, murmura Sebra.

— Mais, dit Emma en regardant la femme âgée d'un air paniqué. Je ne veux pas danser avec les autres femmes ! Et si elles dansent avec moi et choisissent un mâle ? Je ne veux pas...

Ses yeux se dirigèrent vers Ha'ven qui était assis dans une immobilité parfaite, ses yeux rivés à elle.

— Il ne reste que deux mâles, dit Sebra. Tu danseras seule pour eux.

Les yeux d'Emma se posèrent sur Crom, qui était assis à la regarder avec un désir brûlant, avant de se diriger vers Ha'ven. La détermination confiante dans ses yeux la calma. Il avait promis de la protéger. Il ne laisserait jamais un autre mâle la lui enlever.

Elle se leva sur des jambes tremblantes. Elle se dirigea vers le petit groupe de musiciens et leur parla à voix basse pendant plusieurs minutes avant de se diriger vers la zone au centre de la salle du dîner réservée aux danseuses. Fermant les yeux, elle leva un bras au-dessus de sa tête tandis que l'autre s'incurvait gracieusement derrière elle.

Elle laissa la musique la submerger quand elle commença. La beauté des notes se déversa dans son sang, réveillant la magie au plus profond d'elle. Un doux sourire se dessina sur ses lèvres alors qu'elle s'imaginait de retour au studio de danse avec son père ; ses bras la guidant tandis qu'elle faisait les premiers pas en hésitant.

Ses bras se déplacèrent en un arc gracieux alors qu'elle tournait. Elle flotta en cercle, perdue dans la beauté de ses souvenirs et de la musique. Sa voix s'y mêla peu après, les magnifiques tons clairs s'élevant et retombant comme les vagues léchant les rives du lac. Sincères et purs, les sons submergèrent les gens assis autour du cercle alors qu'elle dansait, les subjuguant par la beauté de ses paroles et de ses mouvements.

18

Ha'ven était assis, sous le charme de la vision qui s'offrait à lui. Il était captivé par la magie de la beauté de sa voix et de la grâce des mouvements parfaitement synchronisés de son corps. Son aura tourbillonnait autour d'elle et faisait briller son corps des couleurs délicates qui lui étaient uniques. Cela créait un effet qui n'était que pure magie dans sa forme la plus puissante et sa propre énergie, aussi drainée qu'elle soit, luttait pour répondre à l'appel de sa compagne.

Incapable de résister quand elle s'éleva, son dos élégamment arqué, sa jambe levée et pliée derrière elle et ses bras tendus vers le ciel étoilé, il la rejoignit. Bougeant comme s'il était en transe, il la prit délicatement par sa taille fine et la souleva. Dès l'instant où il la toucha, son énergie s'éleva pour venir se mêler à la sienne.

Il sentit les faibles filaments se prendre et être maintenus dans la chaleur de son essence. Ils ne faisaient plus qu'un alors qu'ils se déplaçaient au rythme de la musique. Ha'ven ne la lâcha à aucun moment. Ses mains ou son corps touchaient une partie du sien tandis qu'ils dansaient autour du cercle, oublieux de tout le monde à part eux deux.

Ha'ven regarda les yeux d'Emma s'ouvrir doucement alors qu'elle tournait lentement dans ses bras et que la musique diminuait derrière eux. Elle était... prise au piège dans ses bras. Les mains d'Emma reposaient légèrement sur ses épaules alors qu'elle le regardait.

Un amour irrésistible l'envahit tandis qu'il s'enfonçait plus profondément dans les océans bleus de ses yeux. Ses lèvres caressèrent délicatement les siennes. Il but profondément quand ses lèvres s'ouvrirent pour lui. Ses bras l'attirèrent plus près, au moment même où l'énergie d'Emma s'enroula autour d'eux, les liant l'un à l'autre pour l'éternité.

Il recula à contrecœur et appuya son front contre le sien.

— Je n'ai jamais rien vu ou entendu de plus beau, *misha petite*, murmura-t-il d'une voix rauque. Tu es mon amour, ma compagne, ma vie. Je te demande de me choisir comme tien.

— Je t'ai déjà choisi, répondit Emma, un sourire tendre lui courbant les lèvres lorsqu'elle leva la main droite et la posa contre sa joue.

Un grognement bas résonna derrière Emma. Ha'ven se tourna immédiatement, tirant Emma derrière lui, lorsque Crom entra dans le cercle. Son visage s'assombrit alors que l'immense Moniker s'approchait d'eux.

— Je le défie pour la femelle, cria Crom d'une voix basse et grondante à ceux assis autour du cercle.

— J'accepte le défi, répondit Ha'ven en grognant.

— Non ! dit Emma, effrayée. Je ne veux pas que tu acceptes.

Ha'ven jeta un regard passionné par-dessus son épaule.

— Je ne le laisserai pas te revendiquer, ma Emma. Tu es mienne ! grogna-t-il.

— Oui, et tu es mien, répondit-elle doucement en laissant légèrement reposer ses doigts dans son dos.

Elle regarda par-dessus l'épaule de Ha'ven en direction de Crom qui la fixait avec des yeux sombres et avides.

— J'ai déjà choisi Ha'ven Ha'darra.

— Je suis plus fort. Je peux te protéger et m'occuper de toi, dit Crom en se redressant de toute sa hauteur avant de marteler son torse de son poing droit. Je serais un bon compagnon.

Emma contourna prudemment Ha'ven. Elle s'arrêta à côté de lui, faisant glisser sa main le long de son bras et enroulant ses doigts autour des siens. Elle regarda Ha'ven et lui sourit tendrement avant de se tourner pour regarder Crom.

— Je suis honorée par ton défi, mais mon cœur est déjà pris. Tu vois, une femme très sage m'a dit un jour qu'il y aurait un homme qui m'aimerait tant que je pourrais marcher sur un nuage sans jamais toucher le sol, dit Emma, des larmes lui serrant la gorge face au souvenir de ces paroles. Ma mère avait raison. Je l'ai trouvé... et je l'aime.

Crom regardait la belle et insolite femelle. Les larmes dans ses yeux et la vérité dans sa voix et son regard montraient qu'elle ne l'accepterait pas. Une partie de lui voulait toujours défier le mâle pour elle, mais quelque chose lui disait qu'il ne pourrait jamais la remporter. Ses yeux glissèrent le long de ses cheveux et de la texture lisse de sa peau pâle avant qu'il ne regarde Ha'ven qui était prêt à frapper.

— Je demande une chose avant de concéder au mâle, finit par répondre Crom.

Emma pencha la tête et regarda l'immense mâle.

— Quoi ?

— J'aimerais voir si ta peau est aussi douce que je l'imagine, répondit Crom avec un sourire. Je n'ai jamais vu de femelle comme toi et cela pique ma curiosité.

Emma ravala un petit rire et rougit quand Ha'ven grogna un juron sombre entre ses dents. Elle serra ses doigts avant d'enlever sa main de la sienne et de faire un pas en avant. Un grondement bas de mécontentement emplit l'air derrière elle.

Elle jeta un œil par-dessus son épaule et leva les yeux au ciel.

— Tiens-toi bien, le réprimanda-t-elle d'un ton plein d'humour. Il veut simplement me toucher.

— Il n'est pas en droit de te toucher, grommela Ha'ven en s'avançant derrière elle.

Emma se retourna pour faire face à Crom tout en tendant sa main gauche derrière elle pour toucher Ha'ven. Elle se détendit quand sa grande main s'enroula autour de la sienne. Elle sentit la chaleur familière qui l'envahissait à chaque fois qu'ils se touchaient.

Elle se mordit la lèvre. À vrai dire, elle était elle-même un peu curieuse. Elle tendit la main pour toucher timidement le torse recouvert de fourrure de Crom en même temps qu'il tendit la sienne pour lui toucher la joue. Ses yeux remontèrent pour rencontrer les siens. Le bout de ses doigts était rêche, mais aussi à la fois doux. Elle pencha légèrement la tête en arrière afin qu'il puisse faire glisser ses doigts le long de sa mâchoire et de sa gorge. Un petit ronronnement emplit l'air et elle en sentit la vibration sous ses doigts.

Emma ne put retenir le petit rire qui lui échappa face à cette sensation. Cela lui rappelait un petit chaton qu'elle avait eu quand elle était plus jeune. Elle poussa un petit cri de surprise quand un bras épais s'enroula soudainement autour de sa taille et qu'elle fut tirée en arrière contre le large torse de Ha'ven.

— Tu as eu ce que tu voulais, grogna Ha'ven à Crom. C'est bon.

Un petit cri surpris s'échappa d'Emma lorsqu'elle fut soudainement soulevée dans une paire de bras puissants. Ses yeux vinrent rencontrer les yeux d'un violet brûlant de Ha'ven. Les tourbillons noirs dans ses yeux déclenchèrent des vagues de chaleur dans son sang.

— Où est-ce qu'on va ? demanda-t-elle, perplexe, quand il tourna les talons et commença à se faufiler entre les tables pour rejoindre un petit sentier menant à la forêt sombre.

— Saba Monda nous a donné une petite hutte réservée aux invités. Je t'y emmène et ensuite je vais te laisser me revendiquer, dit-il d'une voix rauque emplie de désir. Je ne veux pas qu'un autre de ces fichus mâles pensent que tu es libre.

Emma soupira et appuya sa tête contre son torse pendant qu'il la portait. Elle pencha la tête afin de pouvoir apercevoir des étoiles à travers les arbres. Un sourire se dessina sur ses lèvres alors qu'elle se lovait contre sa chaleur.

Une partie d'elle se sentait coupable de ne pas être là pour sa mère, mais une plus grande partie d'elle était stupéfaite de voir à quel point sa vie avait changé ces derniers mois. Elle avait voulu une chance de découvrir comment était le monde. Elle avait voulu une chance de vivre un peu. Elle était en train de découvrir que le monde était bien plus grand qu'elle ne l'avait jamais imaginé, et à vrai dire, elle ne s'était jamais sentie aussi vivante de toute sa vie.

Ha'ven avançait à grandes enjambées sur le long sentier étroit menant à la hutte que Saba Monda lui avait montrée plus tôt. Son sang bouillait de jalousie. Il avait dû user de tout son sang-froid pour ne pas tuer le Moniker. L'idée d'un autre mâle la touchant était comme verser de l'essence sur des flammes. Il avait eu envie d'arracher la main de l'autre mâle quand il l'avait tendue pour toucher la joue d'Emma. Ses bras se resserrèrent autour de son corps mince alors qu'elle se détendait contre lui.

— C'est si beau ici, soupira Emma. Je n'avais jamais vu autant d'étoiles de ma vie.

Ha'ven entendit le chagrin dans sa voix.

— Qu'est-ce qu'il y a, *misha petite* ? Quelque chose te tracasse, demanda-t-il doucement tout en ralentissant afin qu'elle puisse admirer les étoiles plus longtemps.

— Je me demande comme va ma mère, et…, répondit-elle d'une petite voix. Je me sens parfois coupable de ne pas être avec elle… non pas qu'elle puisse s'en rendre compte, murmura-t-elle. Mais il y a des moments, comme là maintenant avec toi, où je ne me sens pas coupable. Je ne veux pas que cela prenne fin. Est-ce que tu penses que cela fait de moi une fille égoïste et insensible ?

Le cœur de Ha'ven se serra face à l'hésitation dans sa voix. Son incertitude et sa tristesse lui fendaient le cœur. Il savait qu'elle craignait qu'il ne la juge durement de vouloir rester avec lui. Cela le rendait-il moins coupable de lui aussi vouloir que son moment seul avec elle ne finisse jamais ?

— Tu as dit une fois que ta mère ne se souvient plus de qui tu es, répondit Ha'ven en s'approchant de la porte de la petite hutte. Est-ce qu'elle se souvient de sa vie quand elle était jeune ?

Emma tendit la main et leva le loquet de la porte afin que Ha'ven puisse passer le seuil avec elle dans ses bras. Un frisson la parcourut face à la signification symbolique. C'était comme s'ils s'étaient vraiment mariés ce soir-là.

— Oui, elle se souvient de fragments. Elle se souvient surtout de mon père, bien qu'il lui arrive parfois de ne pas se rappeler qu'ils étaient mariés, dit tristement Emma avant de lever les yeux vers le visage de Ha'ven dans la lumière feutrée venant des fenêtres. Je veux ne jamais t'oublier, murmura-t-elle d'une voix étouffée.

Ha'ven posa délicatement Emma sur ses pieds.

— Je vais alors simplement devoir constamment te rappeler qui je suis, dit-il en effleurant sa joue de ses doigts. Je n'ai pas aimé que ce mâle te touche, admit-il avec une grimace. Tu es à moi, Emma. Je n'ai jamais ressenti ça auparavant et je vais mettre du temps à comprendre les émotions que tu déclenches en moi.

Emma tourna la tête et déposa un baiser dans le creux de sa paume.

— Je ne les comprends pas non plus, dit-elle. Je ne pensais pas survivre, et encore moins avoir une chance de trouver quelqu'un à aimer. Quand Cuello...

Sa voix mourut et elle baissa la tête pour cacher la douleur dans ses yeux.

— Je voulais seulement m'éteindre et ne plus souffrir.

Le visage de Ha'ven se serra de colère au souvenir de ce que le mâle humain avait fait à sa petite compagne. Il lui prit tendrement le menton et le leva afin qu'elle puisse voir la sincérité dans ses yeux. Il fit glisser son autre main le long de son cou, emmêlant ses doigts dans ses cheveux. Il savait qu'il ne pourrait pas lui enlever ses souvenirs, mais il pouvait les apaiser en les remplaçant par des souvenirs meilleurs, des souvenirs plus heureux.

— Plus jamais, Emma, promit-il avec passion. Je ferai tout ce qui est en mon pouvoir pour te protéger et faire que tu n'aies jamais à subir à nouveau quelque chose comme ça.

Les lèvres d'Emma esquissèrent un sourire tandis qu'elle levait vers lui des yeux brillants et confiants.

— Je t'aime, Ha'ven.

Ha'ven baissa la tête et captura les lèvres d'Emma tandis que ses mains commencèrent à défaire les tresses de ses cheveux. Il voulait faire glisser ses mains à travers les mèches soyeuses. Il approfondit le baiser quand ses lèvres s'entrouvrirent. Dès l'instant où ses cheveux furent lâchés, ses mains descendirent vers l'épingle qui retenait sa robe colorée. Ses doigts agiles la retirèrent du délicat tissu. Il saisit sa robe, la tira de son corps et la jeta derrière lui.

— Déshabille-moi, Emma, marmonna-t-il d'une voix épaisse en déposant des baisers brûlants au coin de sa bouche. Déshabille-moi et fais-moi tien.

— Pour toujours ? demanda-t-elle tandis que ses doigts tremblants s'affairaient à défaire les agrafes qui maintenaient sa chemise fermée.

— Pour toujours, répondit-il.

— Oh, Ha'ven, souffla-t-elle lorsque ses mains vinrent la prendre par les hanches.

Emma s'efforça de pousser sa chemise de ses larges épaules. Ses mains parcourent son torse tandis qu'elle y déposait de petits baisers. Elle continua sa descente le long de son ventre plat jusqu'à ce que ses mains atteignent le haut de son pantalon. Elle s'attaqua éperdument à la boucle à sa taille et baissa son pantalon. Ha'ven retira rapidement ses bottes d'un coup de pied ainsi que son pantalon lorsqu'Emma se laissa tomber à genoux devant lui. Ses mains empoignèrent ses cheveux et il ferma brièvement les yeux quand il sentit son souffle chaud et humide contre sa verge lancinante. Ses mains remontèrent le long de ses mollets et vinrent saisir l'arrière de ses cuisses tout en le tirant vers l'avant.

— Je veux te goûter, souffla-t-elle.

Ha'ven prit une inspiration brûlante, ses yeux s'ouvrant pour fixer la tête penchée d'Emma. Son aura brillait dans la lumière feutrée et prit des couleurs plus chaudes et plus riches au moment où elle ouvrit la bouche. Il déglutit plusieurs fois lorsque ses lèvres se fermèrent autour de lui.

— Par la déesse, Emma, siffla-t-il bruyamment. Tu es mienne à tout jamais, *misha petite*.

Le petit gémissement d'acceptation d'Emma fit frissonner Ha'ven, la vibration ajoutant une couche de plaisir supplémentaire à la chaleur de sa bouche. Il poussa lentement ses hanches vers l'avant tandis qu'elle enroulait ses lèvres autour de sa verge. Il la regarda prendre son long membre dans sa bouche, étonné qu'elle puisse en prendre autant sans s'étouffer. Il se retira, frissonnant face à la légère sensation de ses dents contre lui. La vision d'elle l'aimant était la plus belle chose qu'il ait jamais vue.

Emma mit ses mains autour de la verge de Ha'ven, désireuse d'en sentir le moindre centimètre carré. La douceur soyeuse combinée aux puissantes pulsations dans ses mains fit réagir son propre corps. Une humidité chaude s'accumula entre ses jambes et ses seins brûlaient du désir d'être touchés. Elle avait désespérément besoin d'être libérée du brasier qui croissait en elle, mais elle voulait savourer ce moment où elle était aux commandes. Au fond d'elle, elle savait que Ha'ven voulait lui montrer qu'elle avait autant d'effets sur lui qu'il en avait sur elle. La façon dont son grand corps dur tremblait prouvait qu'il n'était pas insensible à son contact.

Elle se demanda vaguement ce qu'il se passerait s'il perdait son si strict sang-froid. Une vague de témérité la submergea, la poussant à explorer son corps et à le pousser à ses limites. Surfant sur la sensation, elle garda une main autour de sa verge tandis que l'autre partit explorer. Sa bouche se fit plus éperdue alors que la chaleur croissait dans son propre corps. Elle gémit autour de sa verge, sa bouche faisant des va-et-vient encore et encore. Sa main droite bougea avec sa bouche tandis que la gauche caressait son ventre avant de glisser par-dessus sa hanche pour agripper son cul. Elle se surprit elle-même quand elle le claqua avec force.

— Par le sang de la déesse ! s'étrangla Ha'ven tout en poussant ses hanches vers l'avant. Je ne peux pas subir ça plus longtemps, grogna-t-il.

Emma n'en avait pas terminé, mais Ha'ven devait avoir atteint les limites de son sang-froid. Il enroula ses cheveux autour de son poing gauche. Il tira sa verge de sa bouche, se pencha et la releva. Dès l'instant où elle fut debout, il revendiqua ses lèvres dans un baiser sauvage.

Emma laissa échapper un petit cri quand elle sentit sa main droite entre eux. Il emmêla ses doigts dans les boucles dorées et tira. La demande silencieuse suffit à lui faire écarter les jambes. Dès l'instant où elles le furent, ses longs doigts se glissèrent entre les plis lubrifiés.

— Ha'ven, cria-t-elle lorsque deux de ses doigts s'enfoncèrent profondément en elle.

— Oui, ma compagne. Ha'ven… ton compagnon, grogna-t-il tout en la forçant à pencher la tête en arrière afin de pouvoir marquer son cou d'un baiser profond. Je te revendique, Emma. Je te revendique comme ma partenaire. Dans cette vie et dans toute autre que la déesse nous donnera après, tu seras mienne, ma Emma, tout comme je, Ha'ven Ha'darra, serai tien.

Emma entendit les paroles qu'il avait déjà prononcées auparavant et sentit les fils se former entre eux avant qu'ils ne s'enroulent encore plus fermement autour de son cœur et de son âme. Son corps s'arqua contre le sien alors que ses doigts faisaient des va-et-vient en elle pendant qu'il l'embrassait dans le cou. Une sensation d'apesanteur la saisit lorsqu'il la souleva et la porta vers le grand lit au milieu de la hutte.

Son corps couvrit le sien au moment où il l'allongea. Sa verge était dure et lancinante lorsqu'elle s'installa entre ses jambes. Le bout arrondi était sombre et humide de son propre désir. Sa pré-semence se mélangea à la sienne lorsqu'il commença à se glisser en elle.

— Revendique-moi, ma Emma, supplia-t-il d'une voix rauque. Revendique-moi comme ton compagnon.

Emma leva les yeux vers lui, des émotions accablantes lui épaississant la voix alors qu'elle prononçait les paroles dans son cœur.

— Je te revendique, Ha'ven Ha'darra. Je te revendique comme mon partenaire. Dans cette vie et dans toute autre, tu m'appartiendras tout comme je t'appartiens, mon féroce guerrier. Pour l'éternité.

Ha'ven poussa vers l'avant lorsqu'elle prononça le dernier mot, l'humidité de leurs désirs combinés le faisant glisser jusqu'à son utérus. Il frissonna quand sa chaleur l'entoura. Il gémit de plaisir lorsqu'elle leva les jambes et les enroula autour de sa taille. Le mouvement l'enfonça incroyablement profond.

— Oui, siffla-t-il. Prépare-toi, ma Emma.

— Ahhhh ! cria-t-elle, levant les hanches plus haut lorsqu'il se mit à aller plus vite et plus fort. Ha'ven !

Ha'ven déposa des baisers désespérés le long du cou et des épaules d'Emma et serra fermement ses bras autour d'elle tout en faisant tourner ses hanches. Chaque mouvement heurta un nouveau nerf sensible en elle. Il sentit ses parois vaginales se serrer autour du bout de sa verge dans le but de le maintenir en elle.

Son esprit vola en éclats quand elle atteignit soudain son paroxysme. Les pulsations de son vagin gonflé autour de lui l'enserrèrent et le sucèrent. Ses talons s'enfoncèrent dans son cul alors qu'elle le poussait plus profond.

Il se retira avec un grondement bas, ignorant son cri lorsque sa verge glissa le long de ses nerfs ultrasensibles. Il se leva quand ses jambes tombèrent. Ses yeux parcoururent son corps rougi. Ses cheveux étaient étalés en désordre sur les oreillers, des petites fleurs y étant toujours tressées. Ses yeux étaient à moitié fermés par la passion voluptueuse du contrecoup de l'orgasme qui venait tout juste de la submerger. Ses mamelons étaient tendus et roses alors que sa poitrine bougeait rapidement au rythme de ses halètements.

Ha'ven baissa les yeux vers les boucles blondes et humides qui scintillaient de son orgasme. Incapable de résister, il se pencha et captura son mamelon gauche entre ses lèvres tout en enfonçant profondément deux doigts dans son vagin gonflé. Il fut récompensé par un cri de surprise sonore.

— Oh mon Dieu ! cria-t-elle, s'arquant contre lui.

Ha'ven ravagea son mamelon tendu, le faisant gonfler sous l'assaut de sa bouche brûlante. Il continua à travailler sur sa chatte alors qu'il se déplaçait vers l'autre mamelon. Il ne s'arrêta que lorsqu'elle se brisa à nouveau sous lui, ses cris rauques emplissant la petite hutte. Il ne la lâcha que lorsque ses jambes tombèrent écartées sous l'effet de la satisfaction.

— Et maintenant, je vais jouir, grogna-t-il.

Se redressant, il lui prit la jambe gauche et la retourna. Il lui saisit les hanches et la mit à quatre pattes. La vue de son cul arrondi et de l'humidité glissante de ses orgasmes recouvrant l'intérieur de ses cuisses lui tira un grognement passionné.

Par la déesse, je ne me lasserai jamais d'elle, pensa-t-il férocement.

Il prit sa verge lancinante dans sa main et grimaça quand il sentit à quel point elle était sensible. Il ne tiendrait pas longtemps, mais il lui tirerait un autre orgasme avant de se permettre d'accéder à la libération. Il aligna le bout gonflé avec son vagin brûlant et le regarda disparaître en elle. Cette simple vision suffit presque à le faire jouir. Il se tint à ses hanches et s'enfonça lentement en elle avant de se retirer presque entièrement. Suivant un rythme aussi vieux que l'univers lui-même, il se regarda s'unir à elle pour ne faire plus qu'un. L'idée qu'elle était à présent sa vie l'envahit.

De l'émotion crût au plus profond de lui lorsque ses petits gémissements le submergèrent. Le corps d'Emma commença à aller et venir avec le sien. Le mouvement le poussa de plus en plus profond. Il fit glisser sa main gauche le long de son ventre jusqu'aux doux poils qui recouvraient son petit bout gonflé. Il captura un peu de leur humidité de son autre main et laissa ses doigts caresser son nénuphar tendu.

Tout cela fut trop pour Emma. Son corps rua brièvement avant qu'elle ne se raidisse contre lui. Ses petits gémissements se transformèrent en sanglots lorsqu'elle explosa autour de lui. Le corps de Ha'ven, torturé par le fait de se retenir, vola en éclats. Ses cris se mêlèrent aux siens. Il sentait sa libération palpiter en rythme avec la sienne. Son corps but sa semence comme une fleur buvait la pluie. Il était verrouillé à elle dans un orgasme aveuglant. Son énergie s'éleva, la submergeant alors qu'elle s'enroulait dans une sérénité qui défiait tout ce qu'il avait jamais connu.

— Ma Emma, cria-t-il d'une voix rauque lorsqu'ils s'effondrèrent tous les deux.

19

*H*a'ven ouvrit les yeux lorsqu'un cri perçant résonna à travers les forêts sombres, le réveillant. Le cri fut suivi par un deuxième, plus bas. Ses bras s'enroulèrent de façon protectrice autour du corps endormi d'Emma.

— Emma, *misha petite*, murmura Ha'ven d'une voix pressante. Nous devons nous habiller.

— Qu'est-ce qu'il y a ? demanda Emma d'une voix endormie tout en se lovant contre lui. Je veux dormir. Je suis si fatiguée.

— Je ne suis pas sûr, mais il y a quelque chose qui cloche, dit Ha'ven, extirpant doucement son corps d'Emma et se levant. Viens, on doit voir ce qui se passe. Je ne te laisserai pas seule.

Emma se traîna à contrecœur hors du lit et tendit la main vers la robe colorée qu'elle avait portée plus tôt. Elle était sur le dossier d'une petite chaise. Elle repoussa ses cheveux de ses yeux et enroula rapidement la robe autour d'elle comme Telmay lui avait montré. Elle chercha du regard la belle épingle pour l'attacher.

— Laisse-moi faire, murmura Ha'ven d'une voix rauque en s'approchant d'elle, l'épingle à la main, avant de la glisser à travers le délicat tissu.

Il toucha le visage d'Emma, le levant afin de pouvoir la regarder dans les yeux.

— Tu dois me promettre de faire ce que je te dis. Je crains que Kejon nous ait peut-être trouvés. Je...

Sa voix mourut.

— C'est un mâle très dangereux. J'ai besoin de savoir que tu es en sécurité.

Emma hocha la tête.

— Je ferai ce que tu me dis. Je te le promets, répondit-elle doucement.

Ha'ven effleura ses lèvres d'un baiser dur et bref au moment où un autre hurlement bas retentit. Il se tourna, poussant Emma derrière lui, lorsqu'il entendit un bruit derrière la hutte qui leur avait été donnée. Il se détendit quand il vit la fourrure argentée familière de Saba Monda.

— Qu'est-ce qui se passe ? demanda Ha'ven.

— Ta compagne et toi devez venir avec moi, dit Saba Monda d'une voix basse et pressante.

Ha'ven hocha la tête. Il prit la main d'Emma dans la sienne, la serrant tendrement lorsqu'il sentit le léger tremblement qui l'agitait. Il refusait de s'appesantir sur le fait qu'il était alors vulnérable. Bien qu'il ne soit pas complètement sans défense face à un puissant guerrier curizan avec les capacités que Kejon possédait, son énergie étant drainée, la bataille serait dangereuse et difficile.

Il avait un avantage, il était capable de lire l'aura de Kejon. Tous les Curizans n'en n'étaient pas capables. Il avait vu le vert foncé mélangé à un jaune vert terne et la trace de noir. Kejon était consumé par un dangereux mélange de jalousie, d'avidité et de la souillure de la malveillance. Il voulait du pouvoir et aimait blesser les autres.

Les yeux de Ha'ven se dirigèrent vers Saba Monda qui grogna un ordre lorsqu'ils pénétrèrent dans le village. En quelques secondes, les habitants du village commencèrent à disparaître dans l'ombre.

— Ha'ven, qu'est-ce qui se passe ? demanda Emma d'une voix étouffée en regardant les femmes âgées réunir les enfants avant de disparaître sur le sentier menant à la rivière. Où vont-ils tous ?

— Des intrus ont pénétré notre espace aérien, dit doucement Sebra. Nous devons vous mettre tous les deux en sécurité.

— Non, grogna Ha'ven. Ils sont là pour ma compagne et moi. Prenez Emma. Protégez-la jusqu'à ce que je revienne.

Sebra secoua la tête.

— Tu es encore faible, jeune prince. Mon peuple peut se charger des intrus, insista-t-elle.

— Pas de celui-là, dit froidement Ha'ven. Il a presque tué mon frère et ma compagne. Je ne battrai pas en retraite alors que j'ai fait venir le danger à vous.

— Tu auras besoin de ceci si tu souhaites te battre, dit sévèrement Saba Monda en tendant une épée laser. Un cadeau de ton père.

Ha'ven regarda l'ouvrage complexe sur la poignée.

— Hermon…

— Pas Hermon, répondit Saba Monda au moment où une série de hurlements bas emplit l'air nocturne. Melek. Viens, ils ont atterri près du lac.

— Ha'ven, cria Emma lorsque Sebra la tira loin de lui.

Ha'ven se tourna et regarda dans les yeux bleus effrayés d'Emma.

— Je te protégerai, promit-il.

— Mais qui va te protéger ? murmura-t-elle. Tu as dit que tes pouvoirs…

— Je suis le prince héritier des Curizans, l'interrompit Ha'ven tout en redressant les épaules. Personne ne vainc un Ha'darra.

Emma le regarda se tourner et suivre Saba Monda dans l'obscurité. Elle fit un pas pour le suivre, mais Sebra l'arrêta. Emma commença à protester, mais une vague de vertiges la submergea quand Sebra mit un linge sur son nez et sa bouche. Les yeux d'Emma s'écarquillèrent avant de se fermer lorsque les ténèbres la submergèrent.

— Je suis désolée, ma petite, dit Sebra en prenant Emma dans ses bras. Tu dois faire confiance à ton compagnon et à mon peuple pour vous protéger tous les deux. Tu es trop têtue pour ton bien et je ne prendrai pas le risque que tu sois blessée. Les autres et moi nous sommes attachées à toi, dit doucement Sebra alors qu'Olla, Telmay et Pollamay se rassemblaient pour emmener Emma en lieu sûr.

~

Kejon balaya le paysage sombre du regard. Il s'était téléporté dès l'instant où l'équipe d'élite avait localisé le véhicule écrasé. Il se tenait à présent au bord du lac et fixait la forêt sombre.

— Les habitants de cette lune sont létaux, dit-il froidement. Tuez à vue.

— Est-ce que vous savez quel genre d'armes ils utilisent ? demanda un grand Marastin Dow tout en chargeant son fusil laser.

Kejon regarda l'homme. L'insigne à son col montrait qu'il était chef d'équipe d'intervention d'élite. En ce qui concernait Kejon, tous les autres hommes à bord du véhicule et lui étaient remplaçables.

— Ils utilisent des lances et des flèches, déclara Kejon en regardant à nouveau la forêt sombre.

Le chef d'équipe arqua un sourcil. Même dans l'obscurité, Kejon voyait l'expression sceptique sur son visage. Plusieurs autres membres de l'équipe gloussèrent en entendant la déclaration de Kejon.

— Vous êtes tous des hommes morts, dit Kejon avec dédain.

— À cause d'un groupe d'adversaires armés de lances ? plaisanta l'un des hommes. On va les réduire en miettes.

Kejon serra les dents.

— Contentez-vous d'essayer de ne pas mourir avant que l'on trouve Ha'darra, dit-il en se dirigeant vers les bois.

Un frisson lui parcourut l'échine. Il pouvait sentir les yeux qui les fixaient. Les idiots avaient alerté les Monikers de leur présence. Kejon appela l'énergie en lui et la focalisa. Il forma un bouclier d'énergie autour de son corps. Il ne serait pas capable de le maintenir indéfiniment, mais il en aurait seulement besoin le temps qu'ils trouvent le prince curizan. Une fois cela fait, il déchaînerait la puissance qu'il avait appris à puiser grâce au membre de la famille royale de Valdier appelé Raffvin.

Kejon n'était pas idiot ; il savait que les Curizans n'étaient pas les seuls à être capable de contrôler l'énergie autour d'eux. Raffvin avait appris à la manipuler et à s'en servir contre son propre symbiote, le transformant en une force létale. Kejon avait étudié Raffvin et avait découvert un moyen de se servir de ce qu'il avait appris grâce à l'appareil attaché à sa taille.

Je n'aurai qu'une seule chance de m'en servir, pensa-t-il, frustré.

Il avança le long du sentier sombre, ignorant les hommes qui arrivèrent derrière lui en formation. Dès l'instant où il pénétra dans les ombres, il disparut.

20

Ha'ven suivit Saba Monda à travers la forêt sombre. Il s'arrêta lorsque le Moniker à la fourrure argentée saisit une longue liane et commença à grimper sur le côté d'un des immenses arbres.

Il saisit une autre liane et le suivit. Ils furent rapidement haut au-dessus du sol de la forêt. Il fit un signe de tête silencieux à Crom lorsque ce dernier sauta pour atterrir à côté d'eux sur une grosse branche.

— Il y a trente guerriers violets, dit Crom à voix basse. Un autre mâle est arrivé. Il fait partie de ton peuple, ajouta-t-il en faisant un signe de tête en direction de Ha'ven. Les éclaireurs ont perdu sa trace quand il est entré dans la forêt. Il se protège à l'aide d'une sorte de bouclier.

— Kejon, grogna Ha'ven. Je vais me charger de lui. Est-ce que ton peuple et toi pouvez vous occuper des Marastin Dow ? Ce sont des mercenaires sanguinaires.

Crom renâcla.

— Les autres se chargeront d'eux. Je vais venir avec toi.

Ha'ven secoua la tête.

— Kejon est très puissant. Je m'occuperai de lui, seul. Je ne veux pas prendre le risque qu'il blesse l'un d'entre vous.

Crom sourit.

— Je vais quand même venir avec toi. Ne t'inquiète pas, si tu venais à mourir, je revendiquerais ta femelle et m'occuperais d'elle.

Ha'ven refoula à nouveau l'envie de tuer l'immense Moniker, mais cela devenait de plus en plus difficile. Il aurait de la chance s'il parvenait à quitter cette fichue planète avant de céder à son désir de montrer à l'autre mâle ce dont un Curizan jaloux était capable même sans ses pouvoirs.

— Ton cul poilu finira en tapis avant que tu touches ma compagne, répondit Ha'ven en grognant.

Crom sourit à nouveau, ses dents blanches et pointues luisant brièvement pour montrer son amusement. Ils se tournèrent tous lorsqu'une autre Moniker, une grande femelle avec un arc et un carquois plein de flèches, atterrit à côté d'eux.

— Ils ont pénétré les forêts, murmura-t-elle. Ils sont lourdement armés mais nous sommes prêts. Nous attaquerons une fois qu'ils auront atteint la bifurcation sur le sentier. Cela nous permettra de les diviser en de plus petits groupes.

— Je superviserai l'attaque, répondit Saba Monda. Crom, va avec Ha'ven.

Ha'ven serra les dents de frustration. Il n'avait pas l'habitude que quelqu'un couvre ses arrières. Il sut que protester serait une perte de temps lorsque le Moniker à la fourrure argentée disparut dans les arbres avec la femelle. Il se tourna et lança un regard noir au mâle brun foncé qui se tenait les bras croisés avec assurance sur le torse.

— Kejon a des pouvoirs que tu ne peux pas combattre, l'avertit Ha'ven. Il est capable de se téléporter sur de petites distances. Il attaque souvent par derrière ou le côté gauche de ses opposants car il est gaucher. Sa panoplie est composée de différents types d'armes, y compris la lame incurvée marastin dow et les shakens empoisonnés des Opairans. Il peut lancer des petites rafales d'énergie qui peuvent te désorienter. La meilleure chose à faire si tu le vois lever les mains est de rouler sur ta gauche. Ça le déstabilisera ; il ne s'attendra pas à ce que tu saches ça. Il est aussi capable de créer un bouclier d'énergie autour de lui qui le rend invisible, mais il ne peut pas le maintenir trop longtemps.

Crom écouta attentivement.

— Comment comptes-tu le tuer si tu ne peux pas le voir ? demanda-t-il avec curiosité.

Ha'ven sourit.

— Je n'ai peut-être pas récupéré tous mes pouvoirs, mais il y a des choses que je peux voir même sans eux. Son aura le trahira. Tu ne pourras pas le voir, mais moi je le pourrais.

— Allons trouver ton mâle fantôme, dit Crom. Nous resterons dans les arbres.

Ha'ven hocha la tête. Il essaya d'appeler son énergie. Il jura quand une douleur vive lui transperça le crâne. Il avait donné le peu qui lui était revenu à Emma quand ils avaient joui ensemble dans une explosion de désir plus tôt dans la soirée. Il se concentra sur sa respiration afin d'ignorer la douleur et suivit rapidement Crom. Il était probable qu'il n'ait qu'une seule chance de tuer Kejon. Il refusait de penser à ce qui arriverait à Emma s'il venait à échouer.

Kejon se glissa à nouveau dans l'ombre d'un arbre épais et lâcha le bouclier autour de lui. Il maudit le moment de faiblesse qui le submergeait. Il avait laissé les autres au lac. Ils feraient diversion. Il n'avait qu'un objectif et c'était trouver le prince curizan. Il ne voulait pas gâcher son énergie à combattre les habitants aborigènes. Il leva les yeux vers les branches au-dessus de lui. Il ne parvenait pas à voir les mouvements des créatures mais il pouvait les sentir. Il attendit qu'elles l'aient dépassé pour sortir de la protection offerte par l'ombre. Il se souvenait bien où était le village depuis sa dernière visite. Il doutait que Ha'ven soit resté derrière, mais le prince avait un point faible à présent… la pute avec lui. Même le rapide aperçu qu'il avait eu de la femelle sur l'écran lui avait permis de voir qu'elle était insolite. Le prince avait un faible pour les femelles. S'il parvenait à la trouver, il aurait un avantage supplémentaire et il n'aurait plus qu'à attendre que le prince vienne à lui.

Avant de trouver le village, il avait trouvé une étroite caverne près de la rivière. Il y avait trouvé une réserve d'objets quand il l'avait explorée. S'il ne se trompait pas, c'était là où les villageois trop jeunes ou trop vieux pour se battre venaient trouver refuge. S'il voulait trouver un point faible, c'était là qu'il devait aller.

Il se déplaça en silence à travers le sous-bois, s'arrêtant de temps en temps pour s'assurer qu'il n'avait pas été vu. Ses yeux se plissèrent quand il atteignit la lisière des bois près de la rivière. Il vit le rebord sombre du mur de roche de l'autre côté de la rivière où se trouvait l'entrée de la caverne.

Il s'arrêta un moment et se concentra. Il trébucha lorsqu'il se rematérialisa de l'autre côté de la rivière. Il s'assit derrière un énorme rocher et respira profondément.

Il s'essuya le front de la main. Il sortit plusieurs petits appareils du sac à sa ceinture. Les petits appareils détonneraient et libéreraient un gaz qui mettrait hors de combat quiconque le respirerait. En temps normal, il se serait contenté de tuer quiconque se mettrait en travers de sa route, mais il voulait la femelle vivante. Il voulait que le prince curizan le regarde tuer la femelle. Cela ne ferait que rendre sa propre soif de pouvoir plus douce.

Il se leva et se dirigea vers l'entrée de la caverne. Il eut à peine le temps de lever son bouclier avant qu'une flèche ne rebondisse inoffensivement dessus. Il leva son pistolet laser et tira.

Un cri perçant fendit l'air lorsqu'il atteignit sa cible. Une pluie de flèches tomba autour de lui. Marmonnant un juron silencieux, il concentra une rafale d'énergie en direction de ceux se trouvant sur les hauts rochers au-dessus de lui. Il lança en même temps les petites boules dans l'entrée de la caverne. Un rapide éclair retentit au même moment que des hurlements de douleur résonnèrent lorsque ceux au-dessus de lui perdirent l'équilibre et chancelèrent.

Plusieurs silhouettes sortirent de la caverne en titubant. Il les abattit brutalement alors qu'elles émergeaient. Il jeta le dernier corps sur le côté et mit un petit appareil respiratoire sur son nez et sa bouche avant d'entrer dans la caverne.

Les corps étaient allongés là où ils étaient tombés, les plus grands protégeant les plus petits. Il les ignora tous. Il n'en voulait qu'une. Ses yeux se posèrent avec satisfaction sur la femelle aux cheveux dorés. Elle était allongée sur une fine couverture sur le sol.

Il passa par-dessus et contourna les autres corps tout en fixant la silhouette immobile. Elle était attirante pour une femelle d'une autre espèce. Il décida de changer ses plans alors qu'il fixait ses traits délicats. Un sourire sournois se dessina sur ses lèvres lorsqu'il pensa à la revanche ultime sur Ha'ven.

Kejon se pencha et prit le petit corps dans ses bras. Il tourna les talons. Il n'avait fait que quelques pas lorsqu'une main vint faiblement saisir sa cheville, le faisant presque tomber. Il regarda d'un air furieux la femelle qui le tenait. Les yeux de la femelle passèrent des siens au corps dans ses bras. Il libéra sa jambe et mit un violent coup de pied dans le ventre arrondi de la femelle.

Il émit un petit rire quand il entendit son cri de douleur. Il continua à avancer à travers la caverne et sortit sous le clair ciel nocturne. Ses yeux se plissèrent quand il vit qu'il n'était pas seul. Un sourire sombre et satisfait se dessina sur ses lèvres quand il vit la silhouette du mâle qu'il cherchait. Il ne s'était pas attendu à triompher aussi vite.

— Tiens, tiens, tiens. N'est-ce pas là le prince curizan, dit Kejon sur un ton moqueur. C'est dommage que tu sois arrivé trop tard pour protéger ta pute, Ha'darra.

— Pose-la, Kejon, répondit Ha'ven en grognant. C'est entre nous. On finit ça ici et maintenant.

Kejon ricana tout en déplaçant la masse légère d'Emma dans ses bras. Il serra en même temps l'appareil qu'il avait à la main. Savoir qu'il serait capable de remuer le couteau dans la plaie avant de tuer Ha'ven ne rendait que plus doux le goût de la vengeance.

— Elle est si délicieuse, dit Kejon d'une voix basse et menaçante. Je me demande si son goût est aussi délicieux qu'elle. Je vais devoir m'assurer de le découvrir avant de laisser les autres l'essayer, eux aussi.

Ha'ven fit un pas en avant.

— Lâche-la, grogna-t-il.

La bouche de Kejon se pinça quand il aperçut une autre grande silhouette bouger.

— Dis à celui qui est avec toi de battre en retraite où je la casse en deux, l'avertit-il.

～

Ha'ven s'était figé derrière Crom quand les premiers cris perçants avaient retenti à travers l'épaisse forêt par-dessus le bruit de la bataille et de la lutte devant et à côté d'eux tandis que les autres Monikers engageaient le combat contre l'équipe d'intervention marastin dow.

— La caverne, avait grogné Crom avec rage. Ils se font attaquer !

Ha'ven s'était tourné au moment même où l'imposant Moniker lui faisait part de ce que signifiait le bruit. Il courut sur les branches, saisissant les immenses lianes et se balançant de branche en branche. Crom le suivait de près.

Ils se rendirent tous deux à toute vitesse à la rivière. Ils avaient jailli de la forêt en même temps. Une femelle moniker était allongée sur le rivage de la rivière, du sang lui coulant des oreilles. Elle leva les yeux et tendit le doigt tout en émettant un petit gémissement. Trois corps étaient étendus, brisés, à l'entrée de la caverne où ils étaient tombés depuis les rochers au-dessus. Les corps de quatre femmes âgées étaient sur le sol à côté d'eux ; elles avaient été tuées lorsqu'elles étaient sorties de la caverne.

Ha'ven leva les yeux quand une grande silhouette en portant une autre émergea de la caverne. Il reconnut immédiatement les cheveux dorés d'Emma. Ses yeux brûlaient de rage lorsqu'il brandit l'épée laser.

Son sang bouillit lorsqu'il entendit les paroles moqueuses de Kejon.

— Pose-la, Kejon, répondit Ha'ven en grognant. C'est entre nous. On finit ça ici et maintenant.

Il fit un pas en avant. La peur et la haine pulsaient en lui face à la menace à peine voilée de Kejon. Sa main se serra à tel point que ses jointures blanchirent.

— Elle est si délicieuse, répondit Kejon à son ordre. Je me demande si son goût est aussi délicieux qu'elle. Je vais devoir m'assurer de le découvrir avant de laisser les autres l'essayer, eux aussi.

— Lâche-la, grogna-t-il, ses yeux calculant la distance entre eux.

Ha'ven regarda les yeux de Kejon regarder brièvement sur le côté. Les mots de l'assassin le figèrent et il leva la main pour faire signe à Crom de s'arrêter. L'assombrissement soudain de l'aura de Kejon lui fit comprendre qu'il ne mentait pas. Il briserait la colonne vertébrale d'Emma sans l'ombre d'une hésitation.

— C'est moi que tu veux, eh bien, tu m'as, grogna Ha'ven en jetant l'épée laser sur le côté. Rien que toi et moi. Personne ne s'en mêlera. Relâche simplement la femelle.

— Je ne crois pas, dit Kejon avec un sourire triomphant. Aria aurait dû te tuer quand elle en avait l'occasion. Je ne ferai pas la même erreur. Mais avant que tu meures, Ha'darra, je veux que tu saches que ta femelle servira avant de mourir.

Ha'ven rugit d'une rage frustrée quand Kejon mit Emma sur son épaule et leva la main. Ha'ven vit le petit appareil dans la main de l'assassin au moment même où il se précipita sur lui. Une rafale de noir jaillit de l'appareil. De longs tentacules se dirigèrent vers lui, s'enroulant autour de ses bras et de son torse. Les épaisses bandes se déployèrent sur lui, s'étendant jusqu'à son cou et ses jambes. Plus il luttait, plus elles se resserraient sur lui, à tel point qu'il eut du mal à respirer.

— Tu peux remercier Raffvin de la famille royale valdier pour ce petit tour, dit Kejon avec un sourire glacial. Tu vois, son symbiote se nourrit d'énergie sombre et tu as en toi, cher prince, l'énergie qu'il désire.

Ha'ven s'efforça de rester debout, mais les bandes noires le firent tomber à genoux. Il tenta d'inspirer une bouffée d'air, mais les bandes noires refusèrent de relâcher leur prise sur sa gorge. Les bandes sombres remontèrent pour couvrir sa bouche et son nez jusqu'à ce que seuls ses yeux soient visibles. Des points noirs dansaient devant ses yeux alors qu'il souffrait du manque d'oxygène.

Crom grogna et vint essayer de tirer les bandes noires de Ha'ven. L'imposant Moniker fut projeté en arrière quand les bandes noires envoyèrent une rafale d'énergie pure à travers son corps. Ha'ven s'efforça de ne pas perdre conscience ; sa seule pensée était pour Emma.

Je suis désolé, ma compagne, murmura-t-il silencieusement alors que les ténèbres le submergeaient. *Pardonne-moi d'avoir échoué à te protéger.*

Ha'ven ? résonna doucement la voix faible d'Emma en lui.

Le juron stupéfait de Kejon emplit l'air. La fureur dans son juron résonna lorsqu'une silhouette colorée apparut soudainement entre Ha'ven et lui. La silhouette se tourna pour regarder Kejon un moment avant de flotter dans les airs jusqu'au corps immobile de Ha'ven.

La silhouette irisée s'agenouilla sur le sol à côté du corps recouvert de bandes noires. Une main gracile vint toucher les bandes. Dès l'instant où elle toucha l'énergie négative palpitante, les bandes noires s'élevèrent pour se mêler à elle. La silhouette parla doucement aux bandes avides qui s'évanouirent en elle, laissant de fines bandes d'or derrière elles.

Un frisson parcourut Kejon quand il réalisa que la silhouette était celle de la femelle dans ses bras. Elle était plus que la pute du moment de Ha'ven. Elle était un être d'une puissance incroyable. Lorsque les bandes s'évanouirent, Kejon sut qu'il avait besoin de temps pour explorer ce qu'il avait dans les bras. Une telle puissance ne devait pas être ignorée ou éliminée sans avoir d'abord soigneusement pris en considération comment elle pouvait être utilisée.

Il appuya sur le bouton donnant le signal de le téléporter tout en jetant un dernier un regard à la silhouette qui flottait au-dessus du corps de Ha'darra. Il devait se replier à sa base secrète. Il avait besoin de temps pour s'organiser car s'il y avait bien une chose qu'il savait sans aucun doute… c'était que Ha'darra se lancerait à la poursuite de la femelle.

— Ha'ven, dit une voix grave. Réveille-toi.

Les yeux de Ha'ven s'ouvrirent en même temps que sa main vint saisir la gorge du mâle au-dessus de lui. De la rage brillait dans ses yeux violets, les rendant plus sombres. Sa main se serra lorsque son énergie lui revint. Il sentit une vibration et entendit un grincement métallique menaçant alors qu'il regardait fixement une paire d'yeux aussi violets que les siens.

— Je sais qu'il peut être royalement casse-couille, mais si tu le tues, mère va être très fâchée contre toi, dit Adalard en s'adossant contre le mur. Sans parler du fait que, si tu ne reprends pas le contrôle de tes émotions, tu pourrais bien tous nous tuer.

La raison de Ha'ven mit un certain temps à revenir et il mit un moment à réaliser qu'il était en train de serrer la gorge de Flèche. Il le lâcha et prit une profonde inspiration pour essayer d'apaiser la rage d'énergie sombre qui se déchaînait en lui.

Il regarda Adalard attraper Flèche quand ce dernier s'effondra, le souffle court et se frottant la gorge. Il balaya la pièce du regard et comprit rapidement qu'il était à bord du vaisseau de guerre d'Adalard. Il leva une main à sa tête, repoussant ses cheveux tout en finissant de se redresser. Il se tourna sur le lit de l'infirmerie et mit les pieds sur le sol. Ce ne fut que lorsqu'il eut un vague semblant de contrôle qu'il regarda ses deux frères cadets.

— Emma ? demanda-t-il d'une voix dénuée de toute émotion.

— Partie, dit sombrement Adalard. Kejon l'a emmenée.

Les murs du centre médical s'éloignèrent avant de reprendre leur place. Ce fut le seul signe de la réaction de Ha'ven aux paroles murmurées de son frère. Il ferma les yeux lorsqu'une douleur bouleversante le traversa. Les horreurs qu'Emma avait endurées aux mains du mâle humain feraient pâle figure en comparaison à ce que Kejon lui ferait.

Ha'ven regarda ses frères. Son visage était pâle mais calme. Il ferait tout le nécessaire pour ramener Emma dans ses bras.

— Est-ce que tu sais où il est parti ? demanda-t-il d'une voix tendue.

— Oui, répondit Flèche. Bahadur a un informateur à bord du vaisseau marastin dow et ce dernier l'a contacté. Il est en route pour la base cachée de Kejon. Il y sera avant que Kejon y arrive. Nous devrions arriver peu après. L'informateur a dit qu'il fera tout ce qui est en son pouvoir pour protéger Emma mais qu'il ne peut rien promettre.

Ha'ven se glissa hors du lit.

— Tu attends de moi que je fasse confiance à un Marastin Dow ? Ils vendraient leurs propres partenaires avant d'aider qui que ce soit à part eux-mêmes, répondit-il tandis que la nausée lui soulevait à nouveau le cœur. Qu'est-ce qui s'est passé ?

— Ta femelle t'a sauvé, répondit une autre voix grave. J'aurais dû faire ce que j'avais prévu et te défier pour elle. Si j'avais su à quel point elle était puissante, je l'aurais fait.

Ha'ven tourna la tête pour regarder de l'autre côté de la pièce. Un grand corps se leva de son siège et s'étira. Ses yeux se plissèrent sur l'air sérieux dans les yeux marron foncé.

— Qu'est-ce qui s'est passé ?

La bouche de Crom esquissa une moue.

— L'assassin avait une arme qui ne ressemblait à rien de ce que j'avais déjà vu auparavant.

Il leva le bras et montra la bande dorée.

— Quoi que ce soit, ça s'est pris d'affection pour moi et je ne peux pas le retirer. Kejon t'a lancé ça sauf que c'était noir, vivant et puissant. Ça m'a jeté au sol et c'était déterminé à t'étrangler.

Flèche et Adalard jurèrent tous les deux à voix basse.

— C'est la même chose qui a attaqué Mandra. C'est une partie du symbiote de Raffvin. Je croyais que Paul et les autres l'avait vaincu, marmonna Adalard. Comment Kejon se l'est-il procuré ?

— Je ne sais pas, dit Ha'ven en pensant à la puissance que contenait le petit bout de symbiote. La dernière chose dont je me souviens c'est qu'il aspirait mon énergie.

— Ça faisait plus que ça, dit Crom tout en frottant doucement la bande dorée. Ça t'écrasait. La silhouette de ta compagne faite des couleurs du ciel après une averse est apparue sous mes yeux. Elle a touché les bandes noires. Je ne sais pas ce qu'elle a dit ou fait mais ça a aspiré les ténèbres en elle. Il ne restait qu'un métal doré vivant après. Dès l'instant où ta compagne a aspiré les ténèbres, le métal t'a relâché immédiatement. Je suis venu t'aider et il m'a attrapé et ne m'a pas lâché depuis. Ton frère m'a dit que ça appartient aux métamorphes dragons.

— Qu'est-ce que tu fais là ? demanda Ha'ven à l'imposant Moniker. Comment vont les autres ?

Crom sourit.

— Je souhaite voir plus que les mines de la Planète Rouge et les femelles de mon monde. En outre, le métal doré ne veut pas me lâcher. Je me suis dit que je devrais le ramener à son monde. Sans compter que j'espère toujours avoir une chance de revendiquer la petite femelle. Je ne peux pas le faire depuis mon monde, répondit-il. Dix membres de mon peuple ont péri durant la bataille. Pollamay a accouché prématurément. Le bébé est faible, mais il devrait survivre, ajouta-t-il sombrement.

Ha'ven sentit le poids de ceux qui avaient péri sur ses épaules. Il leva la tête quand il sentit une main le toucher délicatement. Les yeux marron foncé le regardèrent pendant plusieurs longues secondes.

— Mon peuple soutient son prince, dit doucement Crom. Nous

devons tant à ta famille. Chacun d'entre nous a fait le serment de soutenir votre règne. Ton père a sauvé notre monde durant la Grande Guerre quand Ben'qumain a envoyé des troupes nous tuer afin de pouvoir prendre les ressources de la Planète Rouge. Ceux qui ont péri l'ont fait avec honneur. Ne les déshonore pas en assumant la responsabilité de ce qu'ils ont donné librement.

Ha'ven hocha la tête.

— Je suis honoré d'avoir votre soutien, dit-il doucement avant de se tourner vers ses frères et de prendre une profonde inspiration. Dites-moi tout ce que vous savez.

Emma se réveilla lentement. Elle resta immobile alors que les souvenirs l'envahissaient. Elle ouvrit les yeux et regarda le plafond inconnu. Elle se poussa pour se redresser et repoussa ses longs cheveux par-dessus son épaule.

— Tu es réveillée, dit une voix rauque. Je commençais à m'inquiéter et à penser que tu ne te réveillerais jamais.

Emma sursauta et se tourna vers la porte. Un grand mâle élancé à la peau violette était appuyé contre le mur à côté de la porte. Il portait un uniforme noir complet. Un insigne et plusieurs étoiles dorées étaient attachés au col de sa chemise.

— Qui êtes-vous ? demanda-t-elle nerveusement avant de balayer la pièce peu meublée du regard. Où suis-je ?

— Je suis le capitaine Marus Tylis, commandant du *Traitor's Run*, répondit le grand homme.

— Pourquoi… ?

Emma prit une inspiration tremblante tout en serrant ses mains ensemble.

— Pourquoi est-ce que je suis ici ? Qu'est-ce qui va m'arriver ?

Marus étudia la petite femelle. Il avait été surpris quand Kejon était réapparu à bord du *Traitor's Run* avec la femelle voilà près de dix-huit heures. Kejon avait donné la femelle à un des officiers supérieurs après que ce dernier ait dit au Curizan qu'un vaisseau de guerre allant à une vitesse élevée avait pénétré la région et se dirigeait vers eux.

Il avait immédiatement ordonné à l'officier de mettre la femelle en sécurité dans l'une des cabines vides au niveau des officiers. Il n'y avait aucun autre endroit de sûr à bord du vaisseau. Ils ne faisaient pas de prisonniers et quiconque était découvert en train de violer les procédures à bord était tué et le corps était jeté dans l'espace.

La seule raison pour laquelle il savait qu'il pouvait faire confiance aux membres de l'équipage à bord du *Traitor's Run* était que chacun d'entre eux avait été soigneusement sélectionné pour une mission différente. L'ancien capitaine avait fait l'erreur de croire qu'utiliser Kejon en tant que couverture pour leur vraie mission serait une bonne idée. Cette erreur lui avait coûté la vie et avait forcé Marus à changer leur mission. À présent, il aurait de la chance de sortir son équipage et lui-même du pétrin causé par Kejon sans être réduit en mille morceaux. Son seul espoir que tout le monde survive reposait sur le fait que la femelle assise en face de lui soit gardée en sécurité.

— Tu as été amenée ici par un assassin curizan appelé Kejon, répondit Marus à voix basse. C'est un mâle très dangereux et puissant. Je suis parvenu à le distraire pour le moment. Je ne sais pas ce qu'il veut faire de toi, mais quelque chose me dit que ça n'apportera rien de bon à aucun d'entre nous. Dis-moi qui tu es et ce qui te lie à la famille Ha'darra. J'ai besoin de toutes les informations que tu puisses me donner afin de pouvoir nous sortir tous de là vivants.

Emma se mordit la lèvre et se leva du lit sur des jambes tremblantes.

— Mon nom est Emma Watson. Je suis une Humaine, répondit-elle en regardant dans les yeux froids et argentés. J'ai été… enlevée sur ma planète il y a plusieurs mois. Il y a environ une semaine, Ha'ven Ha'darra est venu sur la planète où j'ai été emmenée.

Emma pencha la tête lorsqu'une nouvelle douleur la traversa au souvenir de Ha'ven luttant pour reprendre sa respiration. Elle leva des yeux brillants vers le mâle devant elle.

— Il m'a kidnappée et m'a revendiquée. J'étais fâchée contre lui au début, admit-elle doucement. Tout ce que je voulais c'était… mourir.

J'ai été grièvement blessée par un mâle sur ma planète avant mon enlèvement. Je ne savais même pas que quelque chose comme ça pouvait exister, dit-elle, levant les bras et les écartant pour montrer tout ce qui l'entourait. Je ne savais même pas que les extraterrestres existaient. Du moins, pas dans la vraie vie.

— Qui t'a enlevée ? demanda Marus, son ventre se serrant.

— Un homme appelé Creon Reykill, dit Emma. Il a dit que j'étais sous sa protection.

Marus prit une profonde inspiration et se passa une main sur le visage. C'était encore pire que ce qu'il avait pu imaginer. Il pouvait oublier sa peur des pouvoirs de Kejon. Il avait à bord de son vaisseau de guerre une femelle sous la protection de pas une, mais deux des espèces les plus féroces des systèmes stellaires connus. Il aurait de la chance s'ils se contentaient de les réduire en miettes. Cela serait une fin miséricordieuse comparée à ce qu'un métamorphe dragon et un prince curizan fous de rage pouvaient faire ensemble.

Il fixa le plafond et se demanda comment sa vie avait pu devenir un tel amas de problèmes si vite. Était-ce là sa punition pour vouloir libérer son peuple du gouvernement archaïque qui les dirigeait ? Il espérait apporter la liberté à son peuple. Au lieu de cela, lui et ceux qui luttaient pour la même chose étaient sur le point de se faire exter-miner car ils se trouvaient au mauvais endroit au mauvais moment avec clairement la mauvaise femelle à bord.

Il regarda à nouveau la petite femelle devant lui.

— Tu es la compagne de Ha'ven Ha'darra ? demanda-t-il d'une voix pesante.

Emma se mordit la lèvre et hocha la tête.

— Oui, répondit-elle.

Il jeta un œil vers la porte quand un petit coup retentit. Il entrou-vrit légèrement la porte. Une petite voix féminine lui dit quelque chose et il hocha la tête avant de refermer la porte.

— Je vais faire tout ce qui est en mon pouvoir pour te protéger, finit-il par dire. Il est important que Kejon ne sache pas ce que je fais.

Emma hocha à nouveau la tête.

— Capitaine Tylis, dit-elle quand il ouvrit la porte pour sortir. Merci, murmura-t-elle.

Marus hocha brièvement la tête avant de sortir et de fermer la porte derrière lui. Emma entendit le bruit du verrou qui se fermait. Elle se laissa lentement tomber sur le lit et attira ses genoux contre sa poitrine. Elle passa ses bras autour de ses jambes, ferma les yeux et laissa les larmes silencieuses couler.

— Oh Ha'ven, murmura-t-elle d'une voix entrecoupée. Je t'aime.

22

Ha'ven entendit les mots murmurés comme s'ils venaient de loin. Il resta figé sur le pont alors que la voix d'Emma résonnait en lui. Une sensation de détermination calme l'envahit.

Il pencha la tête et laissa l'énergie qui constituait l'univers s'ouvrir et se déverser en lui. Depuis qu'il s'était réveillé, son énergie lui était revenue décuplée. Elle était différente par rapport à avant, quand il se sentait incontrôlable et incapable de la manipuler. À présent, il se sentait concentré et au contrôle. Il se détendit et s'ouvrit à l'énergie au lieu de la combattre.

Tout ce qui se trouvait autour de lui ralentit jusqu'à ce que ce soit comme si le temps lui-même s'était arrêté. Il avança, étudiant ceux qui l'entouraient. Il pouvait voir son frère Flèche parler avec l'ingénieur en chef. Adalard passait des informations en revue sur une tablette. Chaque homme était à son poste, prêt pour la bataille à venir.

Ha'ven se tourna et put voir son corps debout dans la même position devant l'écran. Il se retourna et se concentra sur Emma. Une bande de lumière dorée s'élança à travers l'espace. Il saisit l'éclat d'énergie et s'y accrocha. Il embrassa le puissant jet d'énergie, le chevauchant alors qu'il l'éloignait du *Rayon I*.

Il se concentra quand un autre vaisseau de guerre entra dans son champ de vision. Sa taille et sa forme lui permirent de reconnaître qu'il s'agissait d'un des vaisseaux offensifs des Marastin Dow. Sa forme non-physique traversa la coque du vaisseau de guerre sans aucun problème. Il se déplaça aisément à travers les couloirs, invisible aux yeux de ceux qui s'y trouvaient.

Il s'arrêta quand il vit un grand mâle parler doucement à plusieurs autres. L'insigne sur sa chemise montrait qu'il s'agissait du capitaine. La rage en lui crût. Le mâle s'arrêta de parler et regarda autour de lui l'air mal à l'aise quand les murs autour de lui grincèrent. Ha'ven contint sa fureur et flotta plus près du mâle. Il ne mettrait pas Emma en danger. Il s'arrêta quand le mâle se retourna vers les trois autres officiers près de lui.

— Quoi qu'il arrive, protégez la femelle, ordonnait le mâle aux autres. Elle doit être rendue à Ha'darra saine et sauve.

— Et l'autre Curizan alors ? demanda nerveusement la femelle. Comment peut-on la protéger de lui ? Tu as vu ce qu'il a fait à Jonas. Nous sommes sans défense face à lui.

— On mourra tous si la femelle humaine n'est pas protégée. Elle est sous la protection des maisons royales curizan et valdier, répondit sèchement le mâle. On aura besoin de leur alliance si on veut libérer notre peuple. Cela concerne plus que simplement nos vies. Cela concerne les millions d'autres sur notre monde qui sont à la recherche d'une vie meilleure. Aris, est-ce que tu es parvenu à faire passer le message ?

— Oui, le général curizan sera à la base de Kejon avant nous et il devrait avoir prévenu Ha'darra, répondit Aris.

— Qu'est-ce qui te fait penser que Ha'darra ne nous détruira pas avant qu'on ait une chance d'expliquer que nous étions forcés d'aider Kejon ? demanda l'un des mâles. Dès qu'ils nous verront, ils nous réduiront en miettes.

Le mâle plus âgé se tourna et regarda les trois qui se tenaient devant lui.

— Je n'ai aucune garantie. Je ferais mon possible pour protéger ceux à bord du *Traitor's Run*, répondit-il à voix basse. Retournez à vos postes et assurez-vous que l'emplacement de Kejon soit constamment surveillé.

— Oui, Monsieur, dirent les trois avant de se tourner et de disparaître.

Marus se tourna quand il sentit à nouveau le frisson qui l'avait traversé quelques instants plus tôt. Ses yeux scrutèrent le couloir vide. Il marmonna un bref juron avant de redresser les épaules.

— Si vous pouvez m'entendre, sachez que nous ferons tout ce qui est en notre pouvoir pour la protéger, marmonna-t-il à voix basse.

Marus ne savait pas si qui que ce soit se trouvait ou non dans le couloir, mais son instinct lui disait qu'une force plus grande que tout ce que les mortels avaient pu connaître s'était réveillée. Il ne pouvait qu'espérer que si Ha'darra pouvait l'entendre, il aurait pitié d'eux quand tout ceci serait terminé.

Emma leva la tête quand elle sentit une caresse chaude sur sa joue humide. Ses yeux s'écarquillèrent quand elle vit l'image scintillante de Ha'ven à genoux devant elle. Se mordant la lèvre inférieure, elle leva la main pour toucher la silhouette chatoyante.

— Est-ce que tu es vraiment là ou est-ce que je suis en train de rêver ? demanda-t-elle d'une voix faible.

Sa main traversa l'image, mais la chaleur qui l'envahit quand elle la toucha lui donna la force de se pencher en avant et de se tourner jusqu'à ce qu'elle soit à genoux.

— Je t'aime, murmura-t-elle, en regardant chaleureusement la forme floue.

Tout comme je t'aime, misha petite, répondit Ha'ven. *Je vais venir te chercher.*

— Je sais, murmura-t-elle. Le capitaine Tylis m'a dit qu'il t'a contacté. Je t'ai vu… je t'ai vu allongé sur le sol recouvert de la chose que Kejon t'a lancée dessus. J'avais tellement peur.

Les yeux d'Emma se dirigèrent vers la porte quand le bruit de pas lourds résonna. Peu après, elle entendit la voix de Kejon ordonner aux gardes à l'extérieur d'ouvrir la porte. Elle tourna des yeux effrayés vers l'image chatoyante quand les verrous s'ouvrirent.

— Pars, murmura-t-elle d'une voix pressante. Quelque chose me dit qu'il ne doit pas savoir que tu sais où je suis.

Je t'aime, ma Emma, dit Ha'ven avant de relâcher l'énergie qu'il manipulait.

— Je t'aime aussi, murmura-t-elle alors que la porte s'ouvrait.

Emma leva les yeux quand un autre grand mâle entra. Il était de la même couleur que les autres Curizans qu'elle avait rencontrés. La plus grande différence était la froideur ainsi que la pointe de folie dans ses yeux. Elle remonta rapidement sur le lit afin de s'éloigner de lui alors qu'il se tenait debout dans l'embrasure de la porte.

— De quelle espèce es-tu ? demanda Kejon d'une voix glaciale.

— Hu… Humaine, répondit Emma en se collant contre le mur derrière elle.

Kejon fronça les sourcils alors qu'il la fixait. Emma voyait qu'il essayait de voir si elle lui avait dit ou non la vérité. Il s'approcha lentement, ne s'arrêtant que lorsque ses jambes furent appuyées contre le bord du lit étroit.

— D'où venez-vous ? demanda-t-il.

— De la Terre, dit Emma en relevant la tête en signe de défi.

— La Terre, répéta Kejon. Où est cette planète et à quel point êtes-vous puissants ?

La bouche d'Emma se pinça.

— Je ne sais pas où c'est par rapport à où je me trouve, déclara-t-elle honnêtement. Et nous sommes très puissants. Bien plus puissants que vous, bluffa-t-elle.

Kejon resta debout à la fixer pendant plusieurs longues minutes. Il pouvait voir qu'elle avait peur, et pourtant, elle soutenait son regard, refusant de ciller.

Un sourire sardonique se dessina sur ses lèvres. Il devait saluer la façon dont elle essayait de cacher sa peur. Ses yeux parcourent ses cheveux clairs. Il tendit la main pour les toucher.

— Non ! dit-elle sèchement, se levant sur le lit. Vous ne me toucherez pas ! siffla-t-elle.

Les yeux de Kejon se plissèrent et il recula, inquiet. Des tentacules d'énergie sombre tourbillonnaient autour d'elle, soulevant ses cheveux dorés jusqu'à ce qu'ils flottent autour d'elle. Ses yeux bleus brillaient et il pouvait voir l'énergie sombre dans leurs profondeurs. Un frisson d'alarme descendit le long de son échine. Il recula prudemment d'un autre pas.

— Qu'est-ce que tu es ? demanda-t-il en appelant sa propre énergie au cas où il en aurait besoin.

— Je suis la compagne de Ha'ven Ha'darra, déclara-t-elle, serrant les poings contre ses flancs. Je suis sous la protection de Ha'ven Ha'darra et de la famille royale de Valdier. Vous ne me toucherez pas !

Kejon tomba en arrière contre la porte quand elle leva la main, paume tendue vers l'avant. La force de l'énergie en elle lui coupa le souffle. Il appela sa propre énergie pour former un bouclier. Une colère froide le submergeait. Il avait besoin du pouvoir à l'intérieur de la petite femelle. S'il trouvait un moyen de le récupérer et de le tourner contre Ha'darra, il serait sûr de pouvoir vaincre le prince curizan.

— Ton compagnon est mort, mentit Kejon. Je l'ai tué. Tu te plieras à ma volonté ! Je te revendique comme mienne à présent.

De l'incertitude traversa les yeux d'Emma alors que son esprit bataillait contre son cœur. Avait-elle simplement rêvé que Ha'ven était avec elle ? Avait-elle imaginé entendre sa voix et sentir sa chaleur ?

La panique et le désespoir lui transpercèrent le cœur à l'idée de ne plus jamais le revoir ou le toucher. Des larmes lui brûlèrent les yeux alors que le mâle en face d'elle faisait un pas un avant, sentant son indécision.

— Non, murmura-t-elle. Non, je ne subirai pas ça à nouveau.

Elle balaya la pièce lumineuse du regard. Il n'y avait pas d'obscurité dans laquelle elle pouvait se cacher comme à bord du *Sentinel*. Elle ferma les yeux et imagina un endroit sombre dans son esprit. Si son corps ne parvenait pas à trouver un endroit où se cacher, son esprit, lui, le ferait. Elle ne laisserait plus jamais qui que ce soit la retenir prisonnière.

Le cri furieux de Kejon résonna dans la pièce alors qu'Emma se concentrait en son for intérieur. Elle ignora tout excepté les ombres dans son esprit. Elle était en sécurité dans l'obscurité. Elle y était en sécurité car personne ne pouvait la trouver dans l'obscurité. Elle imagina les ténèbres apaisantes l'entourant.

Son corps picota tandis qu'elle s'imaginait en train de passer une porte invisible. La paix l'envahit lorsqu'elle tomba dans les ténèbres. Elle regarda la porte derrière elle une dernière fois et vit son corps recroquevillé sur le lit.

Elle ressentit un moment de triomphe quand Kejon tourna son corps mou. Il était peut-être capable de toucher sa forme physique, mais elle n'était plus dedans. Elle se retourna et suivit le fil doré qui la guidait.

23

---

*H*a'ven revint dans son corps en frissonnant. Il prit une profonde inspiration alors qu'il se reconcentrait sur l'endroit où il se trouvait. Une main sur son bras attira son attention et il vit Flèche et Adalard le regarder d'un air méfiant. Il balaya le pont du regard et remarqua que les autres guerriers le regardaient avec plus qu'une simple pointe d'inquiétude.

— Qu'est-ce qu'il y a ? demanda-t-il en regardant à nouveau Adalard.

— C'est à toi de me le dire, marmonna Adalard.

— Je crois qu'il faut qu'on s'occupe de cela dans la salle de conférence, suggéra Flèche, en regardant Ha'ven d'un air étrange.

Ha'ven hocha la tête et se dirigea vers la salle de conférence adjacente au pont. Il s'approcha de la vitre et regarda l'espace profond en attendant que la porte se ferme. Il se tourna pour regarder ses deux frères. Ils étaient debout, les bras croisés sur le torse et des expressions sombres sur leurs visages.

— Qu'est-ce qu'il y a ? demanda-t-il à nouveau, impatient.

— Tu ne sais pas ? s'enquit légèrement Adalard.

— Je ne sais pas quoi ? Vous allez me dire ce qui se passe ? répondit-il.

— Où étais-tu il y a quelques minutes ? demanda prudemment Flèche en se dirigeant vers la table de conférence pour s'asseoir.

Ha'ven fronça les sourcils et regarda son frère cadet sortir une carte des étoiles. Il l'étudia, un pli lui barrant toujours le front. L'emplacement du *Rayon I* était incorrect. Ils devraient se trouver plus près du spatioport de Sanapare, pas celui de Razzine que préféraient les pilotes de cargo peu fréquentables. Le spatioport était dirigé par les Tiliquas, une espèce de petits reptiles à deux têtes qui étaient d'excellents hommes d'affaires. Il était impossible qu'ils aient traversé une telle distance en seulement quelques minutes. Razzine se trouvait à plus de deux jours de voyage.

— J'étais sur le pont, dit-il nerveusement. Pourquoi ?

— On sait, mais tu étais aussi ailleurs, insista Adalard.

Ha'ven regarda Adalard avant de se retourner vers la carte des étoiles.

— J'étais avec Emma, répondit-il doucement.

Flèche se pencha en arrière sur son siège et regarda Ha'ven. Un sourire se dessina lentement sur ses lèvres et l'excitation fit briller ses yeux. Adalard lança un regard d'avertissement à son jumeau mais Flèche l'ignora et haussa les épaules.

— Tu brillais, frérot, dit Flèche. Diable, le vaisseau tout entier brillait avec toi. Un instant on avait presque deux jours de retard sur le vaisseau de guerre marastin dow, celui d'après on est juste à côté de Bahadur. J'ai cru qu'il allait se faire dessus quand on est soudainement apparu à côté de lui. Au fait, il de mauvais poil vu qu'en temps normal, rien ne l'atteint. Il vient d'atterrir dans la baie d'atterrissage numéro 1.

— Qu'est-ce qui s'est passé ? Comment as-tu fait ça ? demanda doucement Adalard.

— Je ne sais pas. J'ai entendu Emma, commença-t-il tout en étudiant à nouveau la carte des étoiles. J'avais besoin de la trouver… de la rejoindre. J'avais des difficultés à appeler et à contrôler mon énergie depuis mon emprisonnement sur l'Enfer. C'en était à tel point que je craignais que…

Il s'arrêta et se passa les mains sur le visage avant de s'asseoir sur l'une des chaises.

— J'ai demandé à Melek de me tuer si ça empirait. J'avais perdu le contrôle et je représentais un danger.

— Pourquoi ne me l'as-tu pas dit ? demanda Adalard, la colère faisant ressortir la cicatrice sur sa joue. J'aurais pu t'aider.

— Non, tu n'aurais pas pu, répondit Ha'ven. Nous avons tous entendu les histoires sur ce qui peut se produire si une énergie reste hors de contrôle.

— Ce sont des histoires pour les enfants ! lança Adalard en agitant une main. Des histoires racontées pour garder les enfants et les jeunes garçons sur le droit chemin.

— Non, ce ne sont pas que des histoires, expliqua doucement Ha'ven. J'étais comme toi avant, je pensais la même chose, jusqu'à ce que… jusqu'à ce qu'Aria réveille en moi des ténèbres qui ont continué à croître. Je n'arrivais plus à contenir ou à contrôler l'énergie en moi. J'ai construit une chambre sous ma maison où j'allais libérer l'excédent, mais même cela n'était plus une garantie.

— C'est pour ça que tu as dû partir un certain temps, déclara Flèche. Et c'est pour ça que tu voulais que le *Sentinel* soit modifié de façon à ce qu'il puisse utiliser ton énergie. Je n'arrivais pas à comprendre pourquoi tu voudrais prendre le risque d'épuiser ton énergie quand ça n'était pas nécessaire.

— Tu aurais quand même dû nous le dire. On aurait pu t'aider, dit obstinément Adalard.

— Emma m'a aidé, admit Ha'ven. Je craignais que les ténèbres qui menaçaient de me consumer lui fassent peur, mais dès l'instant où elle m'a touché… Elle n'a pas conscience du pouvoir présent dans son corps. Son contact m'apaise. La magie de son âme appelle la mienne. Elle m'équilibre.

Flèche regarda Ha'ven d'un air pensif avant de hocher lentement la tête.

— J'ai lu des choses à ce sujet.

Adalard et Ha'ven regardèrent leur frère cadet d'un air choqué.

— Tu as lu des choses à ce sujet ? Quand ? demanda Adalard.

Flèche sourit.

— Tu aurais vraiment dû plus te concentrer durant nos leçons.

Salvin en a parlé continuellement pendant plus d'un mois. Je voulais en savoir plus alors je me suis glissé en douce dans la salle des archives. J'ai mis une semaine à pénétrer dans la section interdite. Salvin y a mis des tas de verrous et de sorts. Une fois que j'ai réussi à y entrer, j'ai mis deux ans à lire tout ce qui s'y trouvait.

Adalard leva les yeux au ciel et se laissa tomber sur la chaise à côté de Ha'ven.

— Est-ce que tu as déjà baisé ou tu as seulement lu des choses dessus ? Je te jure, il est impossible que tu aies eu le temps de le faire.

Flèche mit un rapide coup de poignet en direction d'Adalard, envoyant un petit éclair d'énergie à son jumeau. Adalard eut à peine le temps de l'attraper avant qu'il ne lui arrive en plein visage. Son juron sonore tira un petit rire à Flèche.

Adalard grogna lorsque que la décharge lui parcourut le corps, faisant se dresser ses cheveux sur sa tête. Ses yeux lancèrent des éclairs face à l'amusement dans ceux de son jumeau. Il ne s'était pas attendu à la petite décharge supplémentaire dans la boule d'énergie.

— Très drôle, grogna Adalard en envoyant une vague d'énergie pour faire retomber ses cheveux.

— C'est ce que je pensais, répondit Flèche. Et oui, j'ai déjà baisé… plus de fois que tu ne peux compter.

— Assez, grogna Ha'ven. Que t'ont appris les archives ?

Flèche ouvrait la bouche pour répondre quand la porte de la salle de conférence s'ouvrit. Bahadur entra à grandes enjambées sans attendre la permission d'entrer. Ses yeux lançaient des éclairs à l'attention des trois frères.

— Vous m'avez foutu une peur bleue ! lança-t-il. D'où diable êtes-vous sortis tout à coup comme ça ?

Ha'ven serra les dents et compta. Le général curizan était le meilleur qu'ils avaient, mais il suivait aussi ses propres règles… c'était ce qui faisait de lui le meilleur. Bahadur et lui avaient combattu ensemble et il respectait trop l'autre mâle pour faire un commentaire sur son manque de respect envers l'autorité. Cela ne changerait rien de toute façon. L'autre mâle se contenterait de convenir qu'il manquait totalement de respect.

— C'était ce qu'on était sur le point de découvrir, répondit Ha'ven, exaspéré.

— Très bien, dit Bahadur en se dirigeant vers le synthétiseur pour se faire une boisson forte. Alors j'arrive juste à temps.

Flèche leva les yeux au ciel à l'attention de Ha'ven et Adalard pendant que Bahadur avait le dos tourné avant de continuer.

— J'ai lu un volumen dans les archives qui parle de « l'Union ». Il y est dit qu'il y a bien longtemps, la déesse Aikaterina a donné aux Curizans la capacité de manipuler l'énergie qui les entoure. Chacun a reçu une capacité différente afin qu'aucun ne soit plus puissant que les autres à part un. La déesse a donné à un Curizan le don de pouvoir manipuler une quantité d'énergie illimitée mais elle l'a averti qu'un grand pouvoir implique de grandes responsabilités. Elle lui a accordé ce don car son courage et son honneur l'ont impressionnée. Il avait été prêt à se sacrifier pour protéger son peuple. Elle lui a expliqué que l'un d'entre eux devait être plus puissant que tous les autres afin de maintenir l'équilibre et l'ordre. Mais, a-t-elle prévenu le guerrier, si l'énergie n'est pas équilibrée en lui, elle pourrait détruire le monde pour lequel il avait été prêt à donner sa vie. Craignant que ce pouvoir le corromprait, elle lui a dit qu'il devrait trouver celle qui l'équilibre-rait. L'énergie ne serait stabilisée que lorsqu'ils se seraient « unis » pour ne faire qu'un. Sans l'équilibre, la destruction et la mort s'ensui-vraient. La déesse, consciente qu'un tel pouvoir devait aussi être équi-libré à travers les systèmes stellaires, a donné à trois autres espèces des pouvoirs égaux mais sous différentes formes.

— Quelles sont les trois autres espèces ? demanda Bahadur en se penchant en avant sur son siège.

Flèche fronça les sourcils.

— La légende dit qu'elle a donné leurs symbiotes aux Valdiers. L'autre espèce est celle des Sarafins. Elle leur a accordé le don des neuf vies.

— Ça ne fait que deux, dit Adalard. C'est quoi la troisième ? Nous ?

— Non, admit Flèche. Le volumen est déchiré et il manque la description de la dernière espèce.

— Super ! Et une espèce manquante dont il faut s'inquiéter,

marmonna Bahadur. Alors, qu'est-ce que tout ça a à voir avec le fait que vous soyez soudainement apparus de nulle part ?

— Si mon hypothèse est correcte, dit Flèche en regardant son frère aîné avec un sourcil arqué. Tu es celui qui a reçu le don de l'énergie illimitée. Emma est ton équilibre. Quand tu l'as revendiquée, l'union a été accomplie. Tu as le pouvoir d'appeler et de manipuler une quantité d'énergie illimitée. Ton désir d'être avec elle, de la protéger, t'a permis de tordre le temps et l'espace et de « transporter » le *Rayon I* à l'endroit où elle est emmenée.

Bahadur grimaça alors qu'il finissait son verre et le posa sur la table avec un petit bruit sourd.

— Rappelle-moi de ne jamais te mettre en rogne, marmonna-t-il entre ses dents.

Ha'ven se pencha en arrière sur son siège et lança un regard noir à son frère.

— Pourquoi est-ce que je ne peux pas simplement utiliser cette énergie pour la faire venir à moi ? demanda-t-il. Ne devrais-je pas être capable de la téléporter hors du vaisseau de guerre et dans mes bras si j'ai ce pouvoir illimité ?

— Je ne sais pas comment ça fonctionne, grommela Flèche. Diable, j'avais même oublié cette légende jusqu'à ce que tu fasses ça. Il faudrait que je relise le fichu truc pour comprendre comme ça marche et encore, seulement s'ils ont écrit les foutues instructions ! Les dieux et les déesses ne donnent pas toujours des instructions précises, tu sais. En outre, où étais-tu pendant les leçons de Salvin ?

Adalard et Bahadur sourirent.

— Il courrait après les filles avec nous.

Ha'ven ne put s'empêcher de sourire.

— C'était bougrement plus amusant que ce que Salvin enseignait, admit-il avant de reprendre son sérieux. Bahadur, quelles informations possèdes-tu ?

Bahadur toucha le lecteur vidéo et le changea pour une coupe transversale de Razzine.

— Razzine est situé sur une ancienne base minière antrox. Le spatioport a été construit autour. Kejon a une base secrète cachée de l'autre côté. Elle est visible aux yeux de quiconque arrive sur Razzine mais elle aussi hors de vue car elle est située sur le côté du spatioport qui n'est pas utilisé. C'est ce qui la rend si foutrement difficile à trouver. Personne ne pose de questions sur les vaisseaux qui vont et viennent, fit-il remarquer. Les Antrox ont creusé des tunnels sur des tunnels. J'ai dû fouiller leur base de données en profondeur pour trouver les plans de cette mine. Heureusement que ces bâtards sont bien organisés. J'ai passé les trois derniers jours à suivre un des collaborateurs bien connus de Kejon. Je l'aurais perdu sans cette carte.

Ha'ven se pencha en avant, fixant l'emplacement que Bahadur avait touché. Le schéma agrandi montrait le labyrinthe de tunnels. Bahadur avait surligné ceux qui menaient ou sortaient d'une section inférieure. Ses yeux les suivirent jusqu'aux vestiges d'une ancienne salle des commandes.

— Nous devons y entrer avant que Kejon arrive, commenta Adalard. Je ne pense pas qu'il se contentera de tout laisser sans surveillance pour nous.

— Je me chargerai de son système de sécurité, dit Flèche. Aucun verrou ou système de sécurité ne me résiste. C'est un des dons que la déesse m'a accordés.

— C'est quoi les autres à part être un emmerdeur et un je-sais-tout ? demanda Adalard avec un sourire malicieux.

— Je suis meilleur amant que toi, dit Flèche en se levant.

— Dans tes rêves, rétorqua Adalard en riant.

— Pas selon Niria, Traya et Doray, dit Flèche en sortant de la salle de conférence.

— Qu'est-ce que…, dit Adalard en fixant son frère.

— Ce ne sont pas tes amantes du moment ? demanda Bahadur. Manque de bol, mon vieux. On dirait que Flèche les a essayées récemment, ajouta-t-il en passant à côté d'Adalard et en lui mettant une tape compatissante sur l'épaule.

— Allez, dit Ha'ven. Rappelle-toi seulement que tu ne peux pas le tuer. Mère n'aimerait pas cela.

— Ouais, mais elle n'a rien dit à propos du fait de le passer à tabac, grommela Adalard entre ses dents.

24

*E*mma regarda autour d'elle, émerveillée. Ses yeux se levèrent vers le plafond, seulement le plafond était une splendide vue sur l'univers. Des nébuleuses aux couleurs magnifiques s'étalaient devant elle. Elle pensait n'avoir jamais vu autant d'étoiles quand elle était sur la lune, mais ce qu'elle voyait à présent lui coupait le souffle.

— C'est beau, dit une chaleureuse voix rauque derrière elle.

Emma se tourna, surprise.

— Oui, bredouilla-t-elle. C'est beau.

Emma étudia la belle créature qui s'approchait d'elle. La silhouette scintillait, comme si elle était faite de poudre d'or et de diamant. La silhouette devint plus nette et Emma fut capable de discerner le corps d'une grande et élégante femme. Ses cheveux dorés flottaient et allaient de pair avec la robe scintillante qu'elle portait. Emma pencha la tête et leva les yeux vers la femme quand elle s'arrêta devant elle.

— Où suis-je ? demanda doucement Emma. Qui êtes-vous ? Est-ce que je suis morte ?

Aikaterina étudia la petite femelle debout devant elle. Elle rayonnait de force, de compassion et de douceur. Un sourire satisfait se dessina sur ses lèvres. Elle avait bien choisi. Les attributs cachés de cette espèce ne cessaient de l'étonner. Elle devrait peut-être retourner voir leur monde.

Voilà bien longtemps, elle avait envoyé une goutte de son propre sang pour donner la vie à la planète de la fille. Cela avait pris des milliards d'années, mais le temps n'avait aucune conséquence sur son espèce.

Aikaterina était considérée comme une déesse par ceux qui la regardaient. Elle ne considérait pas l'être en raison de leurs croyances. Elle était simplement...

Son espèce voyageait à travers les différents systèmes stellaires à la recherche de planètes ayant le potentiel d'accueillir la vie. Si un monde était prêt, elle y laissait une part d'elle-même dans l'espoir qu'elle grandirait et nourrirait la vie.

Elle allait avec les univers, en faisant autant partie que les galaxies qui les constituaient. Il arrivait parfois qu'une espèce la touche à tel point qu'elle décidait de s'arrêter et d'interagir avec ses membres. C'était ce qui lui donnait la subsistance dont elle avait besoin pour continuer. La récente naissance d'un enfant valdier l'avait fait revenir dans ce système stellaire. Mais c'était les espèces qui constituaient ces mondes qui l'avaient fait rester.

Aikaterina leva une main et la fit glisser sur les cieux, créant une onde qui changea légèrement une nébuleuse et fit se former de nouvelles étoiles. Elle arrêta sa main près d'un petit point et le toucha. Une image élargie d'un spatioport construit sur un astéroïde apparut.

— J'ai reçu de nombreux noms de la part de nombreuses espèces, répondit Aikaterina. Ici, on m'appelle Aikaterina. Je t'ai amenée à un endroit où tu te sentirais en sécurité.

Elle regarda Emma tout en esquissant un sourire espiègle.

— Et non, tu n'es pas morte. Cela serait une perte incroyable et celui qui s'est uni à toi serait profondément dévasté.

Les yeux d'Emma allèrent d'Aikaterina à l'image de l'astéroïde. Elle s'approcha, fronçant les sourcils quand elle vit un vaisseau de guerre amarré à l'un des longs bras qui en sortaient. Elle tendit la main pour suivre les mots insolites sur le côté et poussa un petit cri quand elle se retrouva soudainement à l'intérieur.

Des hommes travaillaient à différents postes. Certains s'interpellaient tandis que d'autres se concentraient sur les instruments devant eux. Elle tourna la tête quand une porte s'ouvrit sur un côté. Ses yeux s'écarquillèrent et elle laissa échapper un petit cri quand elle reconnut un des hommes sortant de la pièce.

— Ha'ven, souffla-t-elle en s'avançant vers lui, une main tendue.

— Il ne peut pas te voir ni t'entendre ici, répondit Aikaterina en regardant le grand mâle parler avec un autre à voix basse.

— Qu'est-ce qui se passe ? demanda Emma en le regardant passer à côté d'elle.

— Ils se préparent à venir te chercher, dit Aikaterina. Un membre de son espèce a choisi d'abuser du don que je lui accordé. Ton mâle a le choix de pouvoir corriger cela.

Emma regarda le corps scintillant.

— Pourquoi ne vous occupez-vous pas vous-même de Kejon ? Si vous lui avez donné ce pouvoir, ne pouvez-vous pas le lui reprendre ?

Aikaterina secoua la tête.

— Je n'interfère pas avec le chemin qu'une espèce choisit. Enfin, pas souvent, ajouta-t-elle si doucement qu'Emma faillit ne pas l'entendre.

— Qu'est-ce que vous entendez par « pas souvent » ? demanda Emma.

Aikaterina émit un petit rire tout en se déplaçant aux côtés d'Emma.

— J'ai senti le changement dans l'énergie et j'ai su qu'un autre membre de la lignée que j'ai choisie il y a bien longtemps possédait la capacité de manipuler les pouvoirs que j'ai accordés, expliqua-t-elle. Je me sentais très généreuse alors, peut-être un peu trop généreuse. Pour chaque don que j'ai accordé, j'ai aussi créé en chaque espèce le besoin d'un équilibre. Il est important que le pouvoir soit partagé avec un autre qui serait en harmonie avec le compagnon qu'ils ont choisi. Tu es l'équilibre de ton compagnon. Je ne m'attendais pas à ce qu'un si grand pouvoir se cache dans une espèce si jeune.

Emma soupira, frustrée.

— Quel pouvoir ? Je n'ai pas de pouvoirs.

— Oh mais tu en as, ma petite, dit Aikaterina en touchant la joue d'Emma. Ton guerrier avait grand besoin de toi et ton cœur a répondu à son appel. Tu es la chanson de Ha'ven, la seule capable d'apaiser les ténèbres en lui. Tu ne crains pas ses ténèbres, tu les embrasse. Seule celle capable d'amener la lumière qui équilibre les ténèbres peut faire cela.

Les yeux d'Emma brillaient de larmes. Elle comprenait ce qu'Aikaterina lui disait. Quand elle était avec Ha'ven, elle sentait la musique en elle. Il lui donnait envie de danser sur les nuages et de chanter pour les cieux. Il avait ouvert son cœur et avait comblé sa vie de chaleur et de joie, et elle se sentait forte et en sécurité dans ses bras.

— Penses-tu que ses sentiments sont différents ? demanda tendrement Aikaterina. Il ne peut pas faire cela seul. Il a besoin de toi, ma petite. Il a besoin de ton amour et de ta force.

— Que dois-je faire ? demanda Emma, craignant soudain de perdre Ha'ven.

— Retournes-y, murmura Aikaterina alors que le vaisseau de guerre et elle commençaient à disparaître. Reste à ses côtés, étreins-le, équilibre-le... aime-le.

Emma hocha silencieusement la tête. Elle regarda une dernière fois le visage fort et déterminé de l'homme qu'elle avait appris à aimer. Elle n'avait plus peur. Elle n'avait pas voyagé aussi loin et traversé tant de choses pour se contenter de se cacher. Elle ne serait pas seulement à ses côtés, elle se battrait avec lui.

Emma ferma les yeux. Elle se concentra sur le vaisseau de guerre marastin dow où elle avait laissé son corps. Elle n'avait plus peur de la lumière.

∾

— Que la déesse soit louée, murmura une voix féminine quand les yeux d'Emma s'ouvrirent. Je croyais que tu étais morte.

Emma cligna des yeux face à la lumière aveuglante. La femelle marmonna quelque chose à quelqu'un derrière elle et les lumières s'atténuèrent. Emma balaya la pièce du regard, confuse, avant que tout ne lui revienne. Elle baissa les yeux et découvrit qu'une fine couverture la recouvrait.

— Où..., elle s'humecta les lèvres. Où suis-je ?

— À l'infirmerie, répondit la femelle. Je suis le docteur Reddick. Ce Curizan... Kejon a amené ton corps il y a presque deux heures. Il a dit que tu t'étais tout simplement écroulée. Nous croyions qu'il t'avait peut-être...

Sa voix mourut lorsqu'elle regarda le mâle derrière elle.

— Nous étions inquiets à l'idée qu'il t'ait fait du mal, finit le capitaine Tylis.

Emma secoua la tête.

— Je croyais qu'il allait me faire du mal mais je... suis partie avant qu'il puisse faire quoi que ce soit, répondit-elle en s'efforçant de s'asseoir. Il faut que je me rende sur l'astéroïde.

Marus fronça les sourcils.

— Comment as-tu su que c'est là que nous allons ?

Emma leva la tête, surprise.

— Aikaterina me l'a dit. Mon compagnon est sur l'astéroïde.

La femelle laissa échapper un petit cri de surprise et fixa Emma comme si une deuxième tête venait de lui pousser sur l'épaule. Marus lui lança un regard d'avertissement avant de fixer Emma d'un air incrédule. Ce qu'elle avait dit les avait apparemment choqués tous les deux d'après leurs expressions.

— Tu as... parlé à Aikaterina ? Tu l'as... vue ? demanda Marus d'une voix hésitante.

— Oui, je lui ai parlé et je l'ai vue, répondit Emma.

— Capitaine, commença Reddick en se levant de son siège.

— Pas un mot, Docteur, ordonna sévèrement Marus avec un regard d'avertissement. Qu'est-ce qu'elle t'a dit ?

— Elle a dit que je suis son équilibre, dit Emma en levant des yeux emplis d'espoir et d'excitation. Elle a dit que je suis sa chanson.

Marus n'était pas sûr de comprendre ce qu'elle avait dit, mais il était sûr d'une chose : il protégerait cette femelle au prix de sa vie. Elle avait été choisie par la déesse elle-même. Il n'avait aucun doute là-dessus. Il devait l'emmener sur le spatioport et loin de Kejon.

— Si Kejon pose des questions sur elle, dites-lui que son état reste inchangé, ordonna Marus avant de tendre la main vers Emma. Il faut que tu fasses exactement ce que je dis.

Emma hocha la tête.

— Et vous ? Ne va-t-il pas vous faire du mal pour m'avoir aidée ? demanda-t-elle alors qu'il la tirait hors de l'infirmerie.

— Il peut essayer, marmonna Marus avant de se tourner et de parler à voix basse à plusieurs hommes se tenant à l'extérieur de la porte. À quelle distance sommes-nous de Razzine ?

— Nous serons prêts à nous amarrer d'ici une heure, répondit un des hommes.

— Kejon va venir chercher la femelle, répondit Marus. Faites votre possible pour le retarder, ordonna-t-il tout en se tournant vers un autre. Sortez et préparez deux uniformes d'entretien. Je veux l'autori-sation du spatioport d'effectuer des réparations orbitales. Assurez-vous aussi qu'une moto d'entretien soit prête. Sous-officier Marks, faites savoir à notre ami sur le spatioport qu'il doit se préparer à mon arrivée au Niveau 2.

— Oui, Monsieur, dit le jeune mâle en faisant un salut militaire.

— Allons-y, dit sombrement Marus.

— Où est-ce qu'on va ? demanda Emma en se hâtant derrière lui.

— Est-ce que tu es déjà sortie dans l'espace ? lui demanda-t-il.

Emma s'arrêta, bouche bée, face à sa question. Marus prit cela pour un « non ». Il ravala le juron fleuri qu'il voulait dire et se concentra plutôt ce qui devait être fait.

La dernière chose dont j'ai besoin, c'est d'avoir un Curizan très en colère au cul, pensa Marus, entrant dans l'ascenseur et donnant l'ordre de descendre au niveau d'entretien. *J'aurais de la chance si je m'en sors vivant.*

25

— *M*onsieur, nous recevons un message, dit un des sous-officiers assignés aux communications.

— Connectez-le, répondit Ha'ven alors qu'il jetait un œil au pistolet laser qu'il avait à la main.

— Ici le capitaine Marus Tylis du vaisseau de guerre marastin dow, *Traitor's Run*, résonna une voix grave.

Ha'ven s'arrêta et se redressa.

— Ici Ha'darra. Vous avez ma compagne, grogna-t-il.

— Oui, répondit le mâle en poussant un grand soupir. Et cela va probablement me coûter la vie… plus d'une fois, si c'était possible, ajouta-t-il d'une voix bourrue.

— Où êtes-vous ? grogna Ha'ven.

— Ha'ven ? résonna soudain la douce voix d'Emma dans la pièce. Oh, Ha'ven, c'est incroyable ! Je n'avais jamais rêvé que j'aurais la chance d'être une astronaute ! C'est extraordinaire.

— Où. Êtes. Vous, demanda à nouveau Ha'ven alors que son ventre se serrait.

— On est à l'extérieur du spatioport, répondit Emma.

— Pourquoi est-ce que vous avez emmené ma compagne en

dehors de la protection de votre vaisseau de guerre ou du spatioport ? demanda Ha'ven, animé d'une rage à peine contenue.

— J'essaye de la sauver, rétorqua Marus. Nous nous dirigeons vers la baie d'entretien 4B au niveau 2. J'apprécierais si vous emmeniez votre combat avec le diable curizan qui a réquisitionné mon vaisseau de guerre ailleurs. J'ai mes propres batailles à mener sans me retrouver coincé entre vous deux.

Ha'ven arqua un sourcil en entendant la déclaration passionnée du Marastin Dow. Il regarda Adalard qui haussa les épaules. Son regard se dirigea vers Bahadur qui croisa les bras avec indifférence.

— J'ai entendu des rumeurs disant que les Marastin Dow qui ne sont pas d'accord avec la façon dont leur monde est dirigé se révoltent. Le bruit court qu'il va y avoir une révolution pour renverser le gouvernement et en établir un prônant une société plus pacifique.

— C'est plus qu'un bruit qui court, répondit froidement Marus. Nous nous amarrerons dans quinze minutes. Je ne sais pas combien de temps Kejon va mettre à découvrir que je lui ai volé son prix. J'imagine qu'il ne mettra pas longtemps.

— Je crois qu'il l'a peut-être déjà découvert, à moins que tu aies prévu que quelqu'un d'autre vienne avec nous, résonna la voix effrayée d'Emma.

Ha'ven entendit le juron de Marus au moment même où la connexion fut interrompue. Il tourna les talons et poussa Adalard et Flèche. Son seul objectif était d'atteindre la baie d'entretien du niveau 2. Il avait un traître à tuer.

— Est-ce que ça va ? demanda Marus à Emma qui s'accrochait à sa taille aussi fermement que la réserve d'oxygène sur son dos le permettait.

— Oui, dit-elle, le souffle court. Est-ce qu'on va y arriver avant qu'il nous rattrape ?

— Oui, répondit Marus d'une voix tendue lorsqu'un nouveau plan lui vint à l'esprit. Ce sera juste. Je vais faire mon possible pour l'arrêter. Quand nous nous approcherons de l'entrée, je vais lâcher la moto. Elle ira s'écraser dans la baie d'entretien, ce qui déclenchera la fermeture automatique. Les portes se fermeront. Tu n'auras que quelques secondes pour passer à travers l'ouverture.

— Et si je n'y arrive pas ? demanda Emma d'une voix tremblante.

— Tu seras coincée à l'extérieur, répondit sombrement Marus.

— Et vous ? Où est-ce que vous serez ? demanda-t-elle.

— Je vais arrêter Kejon, si possible, marmonna-t-il.

— Attendez ! commença à protester Emma, mais Marus lui agrippait déjà fermement le bras.

Elle cria quand il poussa la moto d'un coup de pied lorsqu'ils arrivèrent non loin de l'entrée de la baie d'entretien. Les portes commençaient à s'abaisser pour leur arrivée. Elle regarda la moto continuer sur sa lancée et entrer en collision avec les énormes portes de métal. Des lumières se mirent à clignoter à l'extérieur des portes quand l'impact fut détecté. Les portes s'arrêtèrent avant de se mettre à remonter. Ils continuèrent à flotter en direction des portes.

Les yeux d'Emma s'écarquillèrent de terreur quand elle remarqua la vitesse à laquelle l'espace entre les portes se refermait. Marus heurta les portes. Elle le vit saisir à la hâte une échelle de service.

— Je vais te pousser à l'intérieur. Quand les portes se fermeront, la baie se remplira d'oxygène. Enlève ta combinaison et tire-toi de la baie. Mon homme à l'intérieur te guidera vers le niveau principal. Perds-toi dans la foule, ordonna-t-il en la tirant vers lui.

— Qu'est-ce que vous allez faire ? demanda-t-elle alors qu'il la tenait.

— Je vais essayer de ne pas me faire tuer, grogna-t-il tout en la poussant rapidement à travers l'étroite ouverture.

Emma flotta à l'envers un moment alors qu'elle passait les portes. Elle eut à peine le temps d'apercevoir le capitaine marastin dow avant de se sentir tomber sur le sol en contrebas. Elle heurta durement le sol et tomba en arrière. Elle roula à genoux en même temps qu'une autre silhouette se précipitait vers elle.

Des mains saisirent son casque et le tournèrent. Un instant plus tard, un visage violet grave fut révélé. Le mâle ne parla pas. Il défit rapidement les lanières de sa combinaison afin de pouvoir la passer par-dessus sa tête.

— Venez, ordonna-t-il.

Emma trébucha sur le bas de la combinaison lorsqu'il la tira à sa suite. Elle se mordit la lèvre en sentant la douleur à sa cheville gauche. Elle avait atterri lourdement dessus et elle la brûlait.

— Le capitaine Tylis a dit…, commença-t-elle alors qu'il la poussait dans un ascenseur étroit.

— Je sais ce qu'il a dit, grogna l'homme. Appuyez sur le bouton du haut et disparaissez dans les foules du spatioport. J'espère que vous en valez la peine. Il est l'un de nos meilleurs commandants. S'il meurt, des milliers d'autres pourraient mourir aussi.

Emma ne dit rien de plus. Les yeux du mâle brillaient de colère alors qu'il la regardait. Il se pencha à l'intérieur et enfonça brutalement le bouton avant de ressortir. Emma se pencha en arrière lorsque la porte se ferma et que l'ascenseur se mit à monter à une vitesse écœurante.

Ha'ven, murmura silencieusement Emma.

Je serai là quand l'ascenseur s'ouvrira, répondit Ha'ven. *Il faut que l'on attire Kejon. Il est temps d'en finir.*

Emma baissa la tête et ferma les yeux. Elle refusait de pleurer. Levant la tête lorsque l'ascenseur commença à ralentir, elle sortit en titubant quand les portes s'ouvrirent et tomba directement dans les bras puissants de Ha'ven. Ses bras vinrent s'enrouler instinctivement autour de son cou et elle y enfouit son visage afin d'y respirer son odeur familière.

— Je savais que tu viendrais me chercher, murmura-t-elle. Je t'aime.

Le corps de Ha'ven tremblait alors qu'il la serrait dans ses bras aussi fort qu'il le pouvait sans l'écraser. Il ne voulait plus jamais être séparé d'elle.

— Je te jure, je suis passé plus près de devenir fou depuis que je t'ai rencontrée que jamais dans ma vie, dit-il sèchement avant de reculer afin de pouvoir plonger dans ses beaux yeux bleus. Tu me rends fou.

— C'est une bonne chose, n'est-ce pas ? le taquina-t-elle d'une voix tremblante. Le capitaine Tylis…

— Je sais, répondit Ha'ven. Flèche est parti l'aider.

— Il faut qu'on bouge, Ha'ven, dit Adalard d'une voix pressante. Flèche dit que Kejon est parti. Il se dirige vers l'autre côté de l'astéroïde. Il n'aura pas beaucoup d'oxygène et d'énergie alors il sera forcé d'atterrir.

— Si on veut le prendre, on doit le faire maintenant, ajouta Bahadur. Personnellement, je vais apprécier tuer ce bâtard.

Ha'ven ne répondit pas. Il prit une dernière profonde inspiration avant de s'éloigner à contrecœur. Il maintint sa prise sur la main d'Emma avant de se tourner en hochant la tête.

Ils se déplacèrent tous les quatre sans difficulté à travers les couloirs bondés du spatioport. Un seul coup d'œil aux expressions sur les visages des trois Curizans suffisait à ce que même les habitants les plus durs à cuire se poussent.

26

*K*ejon rugit de rage tout en jetant le casque de sa combinaison spatiale à travers la grande pièce vide. Il allait tuer tout l'équipage de traîtres marastin dow. Il avait tiré la vérité de la garce perfide qui lui avait menti à l'infirmerie. Elle s'était battue comme une salope sarafin en chaleur. Son visage le piquait toujours à cause de ses ongles. Elle avait résisté jusqu'à la fin. Cela n'avait été que dans son dernier souffle qu'elle avait cédé et révélé la trahison de Tylis.

Il avait quand même été trop tard pour empêcher l'arrogant capitaine de prendre la salope du prince. Le seul avantage, le seul pouvoir, la seule chose dont il avait besoin pour assurer la destruction de Ha'darra était parti. Il n'avait pas d'autre choix que de battre en retraite pour le moment. Son avantage perdu, et le vaisseau de guerre marastin dow n'étant plus à sa disposition, il devrait se servir du plus petit véhicule qu'il avait caché.

— J'aurais dû tuer la femelle quand j'en avais l'occasion, marmonna-t-il. Rien de tout ça ne serait arrivé si Aria avait fait ce qu'elle avait à faire en premier lieu et tué Ha'darra au lieu de jouer avec lui.

— Mais elle ne m'a pas tué, répondit froidement Ha'ven en passant la porte menant au spatioport. Et tu vas bientôt la rejoindre dans la mort.

Kejon s'arrêta au milieu de la salle des commandes vide. Il ne restait rien dans la pièce. Les Antrox l'avait démantelée et avait retiré tout le matériel et les équipements quand la mine avait cessé d'être rentable. Il jeta un œil en direction de la porte qui menait à la baie de lancement d'urgence. Bahadur se tenait dans l'embrasure de la porte, un sourire sombre sur le visage et un tas de câbles à la main.

— Il semblerait qu'il manque quelques câbles au panneau de contrôle de ton véhicule, dit Bahadur avec un sourire narquois.

Les yeux de Kejon brûlaient de haine alors qu'il regardait l'homme en qui Ben'qumain avait eu confiance fut un temps. Son ventre se tordit à l'idée qu'il s'était fait duper lui aussi. Il aurait dû savoir qu'il ne pouvait faire confiance à personne.

— Espèce de traître, siffla Kejon. Tu es…

— Général Razdar Bahadur à ton service, répondit Bahadur. Loyal serviteur et protecteur de la maison royale de Ha'darra et du prince Ha'ven de Curizan.

Un rire étouffé attira l'attention de Kejon vers la porte près de Ha'ven. Adalard Ha'darra s'y tenait, un sourire sauvage aux lèvres. Les muscles sous la longue cicatrice sur son visage étaient tendus.

— Il va falloir que je me souvienne du fait que tu as dit que tu étais un serviteur, Bahadur, commenta-t-il avec humour avant que ses yeux ne se plissent sur Kejon. Tu as raté ta chance de me tuer aussi, Kejon.

Kejon pâlit alors qu'il reculait, sa main venant se poser sur le pistolet laser à son flanc. Ses yeux firent des allers-retours entre les mâles avant de finir par se poser sur la petite femelle pâle qui se tenait légè-rement derrière Ha'ven. La folie traversa son esprit quand il réalisa qu'il était pris au piège.

Le pouvoir avait été à sa portée et il l'avait laissé partir. Il l'avait tenu dans ses bras. Le pâle petit bout de femelle s'était échappé et l'avait mené vers l'autodestruction. C'était de sa faute. Si elle n'avait

208 | S.E. SMITH

été qu'une autre des putes de Ha'darra, cela n'aurait pas eu d'importance, mais elle était plus que cela. Il sentait le pouvoir en elle. Si elle s'était soumise à lui au lieu de lui faire croire qu'elle était mourante, il aurait revendiqué ce pouvoir pour lui. Il aurait dû la tuer quand il avait l'occasion plutôt que de prendre le risque que Ha'darra vienne la chercher.

Une détermination sombre l'emplit alors qu'un nouveau plan naissait dans son esprit. Il pouvait toujours détruire Ha'ven Ha'darra. Il ne vivrait pas pour profiter de sa victoire, mais il saurait qu'il avait réussi. Il pouvait tuer la plupart des membres de la famille régnante et leur loyal et perfide serviteur par la même occasion. Il toucha du doigt le pistolet dans sa main, le mettant à sa puissance maximale tout en se concentrant sur l'énergie à l'intérieur de son corps.

— Je t'ai peut-être raté une fois, mais ce sera différent cette fois, siffla Kejon.

Ses yeux se dirigèrent vers Bahadur qui le regardait à présent d'un air méfiant. Ses lèvres esquissèrent un sourire mauvais avant que son regard ne se pose sur Ha'ven Ha'darra. Une sensation de triomphe l'envahit lorsque la femelle s'approcha de Ha'darra et passa ses doigts entre ceux du prince curizan.

— Si adorable, rétorqua-t-il sauvagement. Le prince et sa compagne. Ensemble dans la vie comme dans la mort.

Un rire fou s'échappa de Kejon lorsqu'il lança le pistolet laser surchargé au-dessus de sa tête avant de diriger toute son énergie dessus. Une lumière éclatante illumina la salle des commandes avant que l'explosion de particules surchargées ne projette une onde de choc. L'onde brûlante incinéra Kejon en quelques secondes alors même qu'elle s'étendait pour engloutir la pièce.

Ha'ven poussa un cri d'avertissement quand il réalisa ce que Kejon allait faire. Bahadur ouvrit brutalement la porte derrière lui et tomba sur le sol à l'extérieur de la pièce avant de mettre un coup de pied dans la lourde porte de métal pour la fermer. La porte prit néanmoins une teinte écarlate quand l'onde brûlante la heurta.

Adalard se précipita en avant pour protéger son frère et Emma alors que l'onde se dirigeait vers eux. Au même moment, Emma et Ha'ven levèrent leurs mains jointes en direction de l'onde. Un bouclier se forma autour d'eux, les protégeant tous les trois de la vague de chaleur et de l'onde de choc qui suivit.

— Qu'est-ce que… ? murmura Adalard d'une voix choquée en regardant les murs de pierre de la pièce briller d'une teinte écarlate à cause de l'air brûlant. Comment… ?

Adalard se tourna pour regarder son frère et Emma. Ils brillaient tous les deux de mille feux ; Ha'ven avec des bandes noires mêlées de rouge et d'or et Emma avec une multitude de couleurs mêlées d'une pointe du noir de Ha'ven. Ses yeux s'écarquillèrent quand les couleurs d'Emma serpentèrent à travers le noir de l'essence de son frère, presque comme si leurs essences dansaient ensemble.

Ha'ven prit une profonde inspiration lorsque la puissante explosion et l'air brûlant poussèrent lentement le bouclier qu'Emma et lui avaient créé. Son énergie s'était immédiatement réveillée quand il avait senti que sa compagne était en danger de mort. Sa seule préoccupation était de la protéger. La brume sombre d'énergie en lui s'était élevée tel un être vivant en lui. C'était la deuxième fois qu'il avait eu la sensation qu'une autre entité se trouvait en lui.

Quand il avait craint de perdre le contrôle, il avait senti l'influence apaisante d'Emma alors que son essence s'enroulait autour de lui. Il savait quand ses pouvoirs s'étaient mêlés aux siens. Son esprit s'était apaisé et une force qu'il ressentait uniquement quand elle le touchait l'avait envahi.

Il se tourna et regarda Emma qui était debout à regarder la pièce. Son visage se plissa de concentration alors que son énergie s'étendait. La farouche détermination sur son visage le fit sourire.

Elle est absolument magnifique, pensa-t-il, émerveillé.

Il attendit alors que les couleurs d'Emma s'étiraient et refroidissaient la pièce jusqu'à ce que les murs soient à nouveau gris terne. Alors seulement il baissa le bras et calma l'énergie qui brûlait en lui.

Emma brillait toujours alors qu'elle restait concentrée. Il ne put résister à l'envie d'effleurer des doigts les couleurs qui tourbillonnaient toujours autour d'elle. De la chaleur et une sensation de paix l'envahirent.

— Je t'aime, ma Emma, murmura-t-il quand elle cligna lentement des yeux. Tu es bel et bien un cadeau de la déesse.

Emma sursauta quand elle réalisa qu'ils n'étaient plus en danger. Elle cligna des yeux plusieurs fois avant de regarder Ha'ven d'un air confus. Ses yeux balayèrent rapidement la pièce du regard avant qu'elle ne le regarde à nouveau.

— Qu'est-ce que tu as dit ? demanda-t-elle.

Ha'ven émit un petit rire tout en effleurant sa joue de ses doigts.

— J'ai dit que tu es bel et bien un cadeau de la déesse. Un cadeau dont je serai reconnaissant chaque jour de nos vies.

Les yeux d'Emma s'écarquillèrent avant qu'elle ne glousse.

— T'as pas idée, murmura-t-elle avant de jeter ses bras autour de son cou et de s'accrocher à lui. Est-ce qu'on peut rentrer à la maison maintenant ?

Ha'ven la prit dans ses bras et la serra fermement contre son torse.

— Tout ce que tu désires, *misha petite*. Tout ce que tu désires, répéta-t-il avant de plaquer un baiser contre ses lèvres.

Adalard regarda son frère et Emma un moment avant de lever les yeux au ciel.

— Je vais juste aller voir si Bahadur est vivant. Pas besoin d'interrompre ce que vous êtes en train de faire. Je peux gérer ça tout seul. Je suis certain qu'il est vivant, alors pas besoin de s'inquiéter pour lui, dit-il sèchement avant de secouer la tête d'un air dégoûté. Ah, l'amour ! C'est une chance que j'y sois immunisé, marmonna-t-il en traversant la salle des commandes vide à grandes enjambées.

27

*H*a'ven ignora les yeux qui le fixaient alors qu'il portait Emma à travers les étroits couloirs en direction de l'endroit où le *Rayon I* était amarré. Ses bras se resserrèrent de façon protectrice autour de son corps mince lorsque plusieurs marchands regardèrent avidement ses cheveux et son teint pâle. Deux d'entre eux s'effondrèrent sur le sol crasseux lorsqu'il les dépassa. Ha'ven regarda Adalard et Bahadur avec un sourcil arqué.

— On n'aimait pas la façon dont ils la regardaient, répondirent les deux hommes en souriant.

— En plus, j'espérais vraiment pouvoir tuer quelqu'un et Kejon m'a retiré ce plaisir, dit Adalard.

— Vous avez tué ces deux hommes ? demanda Emma, choquée.

Adalard regarda le visage pâle d'Emma.

— Non, ma petite, on les a juste assommés, la rassura-t-il avant de jeter un regard d'avertissement à Bahadur.

— Oui, juste assommés, convint précipitamment Bahadur. Quels sont tes plans à présent, Ha'ven ? Il reste toujours des traîtres. Kejon était le seul de la liste qu'on a rassemblée. Souhaites-tu que je me lance à la poursuite des autres ?

Ha'ven tourna à l'angle menant à l'ascenseur qui les emmènerait aux baies d'amarrage. Il entra quand les portes s'ouvrirent. Une fois que les portes se furent refermées derrière lui, il se tourna pour répondre à la question de Bahadur.

— Oui, je veux que Flèche et toi les frappiez fort, répondit sombrement Ha'ven. Je ne prendrai pas le risque qu'ils essayent à nouveau de tuer ma compagne. Flèche, tu vas devoir être transféré à ton véhicule. Je vais avoir besoin d'Adalard et du *Rayon I*.

— On rentre à Ceran-Pax ? demanda Adalard, surpris.

— Non, il y a un endroit où nous devons nous rendre avant de pouvoir rentrer à la maison, répondit Ha'ven.

Il sortit de l'ascenseur quand les portes s'ouvrirent. Il traversa le long tunnel d'accès à grandes enjambées et adressa un rapide signe de tête au sous-officier en service. Il fit un signe de tête à Bahadur qui s'inclina brièvement avant de se diriger vers son véhicule de l'autre côté de la baie.

Ha'ven continua à avancer le long du pont d'accès qui reliait le *Rayon I* à la station d'amarrage. Il pénétra à l'intérieur du vaisseau de guerre et se rendit à l'ascenseur qui l'emmènerait à ses quartiers. Adalard sauta à l'intérieur derrière lui avant que les portes ne se ferment.

— Est-ce que tu vas me dire où est-ce que tu vas emmener mon vaisseau de guerre ? demanda Adalard, exaspéré. Ça aide mon équipage de navigation que je leur dise où on va.

— Nous nous rendons sur le monde d'Emma, répondit Ha'ven. J'ai besoin que tu contactes Creon et que tu lui demandes l'emplacement de la planète.

— Tu... on..., murmura Emma, stupéfaite, en levant les yeux vers le visage dur de Ha'ven. Pourquoi ?

Ha'ven ne répondit pas. Il sortit de l'ascenseur, laissant derrière lui un Adalard effaré qui avait des ordres à suivre. Il ne reparla pas avant qu'ils soient enfermés dans ses quartiers. Il ne relâcha la prise ferme qu'il avait sur ses émotions que lorsqu'elle fut en sécurité et seule avec lui.

Il la posa délicatement sur ses pieds mais la ramena dans ses bras. Son corps tremblait de soulagement de savoir qu'elle était à nouveau en sécurité. Il emmêla ses doigts dans ses longs cheveux et captura ses lèvres dans une tentative éperdue de laver les vestiges de sa peur.

— Je t'aime, Emma, murmura-t-il d'une voix rauque. Je n'avais jamais connu la peur avant que tu n'entres dans ma vie. Je ne comprenais pas ce que c'était que de vivre dans la chaleur avant que tu me touches.

— Alors pourquoi est-ce que tu m'emmènes sur ma planète ? demanda-t-elle d'une petite voix. Est-ce que tu… est-ce que tu vas m'y laisser ?

— Non ! jura Ha'ven avec véhémence. Non, ma Emma. Je pensais… espérais…, souffla-t-il, frustré, tout en lui relevant le menton afin de la forcer à le regarder dans les yeux. Je ne veux pas que tu aies un jour des regrets ou des doutes à propos du fait de rester avec moi. Je sais que tu te sens coupable d'avoir laissé ta mère sur ton monde. Je veux la rencontrer. Pour lui dire que tu seras toujours choyée et aimée.

Les yeux d'Emma brillèrent de larmes face au généreux cadeau qu'il lui faisait. Incapable de parler, elle plaqua ses lèvres contre les siennes pour lui faire comprendre qu'il lui avait donné un cadeau inestimable : son amour inconditionnel. Leurs lèvres se connectèrent avec une passion grandissante.

— Je te veux, dit-il d'une voix épaisse. J'ai besoin de toi.

— Tout comme j'ai besoin de toi, murmura-t-elle contre ses lèvres.

Les lèvres de Ha'ven esquissèrent un sourire et, d'un mouvement de sa main, ils se retrouvèrent nus au milieu de son bloc de douche. De l'eau chaude tomba autour d'eux comme de la pluie alors qu'il déposait des baisers le long de sa mâchoire, ses mains se glissant autour d'elle pour la soulever.

— Je pourrais vraiment m'y habituer, souffla-t-elle. Je t'aime, Ha'ven Ha'darra.

Le cœur de Ha'ven se gonfla lorsqu'il la plaqua contre le mur de la douche.

— Je veux te toucher, exigea-t-il d'une voix rauque.

Emma se pencha en arrière contre le mur afin de lui permettre d'explorer. Il était subjugué alors que ses mains se déplaçaient tendrement contre sa peau sensible. La sensation de ses mains calleuses était légèrement rêche contre la douceur de sa peau.

Il se pencha en arrière afin de pouvoir regarder son corps. Ses seins étaient légèrement rebondis, ses mamelons roses tendus de désir. L'eau lui monta à la bouche à l'idée de les sucer.

Il fit couler une petite dose de liquide nettoyant dans ses paumes, puis les frotta contre ses épaules avant de descendre vers ses seins. Il adorait la façon dont elle gémissait et s'arquait contre ses mains. Il prit la masse légère de ses seins dans ses mains et fit glisser ses doigts sur ses mamelons tendus.

— Ha'ven, gémit Emma en agitant ses hanches au rythme de son toucher.

— Bientôt, ma Emma, répondit-il d'une voix emplie de passion. Bientôt. J'ai besoin de te toucher.

Ha'ven continua son exploration le long de son ventre lisse avant de s'agenouiller devant elle. Ses mains restèrent dessus un moment alors qu'il songeait au fait de la voir ronde de son petit. Une vive douleur de désir le traversa.

Est-ce que c'est ce que Creon et Vox ont ressenti quand ils ont pris leur compagne dans leurs bras ? se demanda-t-il distraitement. *Ont-ils ressenti ce même désir de voir leur compagne enceinte comme moi en ce moment ?*

Pour la première fois, il se sentait envieux de ce qu'avaient ses amis. Se penchant en avant, il déposa un baiser sur le ventre d'Emma. Il ferma brièvement les yeux quand elle passa ses mains dans ses cheveux et l'attira contre elle.

Il ouvrit les yeux et laissa son souffle chaud caresser les douces boucles recouvrant sa féminité. Ses doigts mêlèrent le liquide nettoyant aux boucles alors même que l'eau chaude le rinçait. Ses doigts glissèrent entre ses jambes, l'ouvrant à son toucher. Ses hanches ruèrent quand il se pencha en avant et mordilla son doux pubis.

— Je te veux, cria Emma.

— Alors tu m'auras, marmonna Ha'ven en écartant ses lèvres.

Une humidité chaude toucha sa langue quand son essence réagit à son contact. Cette humidité n'avait rien à voir avec l'eau ou le liquide nettoyant et était entièrement due à son désir. Il enfonça ses doigts profondément dans son vagin, adorant la façon dont elle se serra autour de lui.

Sa langue lécha son petit bout gonflé, le taquinant et le stimulant jusqu'à ce qu'elle vole en éclats dans sa bouche. Il but avidement à sa source. Ses petits cris enserraient sa verge comme un poing. Il se leva avec un juron sonore et la tourna jusqu'à ce qu'elle soit face au mur de la douche. Il la prit par les hanches et aligna sa verge douloureuse avec son vagin gonflé. Il la tint par la taille d'un bras et appuya son autre main contre le mur alors qu'il s'enfonçait profondément en elle.

Un frisson le parcourut alors qu'il étirait ses parois brûlantes. Elle l'agrippait fermement, pulsant toujours des vestiges de son orgasme. C'était comme si elle tenait sa verge dans ses mains graciles, le serrant et le pompant en même temps.

D'un mouvement de sa main, ils étaient dans son lit, son corps toujours attaché à celui d'Emma. Elle était à quatre pattes, s'arc-boutant contre son poids alors qu'il s'allongeait sur elle. Il tira ses hanches vers lui.

— Je ne me lasserai jamais de toi, souffla-t-il en faisant des va-et-vient en elle.

Emma essaya de parler, mais tout ce qu'elle put faire fut se pencher en avant et écarter encore plus les jambes pour lui.

— Je... Ha'ven...

Ha'ven regarda entre eux et vit sa verge disparaître en elle. Il regarda la vue exotique se produire encore et encore alors qu'il les unissait pour ne faire qu'un. Ses testicules se tendirent à tel point qu'il crut qu'ils allaient exploser, mais il s'efforça de se retenir afin de pouvoir continuer à profiter de la beauté de leur union. Il regarda les bandes noires jaillirent de ses doigts en tourbillonnant là où il la tenait. Il eut le souffle coupé quand le corps d'Emma frissonna lorsque les bandes chaudes s'enroulèrent autour d'elle.

— L'union, murmura-t-il.

Les bandes glissèrent par-dessus ses épaules pour venir se poser sur ses seins. D'autres bandes s'enroulèrent autour de ses hanches, de ses cuisses et de la courbe de son cul. Ses couleurs à elle s'élevèrent

216 | S.E. SMITH

pour venir danser avec les bandes. Son souffle le quitta brutalement quand elles vinrent l'entourer. Sa tête tomba en arrière et il mit un coup de reins, sa semence se déversant profondément en elle.

— Par la déesse ! cria-t-il.

Une lumière dorée emplit la pièce et, l'espace d'un instant, Ha'ven aurait pu jurer qu'il voyait l'univers s'étaler devant lui, le scintillement doré du commencement du temps leur souriant, à sa compagne et lui, avant qu'il ne s'effondre sur le corps mou d'Emma.

— Merci, murmura-t-il. Merci de l'avoir amenée dans ma vie, dit-il en attirant Emma contre son torse avant d'enrouler ses bras de façon protectrice autour d'elle.

De rien, mon brave guerrier curizan, murmura Aikaterina en regardant le couple endormi.

*E*mma se tenait debout dans l'étreinte chaleureuse des bras de Ha'ven. Des larmes silencieuses roulaient sur ses joues alors qu'elle regardait la pierre tombale devant elle. Ils étaient arrivés sur Terre voilà quelques jours. Elle avait été excitée et nerveuse à la fois.

Creon, Kelan et Trisha avaient parlé à Ha'ven et Adalard du ranch de Paul dans le Wyoming. Trisha leur avait dit que seuls quelques Humains étaient au courant de ce qui s'était réellement passé. Elle leur avait demandé de rencontrer Mason Andrews, le manager du ranch de son père, et Chad Morrison, son ami d'enfance et avocat qui s'occupait du côté financier du ranch.

— J'aimerais que vous passiez vous assurer que tout va bien, avait demandé Trisha. Dites-leur que mon père est heureux et que Carmen, Ariel et moi allons toutes bien. Mason et Chad savent où est mon père et vous aideront si vous avez besoin de quoi que ce soit.

Ha'ven avait laissé Adalard aller rencontrer les hommes tandis qu'Emma et lui étaient allés à un endroit appelé Long Beach en Californie pour récupérer sa mère. Il avait dit à Adalard que cela leur prendrait quelques jours car Emma voulait récupérer certaines de ses affaires et les ramener avec elle. Ils s'étaient d'abord rendus chez elle et avaient passé deux jours à emballer et transporter ses affaires à bord du vaisseau de guerre avant qu'elle soit prête à aller chercher sa mère.

— Je veux qu'elle soit entourée de choses qui lui sont familières quand on ira la chercher, avait expliqué Emma quand il lui avait demandé si elle voulait d'abord aller voir sa mère. Les médecins disent qu'être entourés d'objets familiers de leur jeunesse aide les patients souffrant d'Alzheimer à s'adapter plus rapidement. Elle adore regarder les photos de mon père. J'ai aussi certains de ses vinyles qui ont été convertis en CDs et quelques vidéos. Je voulais aussi récupérer mon coffret d'espoir. Maman le remplissait pour mon mariage. Certaines des choses qui s'y trouvent sont dans notre famille depuis des générations, avait-elle ajouté.

Ils avaient été sous le choc quand ils étaient arrivés au centre de soin. Une des infirmières qui connaissaient Emma l'avait arrêtée dans le couloir à l'extérieur de la chambre de sa mère. La femme avait regardé Emma d'un air surpris.

— Mademoiselle Watson ! s'était exclamée l'infirmière. On nous a dit que vous aviez été tu...

Sa voix s'était éteinte quand elle avait soudain remarqué qu'Emma n'était pas seule.

— Oh !

Emma avait souri doucement.

— Salut Peggy, comme tu peux le voir, je n'ai pas été tuée. J'ai été kidnappée. Ha'ven, mon mari, m'a secourue. J'aimerais faire sortir ma mère. On va l'emmener vivre avec nous.

Peggy Mills avait regardé Emma d'un air choqué avant qu'une expression de compassion n'emplisse ses yeux.

— Personne ne vous a prévenue ? Votre mère est décédée dans son sommeil il y a presque un mois.

Emma avait vacillé sous le coup du choc.

— Non, avait-elle murmuré alors que le chagrin la submergeait. Je...

Elle avait fermé les yeux et s'était appuyée contre Ha'ven quand il avait passé ses bras autour d'elle.

— Oh mon Dieu !

Emma s'était tournée dans les bras de Ha'ven et avait enfoui son visage. Des larmes brûlantes avaient coulé sur ses joues au souvenir de sa magnifique et gentille mère. La douleur à l'idée de ne pas avoir été aux côtés de sa mère à la fin l'avait déchirée.

Peggy s'était approchée timidement et avait mis une main sur l'épaule d'Emma.

— Elle n'était pas seule, avait dit Peggy. Je suis restée tard ce soir-là. Elle voulait que je lise une lettre qu'elle vous avait écrite. J'étais en train de la lui lire quand elle s'est éteinte paisiblement dans son sommeil. J'ai la lettre.

Peggy était rapidement retournée au poste de soins.

Emma s'était tournée pour lui faire face quand elle était revenue avec une petite boîte. Emma l'avait prise dans des mains tremblantes. La vie de sa mère était dans cette petite boîte, tout ce qu'elle était devenue à la fin de sa vie. Emma avait articulé un petit merci alors que Ha'ven la ramenait vers les portes du centre de soins.

— Je suis tellement désolé, ma Emma, avait murmuré Ha'ven, déchiré par la douleur causée par le fait de ne pas être capable d'empêcher le chagrin d'atteindre sa compagne. Je suis content que nous soyons revenus. Cela te permettra de lui dire au revoir.

Emma avait hoché la tête, se mordant la lèvre lorsque d'autres larmes avaient coulé sur ses joues pâles. Ha'ven l'avait aidée à entrer dans la petite voiture qu'elle avait laissée avant son voyage en Amérique du Sud. Son regard était perdu dans le vague alors qu'elle guidait Ha'ven d'une petite voix vers le cimetière où sa mère avait été enterrée à côté de son père.

Ha'ven était resté silencieux durant le trajet. Il lui avait tenu la main pendant qu'il conduisait le véhicule à la fois étrange et simple à travers les rues bordées d'arbres. Ils avaient tourné dans une longue et étroite allée qui traversait le cimetière bien entretenu. Des pierres tombales s'élevaient telles des sentinelles silencieuses de ceux qui étaient décédés.

— Arrête-toi ici, avait murmuré Emma d'une voix épaisse.

Ha'ven avait garé la voiture et coupé le contact. Il en était sorti et avait fait le tour jusqu'à la portière d'Emma, l'ouvrant pour elle et l'aidant à sortir. Elle avait marché le long du sentier étroit entre les tombes, la petite boîte dans ses bras.

Sous un grand arbre se tenait une pierre tombale toute simple. Dessus se trouvaient les noms d'Alice et Fred Watson ainsi que les dates de leur naissance et de leur mort. Emma s'était agenouillée devant et avait ouvert la petite boîte.

La première chose qu'elle y avait trouvée était une petite photographie encadrée de sa mère, son père et elle quand elle était petite. Elle l'avait sortie et avait fait glisser ses doigts le long du verre qui la protégeait. Elle l'avait mise contre la pierre tombale.

— Je t'aime, maman. Papa, elle t'a rejoint pour danser à nouveau avec toi.

Emma avait pris une inspiration irrégulière avant de continuer.

— J'aimerais que vous rencontriez Ha'ven. Je l'aime. Il me donne envie de chanter et je danse sur les nuages quand je suis dans ses bras, avait-elle murmuré. Tout comme maman et toi, papa. Je... je... ne reviendrai pas, mais je veux que vous sachiez que je vous aime tous les deux énormément et que vous étiez les meilleurs parents dont une jeune fille puisse rêver.

Emma avait refermé la boîte et avait souri faiblement à Ha'ven quand il s'était penché pour l'aider à se relever.

Elle s'était levée dans l'étreinte chaleureuse de Ha'ven et avait soupiré. Elle s'était appuyée contre lui et avait regardé les doux nuages qui flottaient pendant plusieurs minutes avant de hocher la tête. Il était temps de rentrer chez eux. Plus rien ne la retenait sur Terre. Son foyer se trouvait à présent sur un monde très, très lointain.

— Je suis prête, murmura-t-elle.

Ha'ven garda un bras autour de sa taille alors qu'il la guidait vers la voiture. Une fois qu'elle y fut installée, il se dirigea vers le côté conducteur. Il attendit d'être de retour sur la route principale pour parler.

— Nous retournerons au ranch de Paul ce soir, dit-il. Y a-t-il quoi que ce soit d'autre que tu aimerais faire avant qu'on parte ?

Emma secoua la tête.

— J'aimerais parler à Chad Morrison, dit-elle d'une voix épaisse. Je veux signer tous les papiers nécessaires pour tout vendre ici. Maman et papa...

Elle s'arrêta quand les émotions la submergèrent à nouveau.

— Maman et papa m'ont laissé beaucoup d'argent. Je veux créer une fondation en leurs noms pour aider les enfants à travers le monde à découvrir l'art, la danse et la musique. Chad devrait pouvoir faire ça pour moi.

Ha'ven serra la main d'Emma dans la sienne.

— Tu es une personne très spéciale, ma Emma, dit-il doucement. Je serais toujours reconnaissant que tu m'aies choisi comme compagnon.

Emma émit un petit rire tendu tout en essuyant les larmes qui continuaient à couler.

— Aikaterina a dit que je suis ton équilibre. Elle m'a dit d'être à tes côtés, de te tenir dans mes bras, de t'équilibrer... et de t'aimer, répondit-elle en appuyant sa tête contre le repose-tête et en le regardant. C'est le cas, tu sais... je t'aime. Et pas seulement, tu m'équilibres. Quand tu me touches, je me sens en sécurité. J'ai l'impression que je peux danser sur les nuages.

Ha'ven regarda de nouvelles larmes couler de ses yeux et s'arrêta au bord de la route. Il mit la voiture en position parking et se pencha pour l'embrasser. Il essuya les larmes sur ses joues avant qu'un pli ne lui barre le front.

— Attends une minute, dit-il quand il assimila soudain le nom qu'elle avait mentionné. Aikaterina ? La déesse Aikaterina ? La...

— Elle est très gentille et très belle, dit Emma. Je l'aime bien.

— Par la déesse ! marmonna Ha'ven regardant Emma d'un air émerveillé. Elle t'a bel et bien envoyée pour moi.

— Bien sûr, dit Emma avec un sourire tendre. Elle savait qu'on avait besoin l'un de l'autre.

— Rentrons chez nous, marmonna-t-il lorsque l'étendue du cadeau qu'il avait reçu le frappa.

Emma hocha la tête, se sentant soudainement plus légère. Ses yeux se levèrent pour regarder les nuages au-dessus et, l'espace d'un instant, elle crut voir les silhouettes dorées de ses parents dansant ensemble sur un des nuages.

Merci, Aikaterina, dit silencieusement Emma, sachant au fond d'elle que la déesse essayait d'apaiser son chagrin.

De rien, mon enfant, fut la douce réponse.

*H*a'ven regarda sa mère étreindre intensément Emma. Ils étaient arrivés à Ceran-Pax tôt ce matin-là. Emma et lui avaient passé le voyage de retour à apprendre à mieux se connaître.

Il avait découvert que quand son pouvoir était uni au sien, il dépassait tout ce qu'il avait jamais cru possible. Ils s'étaient enfermés dans l'une des baies de stockage du niveau inférieur et il avait créé un monde juste pour eux deux. Ne se laissant pas surpasser, Emma avait elle aussi créé quelques illusions. Ils avaient fait l'amour dans de hautes prairies et dans un dôme de cristal sous la mer. Ils avaient volé dans les airs sur le dos d'immenses oiseaux et avaient dansé sur les nuages d'une nuit étoilée.

Emma avait chanté des chansons que son père lui avait apprises et elle lui avait parlé de sa vie. Il était lentement parvenu à lui faire parler de ce qui lui était arrivé durant sa captivité et il l'avait serrée dans ses bras quand elle avait pleuré. Après, il lui avait l'amour lentement et tendrement sur les nuages qu'ils avaient créés ensemble. C'était la nuit où il lui avait donné sa semence et l'avait sentie prendre vie au fond d'elle.

Cela avait été un moment magique pour lui. Il avait finalement compris ce que Creon voulait dire quand il avait dit que Carmen avait comblé sa vie. Emma comblait la sienne plus que tout au monde.

Ses yeux s'adoucirent quand elle le regarda en lui adressant un petit sourire soulagé. Son doux rire emplit l'air lorsque son père la serra lui aussi fermement dans ses bras. Son visage rayonnait de son essence, la gamme de couleurs vives jaillissant d'elle lui réchauffant le cœur.

Emma avait été terrifiée quand il lui avait dit que ses parents avaient hâte de la rencontrer peu de temps avant qu'ils quittent le *Rayon I*. Il se rappelait comment elle s'était accrochée à lui et avait enfoui son visage dans son torse.

— Et s'ils ne m'aiment pas ? avait-elle marmonné. Et si...

Il avait réduit ses doutes au silence avec ses lèvres, son amour pour elle débordant alors qu'il enfouissait ses doigts dans ses cheveux. Il l'avait embrassée encore et encore jusqu'à ce qu'ils soient tous les deux à bout de souffle et tremblants de besoin.

— Ils t'aimeront autant que moi, avait-il promit.

— Est-ce que tu en es sûr ? Je ne suis pas comme ton espèce, avait-elle murmuré, son esprit s'emplissant de doutes. Et s'ils...

Il l'avait embrassée à nouveau, lui faisant comprendre qu'elle n'avait aucune raison d'avoir de doutes. Il ne l'avait lâchée que lorsqu'Adalard lui avait grogné qu'ils devaient y aller. Il avait regardé le visage acerbe de son frère et avait froncé les sourcils.

— C'est quoi ton problème ? Tu es de mauvaise humeur depuis qu'on a quitté la planète d'Emma, avait répondu Ha'ven en grognant.

Adalard avait grimacé et détourné le regard.

— Rien. J'ai juste beaucoup de choses qui me préoccupent, avait-il dit. Si vous êtes prêt, maman et Melek vous attendent.

— On est prêt, avait dit Ha'ven en passant un bras autour de la taille d'Emma. Adalard, avait-il dit doucement en s'arrêtant dans l'embrasure de la porte.

— Quoi ? avait dit Adalard en lançant un regard de défi à son frère aîné.

— Je t'aiderai si tu as besoin, avait répondu doucement Ha'ven.

Le visage d'Adalard avait rougi. Il avait jeté un œil à Emma qui regardait l'échange en silence avant de hausser les épaules. Il s'était retourné vers son frère aîné et lui avait adressé un sourire en coin.

— Je peux m'en charger, avait dit doucement Adalard.

Ha'ven avait étudié son frère un moment avant de hocher la tête.

— Ha'ven, dit Narissa en le regardant les larmes aux yeux. Elle est absolument magnifique.

Emma rougit tout en regardant Ha'ven avec des yeux brillants. Les siens s'assombrirent de désir quand il vit le rouge qui lui était monté aux joues. Il se remémorait ce à quoi elle ressemblait plus tôt pendant qu'elle le chevauchait.

Ha'ven ! murmura la voix d'Emma dans son esprit.

— Je crois que j'ai droit à un baiser de la part ma nouvelle belle-sœur, dit malicieusement Flèche en faisant tourner une Emma distraite dans ses bras. Oh oui, au moins un baiser.

Emma ouvrit la bouche pour protester et se retrouva avec une paire de lèvres chaudes et fermes plaquées sur les siennes. Dès l'instant où ses lèvres touchèrent les siennes, elle se retrouva debout dans les bras puissants de Ha'ven. Elle regarda le grand homme musclé qui était allongé sur le dos sur le sol.

— Bon sang, tu commences à bien gérer tes nouveaux pouvoirs, dit Flèche avec un sourire plein d'humour alors qu'il se relevait.

— Tu vas te retrouver six pieds sous terre si tu réessayes d'embrasser ma compagne, grogna Ha'ven d'une voix sombre. Celle-là, on la touche pas, Flèche.

— Je sais, dit Flèche en étudiant son frère aîné. Je voulais simplement voir quelles couleurs votre essence, à Emma et toi, prenait quand vous étiez contrariés. Je travaille sur une nouvelle théorie.

— Je te jure, Jazar, soupira Narissa. Toi et tes théories. Viens Emma, laisse-moi te montrer ton nouveau foyer.

— Tu sais que tu as des ennuis quand elle utilise ton vrai nom, marmonna Melek entre ses dents. Alors, qu'est-ce que tu as trouvé ?

— L'essence d'Emma est absolument nécessaire pour que le pouvoir de Ha'ven augmente, dit Flèche en se frottant les fesses. Au fait, est-ce que tu peux me frapper un peu moins fort la prochaine fois ?

— Je ne plaisantais pas quand j'ai dit que tu finirais six pieds sous terre, Flèche, répondit Ha'ven. Garde tes sales pattes, tes lèvres et tes expériences loin de ma compagne.

— Caractéristiques possessives, fit remarquer Flèche en souriant. Je vais devoir ajouter ça aussi.

— T'es vraiment un crétin parfois, Flèche, dit Adalard en passant à côté de lui.

Flèche regarda le visage acerbe de son jumeau avant de se retourner vers Ha'ven.

— C'est qui qui lui a mis un balai dans le cul ? Il a encore traîné avec Zoran ?

— Non.

Ha'ven regarda Adalard disparaître sur le sentier menant à ses quartiers.

— Je ne sais pas vraiment ce qui s'est passé. Il est comme ça depuis qu'on l'a retrouvé au ranch de Paul Grove sur Terre. J'ai dû finir par lui dire de faire une pause à bord du *Rayon I*. Il travaillait comme un fou et forçait l'équipage à faire de même.

Melek se tourna pour regarder Ha'ven.

— Dis-moi ce qui s'est passé avec Kejon.

— Ouais ! dit Flèche. Au fait, Crom et moi avons secouru ce capitaine marastin dow. Le gars ne nous a même pas remercié avant de disparaître avec son équipage.

Ha'ven soupira quand il réalisa qu'il n'allait pas pouvoir s'échapper avec Emma avant un moment. Ses yeux vinrent à nouveau se poser sur sa mère et sa compagne. Son cœur se réchauffa quand il vit sa mère repousser une mèche des cheveux d'Emma derrière son oreille pendant qu'elle lui parlait. Il avait assurément trouvé son miracle.

Narissa sourit en écoutant Emma décrire les jardins de Valdier. Elle avait d'abord été inquiète quand elle avait appris que son fils avait pris une compagne d'une espèce différente. Elle savait que certaines femelles étaient prêtes à tout pour séduire ou piéger un de ses fils. Après tout, ils n'étaient pas seulement de sang royal, mais aussi des guerriers très puissants.

— Comment vous êtes-vous rencontrés, mon fils et toi ? demanda Narissa avec curiosité.

Emma se pencha pour ramasser un bourgeon qui était tombé sur le sol. Elle le toucha délicatement du bout des doigts. Ses yeux brillèrent de bonheur au souvenir de leur première rencontre.

— C'était dans la salle du dîner du palais, dit doucement Emma. Je… n'allais pas bien. Sara, une autre fille humaine, et moi étions assises à la table. Tout à coup, j'ai eu l'impression que quelqu'un m'avait envoyé une énorme décharge électrique. Quand j'ai levé la tête, Ha'ven se tenait dans l'embrasure de la porte et me fixait.

— J'ai ressenti la même chose la première fois que Melek et moi nous sommes rencontrés, dit Narissa en souriant. Tu as dû être très excitée d'avoir capturé son attention. C'est un beau et puissant jeune homme.

— En vérité, je ne voulais rien avoir à faire avec lui, admit Emma en rougissant. Il n'a pas arrêté d'essayer de me donner à manger. Il m'a énervée. Je suis partie mais, dieu merci, il m'a suivie.

Narissa s'arrêta et regarda la tête baissée d'Emma.

— Pourquoi ? Que s'est-il passé ?

Emma leva la tête vers Narissa avant que ses yeux ne se mettent à chercher Ha'ven.

Je ne suis pas loin, ma Emma.

J'avais juste besoin de m'en assurer, répondit-elle dans murmure.

Emma leva à nouveau la tête vers Narissa avant de continuer à marcher lentement le long du sentier.

— Comme je l'ai dit, je n'allais pas bien. J'avais été blessée… très grièvement, sur mon monde. Creon Reykill et ses hommes nous ont sauvées, Sara et moi. J'avais… j'avais abandonné l'idée de vivre. Si Ha'ven n'avait pas été là…

La voix d'Emma mourut au souvenir de cette période sombre de sa vie.

— Je serai toujours là pour te rattraper, *misha petite*, dit la voix puissante de Ha'ven lorsqu'il arriva derrière elle et passa ses bras autour de sa taille. Emma était perdue dans un rêve où elle dansait avec son père, expliqua-t-il à sa mère. Elle a failli glisser de la falaise. Je l'ai attrapée et je l'ai embrassée, dit-il d'une voix rauque.

— Ouais, dit Flèche en souriant. Et ensuite elle lui a mis un grand coup de genou d'après Adalard.

Emma gémit d'embarras et enfouit son visage dans le torse de Ha'ven. Elle n'avait pas prévu de parler de cela à la mère de Ha'ven. Elle leva la tête quand Melek et Narissa gloussèrent.

— Narissa m'a fait la même chose quand je l'ai embrassée pour la première fois, admit Melek.

— C'est vrai ? souffla Emma, surprise, en regardant la mère de Ha'ven.

— Oui, dit Narissa avec un petit rire. Il le méritait. Il était très arrogant.

— Waouh, dit Emma en levant les yeux vers Ha'ven. Tu es exactement comme ton père.

Ha'ven émit un petit rire et prit Emma dans ses bras.

— Tu as bien raison et tu ferais mieux de ne jamais l'oublier, grogna-t-il. On vous rejoindra plus tard ce soir.

Narissa regarda Ha'ven porter sa petite compagne sur le sentier. Elle soupira, un sourire se dessinant sur ses lèvres lorsque Melek passa ses bras autour d'elle. Flèche émit un rire nasal et secoua la tête.

— Je pense plutôt qu'on ne les verra pas avant quelques jours, commenta-t-il. Si mes calculs sont exacts, le rayonnement de leurs auras entremêlées signifie qu'il a de sérieux plans et qu'ils auront tous lieu à l'horizontal. Oh, et elle est enceinte, ajouta-t-il en penchant la tête sur le côté.

Narissa leva les yeux au ciel et regarda Melek qui secouait la tête.

— Flèche, dit doucement Melek. Un de ces jours, tes observations vont t'attirer de sérieux ennuis.

Flèche sourit et haussa une épaule.

— Tant que ce n'est pas le même genre d'ennuis qu'Adalard a en ce moment, je pense que pourrais gérer. Maintenant, est-ce que quelqu'un a parlé de manger ? demanda-t-il en souriant.

Melek émit un petit rire avant que Flèche et lui ne s'élancent sur le sentier menant aux pièces principales. Narissa les ignora. Elle savait qu'ils ne reparlaient que trop tôt de raccourcir la liste des traîtres. Ses yeux se concentrèrent sur le sentier sur lequel étaient partis son fils aîné et sa compagne et elle sourit.

— Je vais enfin être grand-mère, murmura-t-elle avec joie.

— Ha'ven, murmura Emma quand il l'allongea au milieu de son lit.

— Je vais t'aimer chez nous, dans notre lit, dit-il doucement avant de les déshabiller tous les deux d'un simple geste de la main.

Emma leva les bras et fit glisser ses paumes sur ses épaules quand il se pencha sur elle. Ses yeux s'assombrirent de désir lorsqu'elle sentit ses muscles se gonfler sous ses paumes. La force que contenait son corps mince ne cessait de l'étonner. Ses yeux montèrent pour rencontrer les siens. Des flammes violettes soutinrent son regard.

— Je veux danser pour toi, murmura-t-elle.

Ha'ven gémit et enfouit ses lèvres brûlantes le long de sa gorge.

— Danse… plus tard, murmura-t-il.

— Non, je danse… maintenant, insista-t-elle. Je t'ai écrit une chanson. Je veux te montrer ce que tu as fait pour moi.

Un frisson parcourut son corps quand il entendit son désir passionné de faire quelque chose pour lui. Il recula et roula afin d'être allongé sur le dos à côté d'elle.

— Je ne sais pas vraiment combien de temps je vais tenir, la prévint-il. Ton énergie et la mienne font des ravages en moi en ce moment.

Emma gloussa alors qu'elle se penchait en avant pour effleurer ses lèvres d'un baiser et faire glisser sa main le long de son torse jusqu'à son ventre. Elle adorait quand il retenait sa respiration quand elle descendait un peu plus bas.

— Cinq minutes. Je te le promets, dit-elle avec un rire rauque.

Ha'ven la regarda se glisser hors du lit. Il se redressa en position assise. D'un mouvement de sa main, des oreillers supplémentaires se formèrent derrière lui lorsqu'il se pencha en arrière et croisa les bras. Il la regarda d'un air malicieux quand ses yeux s'écarquillèrent lorsque sa verge se mit à s'agiter.

— Tu le fais exprès, l'accusa-t-elle tout en regardant sa verge devenir plus dure et plus épaisse sous ses yeux.

— Quatre minutes et trente-huit secondes, répondit-il en grognant.

Emme leva les yeux au ciel et se concentra en son for intérieur. Elle apprenait encore à contrôler les pouvoirs que Ha'ven disait qu'elle avait. Personnellement, elle pensait que les pouvoirs lui appartenaient à lui, mais elle était prête à essayer. Elle imagina une fine robe blanche flottant autour d'elle. La robe avait aussi de petites bandes violettes et n'avait pas de bretelles.

Elle ouvrit les yeux, une expression de triomphe sur le visage et ses mains étirant le beau et fin matériau. Elle releva brusquement la tête quand elle entendit le grondement bas qui résonna dans la pièce. Les yeux de Ha'ven brûlaient de désir.

— Quatre minutes, cracha-t-il d'une voix rauque.

Emma se mordit la lèvre, se demandant si elle se comportait de façon stupide. Elle secoua la tête et se concentra à nouveau. Appelant l'énergie en elle, elle laissa la mélodie dans sa tête flotter dans les airs. Lorsque la musique commença doucement, elle plongea dans les yeux de Ha'ven et se mit à chanter de tout son cœur.

Son corps bougeait avec grâce dans la pièce au rythme de la musique. Elle chantait une chanson qui parlait d'espoir, de découverte et de revenir à la vie. La chanson de Ha'ven se déversait de son âme dans la sienne. Les couleurs de son aura jaillissaient autour d'elle, donnant l'impression qu'elle flottait alors qu'elle tournoyait et se penchait.

La bouche de Ha'ven devint sèche alors que les paroles le submergeaient. Son cœur battait au rythme de la musique et sa propre aura se leva pour capturer la sienne alors qu'elle flottait près de lui. Sa main se leva pour effleurer les couleurs. De la chaleur et de l'émerveillement l'envahirent lorsqu'il sentit l'énergie qu'elle contenait.

Il tendit la main, capturant la sienne quand elle s'approcha une fois que la chanson fut finie. La musique continuait toujours en arrière-plan alors qu'il l'attirait près de lui. Il effleura sa fine robe de sa main libre, la faisant se dissoudre alors qu'il l'attirait contre son torse.

— Ton temps est écoulé, murmura-t-il.

Emma se pencha en avant et colla ses lèvres aux siennes dans un baiser explosif. Ses mains se posèrent sur son visage et elle l'appuya contre les oreillers. Elle s'arqua contre lui lorsque ses mains vinrent lui saisir les hanches et la soulevèrent.

— Je t'aime, Ha'ven, dit-elle d'une voix étranglée tout en déposant des baisers sur ses lèvres. Je t'aime tant.

— Emma, *misha petite*, gémit-il tout écartant les jambes et lui faisant écarter les siennes alors qu'il l'empalait lentement sur sa verge lancinante. Oui, ma compagne. Oui.

Seuls la musique et leur gémissements entrecoupés emplirent l'air lorsqu'ils jouirent ensemble. La magie de la musique, flottant toujours de leurs énergies combinées, se tordit et dansa, créant un lien indes-tructible alors qu'Emma et Ha'ven jouissaient ensemble encore et encore. Entre les bandes se trouvait un nouvel or scintillant qui brillait comme des diamants. Aikaterina rit doucement alors qu'elle ajoutait un peu de son sang au mélange.

— Un don spécial pour votre enfant, murmura-t-elle avant de disparaître, laissant les deux amants dans les bras l'un de l'autre.

inq mois plus tard

— Je vous ai dit qu'elle reste avec moi de son plein gré, grogna Ha'ven. Pourquoi est-ce que vous avez besoin de lui parler ? Vous ne me croyez pas ?

— Non ! répondirent quatre voix masculines à l'unisson.

Ha'ven lança un regard noir à Creon qui haussa les épaules et répondit.

— Pas vraiment. Tu es connu pour avoir exagéré la vérité plus d'une fois.

— Exagérer la vérité n'est pas un vrai mensonge, grogna Ha'ven en retour. Je ne vous ai jamais complètement menti.

Creon arqua un sourcil.

— Les six mois touchent à leur fin. Nous avons chacun une compagne qui va nous botter le cul si on ne peut pas leur jurer que la femelle humaine est saine et sauve et avec toi de son plein gré, dit-il, se penchant en avant sur son siège. Tu sais comment est Carmen, Ha'ven. Donne-moi quelque chose pour lui prouver que la femelle veut rester avec toi ou il est fort probable que je dorme sur le canapé pendant les cinq cents prochaines années, ou plus encore.

— Cara a menacé de me laisser seul avec les jumelles pendant une semaine, dit Trelon. Regarde-ça ! exigea-t-il en montrant une botte en cuir mâchouillée. C'est la troisième que Jade a percée aujourd'-hui ! Je vous jure, le fait qu'elle fasse ses dents va ruiner toutes mes bottes.

— Qu'est-ce qui est arrivé à tes cheveux ? demanda Ha'ven, déconcerté, quand il vit que les cheveux de Trelon étaient coupés courts dans un style militaire qui ressemblait à ce que préféraient Vox et les Sarafins.

Zoran se pencha en avant en souriant.

— Entre Amber qui a un rhume et passe son temps à éternuer des flammes et Jade qui mâchouille l'autre moitié, il n'a pas eu d'autre choix que de se les couper.

— Ouais, et c'est qui qui avait sa compagne qui lui faisait la gueule hier ? répondit Trelon avec un grognement d'humour. Qui a perdu son enfant et a demandé à toute la fichue armée de le chercher ? Le château tout entier a entendu Abby t'enguirlander quand tu as enfin admis que tu avais perdu Zohar.

— Ça ne serait pas arrivé si Paul arrêtait d'apprendre aux dragonnets à jouer à chat, rétorqua Zoran. En plus, on l'a trouvé sain et sauf en train de jouer avec Bálint dans l'atrium.

Ha'ven regarda Mandra qui était assis dans un coin. Il regarda Flèche qui était venu le soutenir. Il prit une profonde inspiration et fit un signe de tête au grand guerrier Valdier. Il avait besoin qu'au moins un des mâles le soutienne.

— Et toi, Mandra ? Tu ne fais pas confiance à Ha'ven ? demanda Flèche, exaspéré.

Ha'ven ravala un petit rire surpris quand Mandra tourna la tête pour fusiller Flèche du regard avant de se tourner vers lui. Ha'ven essaya de résister à l'envie de demander à l'immense guerrier valdier ce qui s'était passé, mais il n'y parvint pas. Il n'avait jamais rien vu de semblable aux marques sur le côté gauche du visage de l'immense guerrier.

— Je... Je... Que diable t'est-il arrivé ? finit par demander Ha'ven. Tu ressembles à... à...

— À une planche à dessin ? demanda Creon.

— À la carte d'une mine antrox ? ricana Kelan.

— À..., commença Trelon avant de fermer soudainement la bouche quand Mandra lui lança un regard assassin.

— Ariel s'est dit que notre fils aimerait apprendre à dessiner, grogna Mandra.

— Malheureusement, il a trouvé un stylo laser dans la poche de Mandra, dit Creon.

— Non, malheureusement je me suis endormi sur le canapé après avoir passé la nuit à m'occuper de cette maudite pactor qui a mangé trop de rosarelles et qui a fait une colique, grogna Mandra. Jabir a décidé de faire un dessin sur le côté de mon visage pendant que je dormais sur le canapé.

— Alors qu'il était censé faire du babysitting, ajouta Kelan. Cara travaille sur un appareil qui permettra de retirer l'encre.

Tous les hommes grimacèrent et regardèrent Mandra avec compassion. Ha'ven déglutit en pensant à sa propre compagne qui était enceinte. Il était déjà terrifié à l'idée de devenir père. Et si son fils ou sa fille disparaissait ou tombait malade ou faisait ses dents ?

— Demande-leur s'ils changeraient ce qu'ils ont, suggéra la voix grave de Paul. Je peux le voir dans tes yeux. Demande-leur.

Ha'ven se retourna vers Creon.

— Comment est-ce que tu as su que tu serais un bon père ? demanda-t-il à contrecœur.

— On ne le savait pas, admit Creon.

— Mais on ne le changerait pour rien au monde, répondit Trelon en souriant. J'adore mes filles. Ma vie n'a jamais été si comblée ou plus excitante.

— Si l'encre ne me grattait pas, je garderais fièrement le dessin de Jabir sur mon visage, ajouta Mandra.

— Zohar a été capable d'échapper à une armée entière qui le cherchait, dit fièrement Zoran. Je l'aurais trouvé plus tôt si je m'étais souvenu de dire le code de sécurité que Paul m'a donné, mais je n'y ai pas pensé.

Ha'ven poussa un soupir de soulagement. Ses yeux se dirigèrent vers Paul qui était assis et attendait. Il se tourna quand Emma entra dans la pièce, serrant un grand édredon tendrement dans ses bras.

— Ha'ven, je voulais te montrer l'édredon que ma mère m'a fait pour mon coffret d'espoir.

Emma se figea quand elle vit le grand écran et tous les hommes qui y étaient aussi. Elle rougit et commença à reculer vers leur zone de vie.

— Je suis désolée, je ne savais pas que tu étais occupé.

Ha'ven tendit la main et tira Emma sur ses genoux.

— Je ne suis jamais trop occupé pour toi, *misha petite*. J'ai besoin que tu assures à Creon et sa famille que tu souhaites rester avec moi sur Ceran-Pax.

Emma se tourna quand Creon Reykill se pencha en avant et commença à lui parler.

— Emma, je t'ai promis quand on t'a ramenée de ton monde que je te protégerais. J'ai donné six mois à Ha'ven avant que je vienne te chercher. Je tiendrai ma parole. Si tu souhaites retourner sous la protection de la famille royale de Valdier, je peux être là d'ici quelques jours, dit-il.

Emme regarda les visages des hommes qui la fixaient. Elle savait qu'ils viendraient la chercher si elle le demandait. Elle leva les yeux quand d'autres visages vinrent remplir l'écran. Elle sourit à chacun d'entre eux, sachant qu'elle avait eu tort de ne pas leur faire confiance quand ils avaient essayé de l'aider.

Elle sourit à Cara qui se lovait contre Trelon. Cara lui fit un clin d'œil et lui adressa un sourire de soutien. Chaque femme qui était entrée était dans les bras protecteurs d'un des immenses et insolites guerriers. Elle se tourna pour regarder Abby qui attendait patiemment sa réponse.

— Je veux rester, répondit doucement Emma.

— Tu en es sûre ? demanda Abby. Il ne te force pas, n'est-ce pas ?

Emma rougit et couvrit les mains qui reposaient sur l'arrondi de son ventre.

— Non, il ne me force pas. Je l'aime. Je veux rester. J'ai trouvé ma place.

— Dieu merci, dit Abby en souriant. Je suis si heureuse pour toi, Emma.

— Est-ce que… vous avez des nouvelles de Sara ? Comment va-t-elle ? demanda Emma.

— Elle va bien, répondit une femme valdier plus âgée. Jaguin s'occupe d'elle.

— Quand il arrive à la trouver, ajouta Trisha à voix basse.

Emma était sur le point de demander ce que Trisha voulait dire quand la porte derrière eux s'ouvrit brutalement et que des voix résonnèrent bruyamment dans la pièce derrière eux.

— Qui sont Niria, Traya et Doray, putain ? demanda une voix en colère. Si j'avais su que tu prévoyais de m'ajouter à ton tableau de chasse, j'aurais pu t'épargner la peine ! Si ton frère ne me ramène pas chez moi, je trouverai quelqu'un qui le fera.

Trisha, Carmen et Ariel commencèrent à se pencher en avant mais se rassirent quand Paul laissa échapper un grognement de rage.

— Samara ? appela Paul, incrédule.

Une petite femelle se précipita dans la pièce. Elle essuya rageusement les larmes sur ses joues rougies. Elle s'arrêta quand elle vit son patron sur le grand écran.

— Monsieur Grove ? murmura Samara Stephens. Comment vous êtes-vous retrouvé ici ? On m'a dit que vous participiez à une mission d'entraînement à long-terme.

— Comment est-ce que tu t'es retrouvée ici, Samara ? demanda Paul d'une voix calme et posée.

— Je…, commença-t-elle à répondre.

— Je l'ai remportée, grogna Adalard. Elle est à moi !

Les histoires continuent avec
Dragons Jumeaux

Bestseller de la liste USA Today ! Bestseller au New York Times !

Parmi les Valdiers, les dragons jumeaux sont craints par-dessus tout.

Cree et Calo ont gagné la confiance de Creon, mais l'infâme folie qui a assiégé les premiers jumeaux commence à présent à prendre le dessus sur leurs sens au moment où tous les seigneurs dragons de Valdier ont trouvés leurs âmes sœurs. Leur temps est venu et ils savent qu'ils ne peuvent plus continuer de jouer aux gardes du corps pour Carmen, pas quand leurs dragons les poussent à faire quelque chose qui les entourerait d'une mort dévastatrice et d'une guerre âprement menée...

Et si vous avez envie d'en savoir plus sur les Seigneurs Dragons et leurs amis, découvrez comment ils font face à une nouvelle génération qui fait des ravages !

Jour de Pâques chez les Dragonnets

Quand Abby crée un ensemble d'œufs de Pâques pour chaque dragonnet, elle ne se doute pas un seul instant qu'elle est sur le point de lancer une nouvelle tradition à Valdier. Quel est le résultat quand les hommes et les dragonnets prennent à cœur la chasse aux œufs colorés ? Des rires et des œufs frits !

Ou continuez à lire pour avoir un aperçu d'une nouvelle série...

La Touche Gracie:
Les Guerriers Zions Tome 1

Une aventure de voyage dans le temps débordante d'espoir, de sacrifice et d'amour...

Gracie Jones n'était qu'une enfant quand la Terre a été envahie par une espèce d'extraterrestres ; mais en grandissant, elle devient la Mère de la Liberté, l'héroïne qui a inversé le cours de la guerre contre les Alluthans… Pour cela, elle a dû abandonner tout et tous ceux qu'elle connaissait. À son réveil, elle se trouve sur une lune sous-développée dans une galaxie lointaine, des centaines d'années plus tard…

PLUS DE LIVRES ET D'INFORMATIONS

Si vous avez aimé cette histoire écrite par moi-même (S.E. Smith), laissez un commentaire !

Les séries

Science-Fiction/Romance

La série L'Alliance
Lorsque la Terre accueille ses premiers visiteurs venus de l'espace, la planète est plongée dans un chaos infernal. Les Trivators viennent pour ajouter la Terre à l'Alliance des Systèmes Solaires, mais à présent, ils sont forcés de prendre le contrôle de la Terre pour empêcher les humains de la détruire par peur, et pour les protéger des forces militantes d'autres mondes. Mais ils ne sont pas préparés pour faire face à la façon dont les humains vont affecter les Trivators, à commencer par une famille de trois sœurs...
La Conquête de Hunter (Tome 1)
Le Cœur traître de Razor (Tome 2)
L'Espoir de Dagger (Tome 3)
Un Défi pour Saber (Tome 4)
L'Emprise de Destin (Tome 5)

La série Les Seigneurs Dragons de Valdier

Tout commence lorsqu'un roi s'écrase sur Terre, grièvement blessé. Il découvre par inadvertance une espèce qui pourrait sauver la sienne.

L'Enlèvement d'Abby (Tome 1)
La Capture de Cara (Tome 2)
La traque de Trisha (Tome 3)
Un piège pour Ariel (Tome 4)
Pour l'amour de Tia (Tome 4.1)
Pas d'échappatoire pour Carmen (Tome 5)
La quête de Paul (Tome 6)

La série Les Guerriers Marastin Dow

Les Marastin Dow sont connus et craints pour leur cruauté, mais tous ne veulent pas vivre une vie de meurtre. Certains attendent seulement le bon moment pour s'échapper...

Le cœur d'une guerrière (Nouvelle)

La série Les Guerriers Sarafins

La famille St. Claire est peut-être légèrement ridicule, mais ils sont formidables. Ces extraterrestres métamorphes chat ne vont pas comprendre ce qui leur arrive !

Choisir Riley (Tome 1)

À paraître bientôt en français

Science-Fiction/Romance

Curizan Warrior Series

Les Curizan possèdent un secret, caché même à leurs plus proches alliés, mais même eux ne sont pas à l'abris de l'attraction d'une espèce peu connue d'une planète isolée appelée Terre.

Dragonlings of Valdier Novellas

Les Valdier, les Sarafin et les Curizan ont des enfants qui ne peuvent s'empê-

cher de se fourrer dans les ennuis ! Il n'y a rien d'aussi mignon ou drôle que des enfants magiques, qui changent de forme, et rien d'aussi réconfortant que la famille.

Cosmos' Gateway Series
Cosmos a créé un portail entre son laboratoire et les guerriers de Prime. Découvrez de nouveaux mondes, de nouvelles espèces et des aventures scandaleuses au fur et à mesure que les secrets se dévoilent et que les ponts sont franchis.

Lords of Kassis Series
Tout commence avec un enlèvement au hasard et un passager clandestin, et pourtant, d'une certaine façon, les Kassiens savait que les humains viendraient depuis bien longtemps. Le destin de plus d'un monde est en jeu, et le temps n'est pas toujours linéaire...

Zion Warriors Series
Des voyages dans le temps, de l'héroïsme épique, de l'amour plus fort que tout. Des aventures de science-fiction avec du cœur et de l'âme, des rires et des découvertes incroyables...

Magic, New Mexico Series
Au Nouveau Mexique, une petite ville nommée Magic, une ville... inhabituelle, c'est le moins que l'on puisse dire. Sans début et sans fin, jouant entre les genres, auteurs et univers, l'hilarité et le drame se combinent pour vous tenir en haleine !

Paranormal/Fantaisie/Romance

Spirit Pass Series
Il existe une connexion physique entre deux temps. Suivez les histoires de ceux qui voyagent de l'un à l'autre. Ces westerns sont sauvages comme il se doit !

Second Chance Series
Des mondes autonomes mettant en scène une femme qui se souvient de sa propre mort. Ardents et mystérieux, ces livres voleront votre cœur.

More Than Human Series
Il y a longtemps, une guerre a fait rage sur Terre entre les métamorphes et les humains. Les humains ont perdu, et aujourd'hui, ils savent qu'ils courent à leur extinction s'ils ne font rien...

The Fairy Tale Series
Coup de théâtre pour vos contes de fées préférés !

A Seven Kingdoms Tale
Il y a longtemps, une étrange entité est venue aux Sept Royaumes pour les conquérir et se nourrir de leur force vitale. Elle a trouvé un hôte, et elle l'a combattu dans son corps pendant des siècles alors qu'elle était entourée de destruction et de dévastation. Notre histoire commence quand la fin est proche, et qu'un portail est ouvert...

Science-fiction épique/Aventure et action

Project Gliese 581G Series
Une équipe internationale quitte la Terre pour enquêter sur un mystérieux objet dans notre système solaire qui a clairement été fabriqué par quelqu'un, quelqu'un qui ne vient pas de la Terre. Parfois, nous sommes vraiment trop curieux pour notre propre bien. Découvrez de nouveaux mondes et des conflits dans une aventure de science-fiction qui deviendra votre préférée !

Nouveaux adultes/Jeunes adultes

Breaking Free Series
Makayla vole le voilier de son grand-père et embarque pour une aventure qui va remettre en cause tout ce en quoi elle a toujours cru sur elle-même.

The Dust Series

Dust se réveille pour découvrir que le monde tel qu'il l'a connu n'existe plus après que des fragments d'une comète aient frappés la Terre. Mais ce n'est pas la seule chose qui soit différente, Dust l'est aussi...

À PROPOS DE L'AUTEUR

S.E. Smith, *reconnue internationalement et nommée au New York Times et USA TODAY*, est une auteur à succès de science-fiction, romance, fantaisie, paranormal et d'œuvres contemporaines, pour adultes, jeunes adultes et enfants. Elle aime écrire une large variété de genres qui attirent les lecteurs dans des mondes qui les emportent.

Vous pouvez jeter un coup d'œil aux autres livres et vous inscrire à ma newsletter pour être informé de mes dernières publications à :

http://sesmithfl.com
http://sesmithya.com

Ou rester en contact grâce aux liens suivants :

http://sesmithfl.com/?s=newsletter
http://sesmithfl.com/blog/
http://www.sesmithromance.com/forum/
facebook.com/se.smith.5
twitter.com/sesmithfl
pinterest.com/sesmithfl

www.ingramcontent.com/pod-product-compliance
Lightning Source LLC
Chambersburg PA
CBHW060544260626
47161CB00003B/1044